동물의
철학적
하루

동물의 철학적 하루

마음을 뒤흔드는 동물 우화 21편

두리안 스케가와 지음

홍성민 옮김

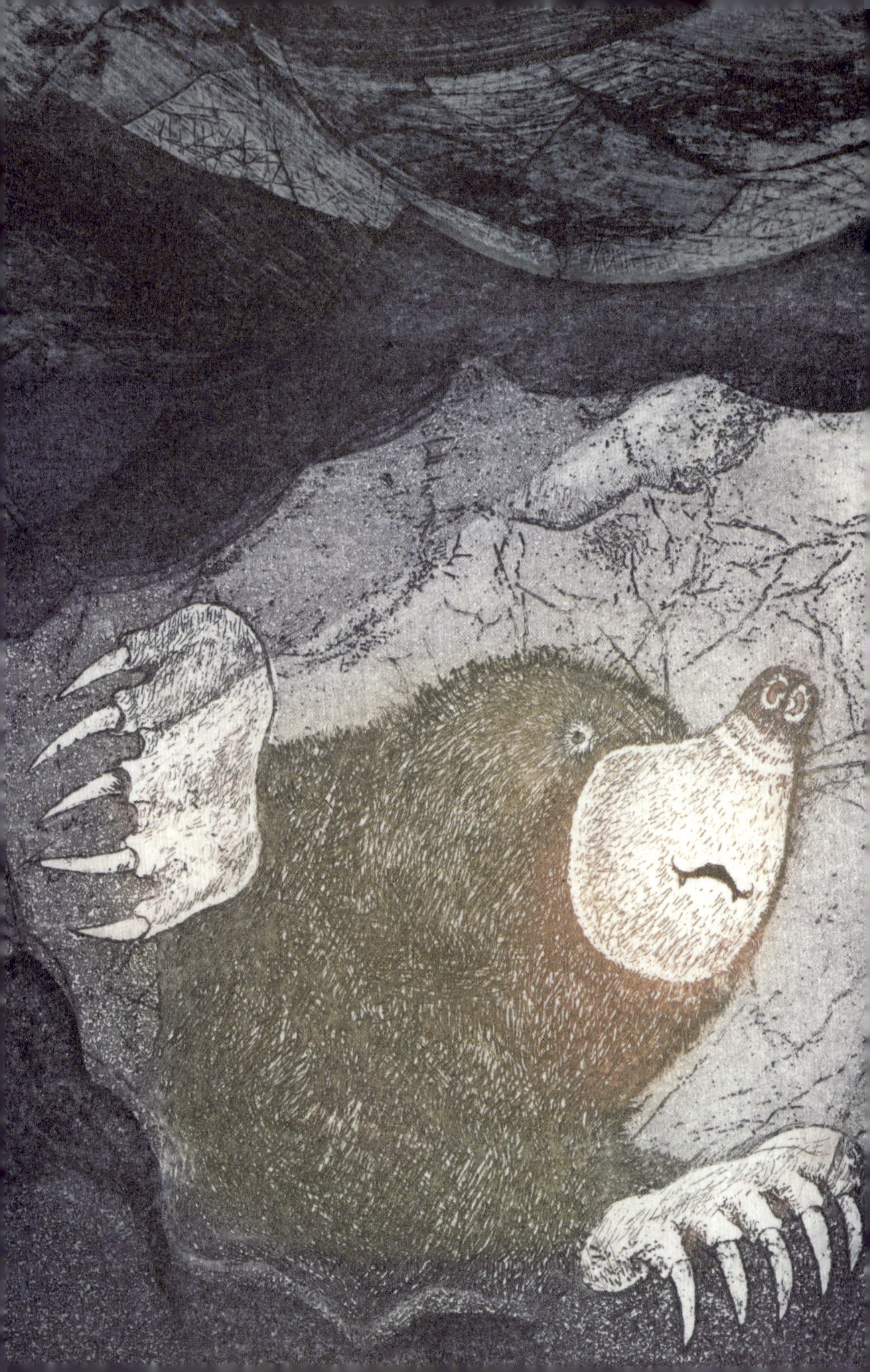

한국에서 처음으로 태어난 판다 푸바오가 중국으로 떠나버려 아쉬워하는 사람이 많다는 이야기를 친구한테 들었습니다. 한국에는 판다 바오 가족을 좋아하는 팬이 많이 계시는 것 같더군요.

나는 유치원생일 때, 일요일이면 할머니께 시내에 있는 백화점 옥상에 데려가 달라고 부탁해 자주 놀러 갔습니다. 지금은 있을 수 없는 일이지만, 그곳에는 살아 있는 코끼리와 호랑이, 펭귄이 있었거든요. 나는 코끼리가 마음에 들었습니다. 마주 보면 "또 만났네." 하고 꼭 웃어주었기 때문입니다. 코끼리가 웃는다? 신기하게 생각할 수 있는데, 어린 나는 알 수 있었습니다. 코끼리는 그 작은 눈 안쪽에서 정말 미소를 지었습니다.

소년 시절에는 개, 고양이, 다람쥐 등 온갖 동물들이 나의 친구였습니다. 말은 통하지 않아도 마음이 통했다고 느끼는 순간이 있거든요. 그 사실이 너무 기뻤던 것은, 인간 사회에서는 요령 있게 살아갈 수 없다는 것을 일찌감치 예감했기 때문일지도 모르겠습니다. 그때부터 나는 늘 고독했고, 외로웠습니다.

여러분 중에는 그런 사람 없나요? 판다 가족에게 끌리는 사람은, 지금의 혹독한 경쟁사회에 지쳐버린 것일 수 있습니다. 사회의 상식과 관습은 자연의 산물이 아닙니다. 그래서 너무 피곤하죠.

동물들은 저마다 생활이 있고 모습도 다르지만, 지구라는 별에서 최선을 다해 살고 있다는 점에서는 우리의 친구입니다. 그런 친구에게 관심을 갖는 것은 우리 마음속 풍경을 보다 선명하게 만듭니다. 고속도로와 빌딩, 그 안에서 주식 그래프만 들여다보는 사람보다 아마존강 유역에 사는 화려한 색깔의 새와 태평양을 건너는 혹등고래 가족을 상상할 수 있는 사람의 마음이 더 풍요롭습니다.

이전부터 나는 동물들이 등장하는 이야기를 써보고 싶었습니다. 하지만 나만의 창작 방식을 찾지 못했죠. 그러던 어느 날, 연극 각본을 쓰던 중에 재미있는 발견을 했습니다. 그것은 돌고래를 사랑한 악어의 비극적인 이야기로, 사랑을 이루지 못한 악어는 바다에 가라앉아 죽습니다. 포식자인 자신에 대한 혐오와 돌고래에 대한 증오가 점점 커지지만,

마지막 순간, 설렘을 준 만남에 감사하는 마음이 그를 감싸면서 어두운 바다 밑바닥을 무지갯빛으로 바꾸죠. 이것은 죽기 직전 신과 화해했다는 시인 랭보의 마음의 궤적을 닮은 것은 아닐까요. 혹은 악어의 절망과 희망이 보편적이라면, 이것이야말로 철학자 니체의 '영원회귀(永遠回歸)'*에 해당하지 않을까요.

그렇게 해서 '동물들의 생태'와 인간의 특징인 '사고·철학'을 결합한 이야기를 쓰게 되었습니다. 양쪽 모두 이 세상을 표현하는 근원적인 힘과 닿아 있고, 복잡하지만 순진무구하다는 점에서 일치합니다.

그래서 이 색다른 우화집은 자연을 살아가는 동물들의 가혹한 현실을 알리는 동시에, 우리가 살아가는 데 필요한 사고(思考)의 힌트도 많이 담고 있습니다. 만일 당신이 사회와 거리감을 느끼거나 이 사회에서 요령 있게 살기 힘들다면 이 우화집의 문은 당신을 향해 활짝 열려 있습니다. 동물들과 지구를 여행하면서 다양한 삶이 있다는 것을 알 수 있을 겁니다.

나는 일본에서 이 우화집을 낭독하는 여행을 여러 차례 해왔습니다. 언젠가 한국에 있는 여러분도 만나러 가고 싶습니다.

---

* 영원한 시간은 원형을 이루고, 우주와 인생은 그 안에서 영원히 반복된다. 니체가 저서 『차라투스트라는 이렇게 말했다』에서 내세운 사상이다.

일러두기

- 이 책의 각주는 역자가 독자의 이해를 돕기 위해 단 것입니다.

곰 소년과 시선

반달가슴곰

아시아 지역에 널리 분포한다. 일본에는 혼슈와 시코쿠 33곳에 총 2만여 마리가 서식하고 있다. 너도밤나무, 물참나무 등의 상록활엽수림에 살며, 도토리나 어린잎 같은 식물을 주로 먹는다. 수컷의 몸길이는 130㎝, 몸무게는 80㎏ 정도이고, 암컷은 그보다 작은 50㎏ 정도다. 동면 중에 평균 2마리의 새끼를 낳는다. 마을 근처 숲이나 산속에서 인간을 습격하는 사고도 늘고 있다. 2020년도 일본의 곰 포획 수는 6,085마리다.

우리나라 반달가슴곰은 천연기념물이자 멸종위기종이다.

곰은 사물을 또렷이 볼 수 없다. 의외로 흐릿한 세계에 살고 있다고 주장하는 학자들이 있다. 반면에, 무슨 소리냐, 곰은 시력이 좋은 것이 당연하다며 양보하지 않는 사람들도 있다. 이런 사람들은 분명 숲에서 곰을 만난 적이 있을 것이다.

상상해보라.

나뭇잎이 빨갛고 노랗게 물들기 시작할 무렵, 스튜 재료에 어울릴 향 좋은 버섯을 구하러 산길을 걷고 있는데 근처 어두운 수풀에서 갑자기 곰이 튀어나왔다.

으악, 깜짝이야.

당연히 곰도 놀라 눈을 동그랗게 뜬다. 서로 크악, 소리를 지르며 노려봤다, 마주 봤다 한다.

그 순간, 대부분의 사람은 흑수정 구슬 같은 곰의 눈에 산의 모든 것이 비치는 것을 알 수 있다.

그것은 산이 산이기 위한, 산의 정기까지 포함한, 산 전부의 모습이다. 자신 역시 산의 일부가 되어 걷고 있었던 터라 곰과 마주한 사람은 곰에게 마음속까지 간파당한 기분이 든다. 하지만 그렇다고 해서 곰에게 등을 보이며 도망치면 안 된다.

곰은 시야를 가로지르거나 전방에 달리는 물체를 발견하면 마구 달려든다. 그것이 인간이든 강아지풀이든, 움직이는 물체를 보면 눈부터 빨려들 듯이 달려든다. 곰의 거대한 몸과 사나움은 눈의 기세에 따라갈 뿐이다. 그래서 곰과 마주치면 정면을 유지한 채 천천히 뒷걸음치거나 나무 뒤에라도 숨어 꼼짝 않고 있는 것이 제일이다.

곰은 시력이 좋을까, 나쁠까.

사실 이것은 아무도 모른다. 곰은 아직 한 번도 시력 검사를 한 적이 없으니까. 어딘가 용감한 안과의사가 시력검사표 앞에 서서 한쪽 눈을 올챙이 모양의 국자로 가린 곰에게 "다음 글자는 읽을 수 있어요?"라고 물어보지 않는 한 모를 일이다.

여기 곰 소년 한 마리가 있다. 두 번째 겨울잠에서 깨어난 지 얼마 안 된 반달가슴곰이다. 가슴에는 이미 반달 모양이 뚜렷하다. 단, 이름은 없으니 '곰 소년'으로 부르자.

바로 얼마 전까지 곰 소년은 엄마와 함께 물참나무 숲의 어두운 구멍에서 지냈다. 거목이 쓰러져 뿌리가 드러나면서 생긴 구멍이다. 그 안에 있으면 내려 쌓이는 눈도, 얼음을 날리는 반짝반짝 얼어붙은 바람도 피할 수 있었다. 엄마의 부드러운 배에 머리를 얹고 꾸벅꾸벅 졸 때는 정말 기분이 좋았다.

그러나 지금, 곰 소년은 외톨이다. 대나무 숲에 들어가 엄마와 죽순을 먹고 있는데, 갑자기 커다란 수컷 곰이 나타나 곰 소년을 후려갈겼다. 곰 소년은 바닥에 나뒹굴었다. 맞은 곳이 아파 울면서 엄마에게 달려갔다. 수컷 곰을 쫓아내줄 거라 생각했기 때문이다. 그런데 엄마는 자신이 아니라 수컷 곰에게 다가갔다. 그리고 'adieu(안녕)'라고 곰 소년에게 눈으로 말했다. 낯선 수컷 곰과 나란히 대나무 숲을 빠져나가는 엄마의 뒷모습을 보며 곰 소년은 지금 상황이 도저히 믿어지지 않았다.

이것이 곰의 '생이별'이다. 엄마는 새로운 번식기에 들어가기 위해 두 번의 겨울잠을 함께한 자식과 헤어진다. 자연의 법칙이 그렇다. 곰 소년은 앞으로 혼자 힘으로 살아가야 한다.

곰 소년은 연녹색 빛에 싸여 있다. 머리 위는 온통 너도밤나무의 어린잎이다. 햇빛이 너도밤나무의 어린잎에 올라타 춤을 추기도 하고 뛰어오르기도 했다. 잎이란 잎은 모두 반짝반짝 빛나고, 흘러넘친 빛은 갓 자란 잎사귀 색으로 주변을 물들였다.

너도밤나무 숲을 지나는 바람은 따뜻했다. 어린잎의 향기 그 자체다. 먹음직스러운 미나리과 식물 냄새도 섞여 있다. 분명, 배부를 만치 먹을 수 있을 정도의 당귀 군락이 근처에 있을 것이다. 곰 소년은 엄마와 헤어진 후 줄곧 배가 고팠다. 평소라면 은색 침이 흘러도 이상하지 않을 정도의 바람 냄새다.

그러나 곰 소년은 커다란 너도밤나무의 땅 위로 삐죽 솟아오른 뿌리 부분에 등을 기대고 가만히 하늘을 보고 있었다.

곰 소년의 마음을 맨 먼저 사로잡은 것은 너도밤나무 잎사귀 위쪽, 더 더 훨씬 높은 곳에서 들려왔다. 슝― 하는 소리였다. 뭐지, 곰 소년이 올려다보니 너도밤나무의 가지와 잎사귀 너머로 보이는 푸른 하늘이 똑바로 뻗어나가는 한 줄의 하얀 선에 의해 둘로 잘려나가고 있었다.

큰일이 일어나고 있다고 곰 소년은 생각했다. 움직이는 것은 눈이 저

절로 쫓기 때문에 그 하얀 선 맨 앞으로 달려들고 싶어 참을 수가 없었다.

대체 저것은 뭘까?

저렇게 높은 곳을 똑바로 나아가는 하얀 선.

앗!

곰 소년은 그때 하늘의 파란 막이 한 꺼풀 떨어져나간 것이 아닐까, 하는 생각이 들 정도로 놀랐다. 위도 심장도 움찔했다. 순간적으로 이렇게 깨달았기 때문이다.

나는 쭉쭉 뻗어 나아가는 저 하얀 선을 보고 있다.

보고 있다. 그래, 보고 있다.

그리고 분명 나도 보인다!

저 하얀 선은 분명 나를 내려다보고 있다!

곰 소년의 마음에 갑자기 솟아난 이 깨달음은 세계의 중대사이기도 했다. 산의 시계가 한순간 멈췄을 정도다. 왜냐면 세계란 곰 소년이 인식하는 전부이기 때문이다. 산 시계의 초침은 나뭇잎의 흔들림과 나뭇가지를 빠져나가는 바람의 소리다. 그것들이 전부 한 차례 멈춰버렸다.

곰 소년은 자신이 하늘을 보는 눈인 동시에 하늘이라는 눈에 자신이 보이기 때문에 '이곳에 있다'라고 느꼈다. 아니, 그것은 하늘만이 아니라 이 산을 이루는 모든 풍경에 감춰진 원리일지 모른다.

본다는 것은 보이는 것이기도 하다. 너도밤나무도, 당귀 잎도, 물참나무 열매도 곰 소년에게 보이면서 곰 소년을 보고 있다.

나는 줄곧 보이고 있다. 그 눈에서 도망칠 수 없다. 그럼 대체 나는 누구에게 쫓기는 걸까?

안절부절못하던 곰 소년은 달리기 시작했다. 물참나무 숲의 구멍처럼 누구에게도 보이지 않는 장소를 찾으려는 것이다. 너도밤나무 숲을 지나고, 머위 도깨비의 띠를 넘어 곰 소년은 계속 달렸다. 주변에 펼쳐진 조릿대 덤불도 구르면서 건넜다. 그곳은 완만한 비탈로, 재주넘기를 하면 점점 가속이 붙는 곳이었다.

그러나 자신을 보는 눈은 계속 뒤쫓아왔다. 자신이 그대로 보인다는 감각은 곰 소년에게서 사라지지 않았다.

"앗!"

벌채가 이루어진 삼나무 숲에 다다랐을 때, 곰 소년은 무심코 소리를 지르고 말았다. 재목이 쌓여 있는 비탈 저편에 처음 보는 인간의 마을이 있었기 때문이다. 갈색 농경지와 어우러져 집들의 알록달록한 지붕이 보였다. 굴뚝에서는 보라색 연기가 옆으로 옅게 퍼지고, 포장된 길에는 철로 만든 자동차가 달리고 있다.

다양한 냄새를 머금은 바람이 인간의 마을 쪽에서 불어왔다. 맛있는 냄새도 나지만, 구역질이 나는 역겨운 냄새도 났다. 그러나 무엇보다, 곰 소년은 마을 풍경 속에서 강한 시선을 느꼈다. 하늘의 눈과는 또 다른 시선이다.

그 무렵, 파란색 벽으로 된 집의 2층에서 산을 보고 있는 소년이 있었다. 물론 이쪽은 인간 소년이다. 이름은 에트.

에트는 마음의 병을 앓아 최근 몇 년간 거의 방에만 틀어박혀 있었다. 기분이 좋을 때는 밖에서 스킵* 도 하고 학교에도 다닐 수 있지만, 가슴속에 먹구름이 피어올라 천둥이 치거나 몸 안쪽에 차가운 비가 내리면 홀로 방에서 견딜 수밖에 없다. 그럴 때는 폭풍우가 지나가기를 기다리는 것처럼 에트는 가만히 산을 바라본다.

오늘도 에트의 마음에는 먹구름이 꼈다. 몸 안쪽에서 때때로 번개가 쳤다. 그래서 에트는 풍경에 매달리듯 산을 보고 있었다. 그런데 "앗!" 하고 소리를 지르고 말았다.

누군가 나를 보고 있다. 저 산속에 눈이 있어 나를 보고 있다.

그렇게 느꼈기 때문이다.

에트에게 이것은 세계를 바꿔버릴 정도의 큰일이었다. 에트는 혼자 방에 틀어박혀 있을 때, 이 세상 모든 것으로부터 분리된 감각에 시달렸다. 마치 멀리 떨어진 행성의 빙하 조각이 되어버린 기분으로 산의 풍경에 매달렸다. 그런데 산속에도 눈이 있어서 자신을 보고 있다니.

늦봄의 산은 산뜻한 어린잎의 반짝임에 싸여 있었다. 작은 새들이 내는 환희의 지저귐도 들렸다. 에트는 처음으로 산 전체의 숨결을 자신의 기쁨으로 받아들였다. 오랜만에 밖에 나가 스킵도 하고 싶어졌다. 마음을 뒤덮었던 먹구름이 사라진 것이다. 이쪽이 저쪽을 보고 있고, 저쪽도 이쪽을 보고 있는 이상, 자신과 산은 불가분의 관계라는 것을 알

---

* 한 발씩 번갈아 깡총깡총 뛰는 동작

     동물의 철학적 하루

았기 때문이다.

에트는 기뻐하며 생각했다. 산의 눈은 어디 있을까. 나무들의 혼(魂) 같은 걸까. 아니면 작은 새들의 시선? 누군가 보고 있다고 느끼지만, 눈의 정체에 대해서는 전혀 알 수 없었다.

곰 소년은 그 후로 몇 번이나 삼나무 숲 비탈까지 찾아왔다. 인간 마을을 내려다보기 위해서다. 자신을 보고 있는 눈이 어디에 있는지 알고 싶다고 매일 강하게 느꼈다.

곰 소년은 인간에게 가까이 가면 안 된다는 것을 어렴풋이 알고 있었다. 첫 번째 겨울잠에서 깨어나 아직 어린 새끼 곰이었을 때, 엄마와 대나무 숲에서 인간을 발견했다. 그때 엄마의 화난 모습은 곰 소년이 눈을 질끈 감고 싶을 만큼 과격했다. 숲의 물참나무 열매가 일제히 터진 듯한 표정으로 엄마는 포효했다. 그리고 도망가는 인간을 뒤쫓아 그 등에 앞발로 일격을 가했다. 인간이 입고 있었던 것이 짝짝 찢어지고 피가 튀었다. 엄마는 다시 포효하며 넘어진 인간을 덮치려 했는데, 새끼였던 곰 소년이 비명을 지르자 동작을 멈췄다. '무슨 일이야?' 하는 얼굴로 돌아온 것이다.

곰과 인간은 궁합이 나쁘다. 가능한 한 마주치지 않는 것이 좋다. 새끼였던 곰 소년은 무섭게 화내는 엄마의 행동에서 그 교훈을 얻었다.

그러나 지금, 곰 소년은 머리 꼭대기부터 뒷발의 발가락 끝까지 온통 인간 마을에 가까이 가고 싶은 마음으로 가득했다.

자신을 보고 있는 눈의 정체를 밝히면 자신이 대체 어떤 존재인지 그 수수께끼도 풀릴 것 같았다. 마을에 들어갈지 말지, 곰 소년은 온종일 고민했다. 보금자리인 너도밤나무 숲으로 돌아가지 않고 삼나무 숲 비탈에 엎드려 계속 마을을 바라보았다.

그러자 밤에는 마을에서부터 느껴지는 시선이 사라졌다. 자신을 보는 시선이 사라져버렸다. 하지만 하늘에서 내려다보는 눈은 피할 수 없었다.

태양이 지평선으로 지면 별들이 관장하는 세계로 바뀐다. 이윽고 흐릿하게 빛나는 구름 같은 은하수도 나타난다. 눈은 역시 하늘 어딘가에서 곰 소년을 내려다보고 있다.

곰 소년은 이해가 되지 않았다. 사라져버리는 시선이 있는가 하면, 여전히 자신을 바라보는 시선도 있다. 대체 어떻게 된 일일까?

까닭을 모른다는 것은 고통이다. 생각하는 곰의 자세를 취하고 움직이지 않은 탓에 커다란 등에 끊임없이 물려 피를 빨렸다. 곰 소년의 가슴속에서 왕대나무즙을 졸인 것처럼 거품이 몇 개나 터졌다. 생각한다는 것이 이렇게 고통스러운 일이라면 눈의 존재 따위 찾지 않고 너도밤나무 숲에서 조용히 살고 싶었다.

그런데 동쪽 하늘에 장미색 빛이 넘치고 마을 집들의 지붕이 다시 반짝반짝 빛났을 때, 시선은 돌연 다시 생겨났다. 곰 소년은 더는 참을 수 없었다. 단숨에 삼나무 숲 비탈을 달려 내려갔다. 떨기나무 덤불도 몸으로 넘어뜨리고, 마을 변두리의 농경지를 몸을 흔들며 가로질렀다. 농로를 넘어, 아침 일찍 일어난 인간들이 일하는 감자밭으로 돌진했다.

인간들은 비명을 지르고 고함을 치며 곰 소년에게 돌을 던졌다. 쇠막대기를 높이 쳐들고 온 자도 있었다. 뭔가 단단한 것이 곰 소년의 이마를 때렸다. 곰 소년은 포효했다. 아파서 포효한 것이 아니다. "나는 눈을 찾으러 왔을 뿐이다."라고 호소한 것이다.

인간들은 곰 소년이 두 발로 일어선 것을 보고 안색을 바꾸었다. 다들 큰 소리로 외쳐대기 시작했다. 돌도 계속 던졌다. 그러다 갑자기 그들 중 한 남자가 곰 소년에게 등을 보이며 뛰기 시작했다.

아, 뛰지 마!

곰 소년은 속으로 외쳤다. 곰의 눈은 움직이는 것에 빨려든다. 그리고 온몸으로 뒤쫓아가기 때문이다.

뛰지 마! 뛰지 마!

곰 소년은 남자를 뒤쫓으며 몇 번이나 포효했다. 아스팔트 길을 건너고, 공원의 그네에 몸을 부딪치고, 집들의 현관 앞도 지나며 도망치는 남자를 뒤쫓았다.

탕!

공기가 폭발하는 소리가 나고, 뭔가가 곰 소년을 스치고 날아갔다. 곰 소년은 걸음을 멈췄다. 깜짝 놀라 소리가 난 방향을 돌아보았다.

탕!

곰 소년의 목에 무언가가 관통했다. 피가 왈칵 뿜어져 나오고 곰 소년은 뒤로 벌렁 쓰러졌다. 가슴의 반달이 점점 새빨갛게 물들었다.

숨을 쉴 수 없어. 괴로워.

희미해지는 곰 소년의 시야 속에 파란색 벽의 집이 있었다. 곰 소년은 자신을 보고 있던 그 시선이 바로 옆에 있는 것을 느꼈다. 파란색 벽 집의 2층 창에서 인간 소년이 얼굴을 내밀고 눈을 동그랗게 뜬 채 이쪽을 보고 있다.

너는 누구야?

곰 소년은 그렇게 묻고 싶었지만, 소리가 나지 않았다. 입안에 피가 고여 계속 넘쳤다.

"에트, 가까이 가지 마!"

인간 소년이 집에서 뛰어나온 모양이다. 쓰러진 곰 소년에게 다가가려 하자 어른들이 뒤에서 팔을 걸어 막았다. 그는 가슴이 물결칠 정도로 격렬하게 "미안해, 미안해."라고 거듭 외쳤다.

곰 소년의 흑수정 눈에 에트라 불린 인간 소년의 촉촉한 눈빛이 비쳤다.

나를 보고 있었던 것이… 너였어?

희미해지는 의식 속에서 곰 소년은 에트에게 물었다. 그는 필사적으로 뭔가를 말하려고 했지만 곰 소년의 귀에는 더 이상 아무것도 들리지 않았다. 하지만 마지막 한순간에 곰 소년은 알 수 있었다.

하늘의 눈은 곰으로서 죽어가는 자신을 여전히 바라보고 있었다. 아니, 그게 전부가 아니라 그 눈은 인간으로 태어난 소년도 바라보고 있었다.

곰 소년은 하늘을 올려다본 채 움직이지 않았다. 눈도 뜬 채였다. 자신을 보고 있는 눈을 끝까지 지켜보려 한 것이다.

2화

누나
여우

일본여우

유라시아 대륙 등 북반구에 널리 분포하는 붉은여우의 아종(亞種)으로, 홋카이도에 북방여우, 혼슈·시코쿠·규슈에 일본 토종 여우가 서식한다. 일본여우는 몸길이 50~70㎝, 꼬리 길이 25~40㎝ 정도로, 북방여우보다 약간 작다. 굴은 주로 육아를 위해 사용되며, 전해에 태어난 암컷이 육아를 돕는다. 수컷은 새끼가 태어나면 떠나는 모계사회다. 꼬리 시작 부위에 있는 냄새샘(취선)으로 영역을 표시하고, 가족 단위로 영역을 구축한다. 우리나라의 토종 여우 역시 붉은여우의 아종이다. 멸종위기 야생동물 1급으로 지정되어 있다.

‘기쓰네니 쓰마마레루(狐に抓まれる)’라는 말이 있다.[*]

집에 에어컨도 선풍기도 없던 시절에는 무더운 밤이면 창문이란 창
문, 문이란 문은 모조리 열고 가족이 내 천(川) 자로 모여 잤다. 그럼 가
끔 부엌에 있는 유부를 노리고 여우가 몰래 찾아온다. 인간이 정말 깊
이 잠들었는지 확인하기 위해 여우는 아버지나 어머니의 귓불을 살짝
집어서….

아니, 설마 그럴 일은 없다. 여우는 개과(科) 동물이라 발에는 발 볼록
살[**]이 있다. 달리는 것은 잘하지만 인간처럼 무언가를 쥐거나 잡을 수
는 없다.

‘기쓰네니 쓰마마레루’는 ‘여우에 홀리다’라는 의미다.

분명 샀을 유부가 장바구니에 들어 있지 않다. 어라, 어떻게 된 거지.
대신 산 기억이 없는 가메노코 수세미[***]가 서른 개나 들어 있다. 이렇게
예상 밖의 일이 벌어져 어리둥절할 때 여우에게 홀린 것 같다고 말한다.

일본에서는 오래전부터 여우뿐 아니라 너구리에게 홀린다는 표현
도 쓴다. 어느 지방에나 여우와 너구리가 사람을 속이고 못된 짓을 해
서 놀라게 하는 설화와 전설이 전해진다.

---

[*] ‘여우에 홀리다’라는 뜻으로 抓まれる는 ‘속이다’라는 抓む의 수동형이다. 간혹 '손가락으로 집거나 잡는
다'는 摘まむ의 수동형 摘まれる로 잘못 표기되기도 하는데, 이는 한자의 발음이 같아서 생긴 오자다.

[**] 발바닥에 털이 없이 볼록하게 돋아난 살. 육구(肉球)라고도 한다.

[***] 야자섬유로 만든 타원형 수세미. 모양이 새끼 거북 가메노코(龜の子)를 닮아 붙은 이름이다. 상표명이기
도 하다.

그런데 여우와 너구리는 정말 사람을 속일까?

여우와 너구리에게 홀리는 이야기는 아마도 두 동물이 주로 밤에 활동하는 것과 관계있을 것이다. 당하는 쪽으로 나그네가 많이 등장하는 것도 그 전설의 수수께끼를 풀 수 있는 힌트가 될 것 같다.

손에 초롱불밖에 없었던 시절의 밤길을 상상해보라. 나그네는 많이 불안했을 것이다. 아는 길을 헤매기도 하고, 대담해지려고 술이라도 마시면 지장보살상을 상대로 춤을 추거나 같은 곳을 뱅글뱅글 돌아 제자리로 돌아가는 일도 있었을지 모른다. 그때 갑자기 여우가 얼굴을 내밀면 술에 취한 나그네는 기겁한다. "아, 홀렸다!"가 되는 것이다.

여우가 사람을 홀린다, 사람이 여우에게 홀렸다는 전설이 많다는 것은 여우나 너구리가 인간 근처에서 살았다는 것을 의미한다. 여우는 육식동물이지만 배가 고프면 쓰레기통도 뒤진다. 인간의 생활권에 때때로 얼굴을 내미는 정도가 딱 좋은 생존법이었다. 하지만 인간으로서는 어둠 속에서 갑자기 나타나는 여우는 역시 요상하다. 마주쳤다기보다 이전부터 보고 있었다는 느낌이 든다.

여기, 누나 여우가 있다.

누나 여우는 봄이 되어 꽃을 피운 개구리자리[*] 밭에 몸을 낮추고 숨어 있다. 여우는 야행성 동물이지만 고기를 얻을 수 있다면 아침과 낮

---

[*] 미나리아재빗과의 두해살이풀

 동물의 철학적 하루

에도 활동한다. 누나 여우는 오리 번식기에 선발대로 태어난 새끼 오리들을 사냥하려는 참이다.

오리 둥지는 단순히 물가가 아니라, 강 가운데 모래톱의 수풀이나 물가에서 조금 떨어진 풀밭에 있다. 물이 불었을 때 쓸려가지 않기 위해 그런 장소를 선택하는 걸까. 엄마 오리는 먹이터의 위치와 수영을 가르치기 위해 마치 솜뭉치에 다리가 달린 듯한 새끼들을 둥지에서 강까지 걷게 한다. 여우에게는 바로 이때가 사냥할 기회다. 줄지어 아장아장 걷는 새끼들에게 달려들면 오리 가족은 혼란에 빠진다. 엄마에게서 떨어져 도망치려고 우왕좌왕하는 새끼만큼 매혹적인 사냥감은 없다.

지금이다!

새끼들이 앞뒤로 나란히 줄지어 눈앞을 가로지르려고 한다. 누나 여우는 등을 말아 튀어 올라 그 가운데 한 마리의 목을 물었다. 놀라 움직이지 못하는 다른 새끼도 덮쳤다. 마치 갑자기 휘몰아친 갈색 회오리바람 같다. 누나 여우는 차례로 새끼를 덮쳐 주위에 내던졌다. 엄마 오리가 누나 여우를 몸으로 들이받았을 때는 이미 여덟 마리의 새끼가 목뼈가 부러진 채 떨리는 솜뭉치가 되어 강변에 나뒹굴고 있었다.

엄마 오리는 새끼들을 포기하는 수밖에 없었다. 살아남은 두 마리를 데리고 간신히 강으로 뛰어들었다. 누나 여우는 개구리자리의 노란색 꽃잎으로 범벅이 되어 나뒹구는 새끼들을 한 마리씩 풀숲까지 옮겼다. 새끼들의 목에는 빨간 피가 번져 있다.

누나 여우는 그 빨간색에 넋을 잃었다. 세상은 정지화면이 되었고, 머릿속이 달짝지근해졌다. 정말 멋진 색이라고 생각한 것이다. 부드러운 고기를 이렇게나 많이 구했다. 오늘 밤은 잔치다.

그렇다, 저녁 식사다. 도시의 일인 고깃집처럼 외로운 혼밥이 아니다. 누나 여우는 맛있는 식사를 혼자 하려는 것이 아니다. 오히려 자신은 거의 안 먹을지도 모른다. 누나 여우는 남동생, 여동생들을 먹이기 위해 사냥을 했기 때문이다.

누나 여우가 굴에서 태어난 지는 일 년이 조금 넘었다. 맏이인 오빠는 이미 오래전에 독립했는데, 누나 여우는 지금도 엄마 곁을 떠나지 않고 올봄에 태어난 어린 동생들을 돌보고 있다.

젊은 암컷 여우는 어미의 육아를 돕는 특별한 습성이 있다. 학자들은 남을 위해 일하는 암컷 여우를 '헬퍼'라 부른다.

누나 여우는 사냥한 새끼 오리를 차례로 굴 옆으로 옮겼다. 굴은 강가에서 조금 떨어진 둑의 덤불 속에 있다. 원래는 오소리 굴이었던 터널이다. 그곳을 누나의 할아버지와 할머니, 지금은 어디 있는지 알 수 없는 아버지가 파고 들어가 복잡하게 뒤얽힌 굴을 만들었다. 야생 들개나 흰코사향고양이가 침입했을 때 자식들이 도망갈 수 있는 길을 확보하기 위해서 굴은 미로처럼 복잡한 것이 좋다.

"밥 먹어."

누나 여우가 캥, 하고 한 번 울자 굴 안쪽에서 엄마와 어린 동생들이 기어 나왔다.

봄날 해가 서쪽으로 지고 있다. 석화버들이 싹을 틔워 수십 개의 연녹색 망루를 세웠다. 초목 사이로 흘러내리는 봄의 석양 아래, 어린 여우들이 새끼 오리에 달려들었다. 솜털이 많아 다들 먹기 힘든 모양이다. 그래도 씹으면 고기 맛이 나니까 입가에 솜털을 덕지덕지 붙인 채 정신없이 물어뜯는다.

엄마도 누나도 이 만찬에는 손을 대지 않았다. 가만히 어린 동생들이 식사하는 것을 쳐다보기만 했다. 누나는 그것만으로도 박하사탕에 뜨거운 물을 섞은 것처럼 달짝지근하고 평온한 기분에 빠졌다. 그것은 인간처럼 말하면 '행복하다'라는 감각일지 모른다. 혹은 좀 더 어려운 말로 '삶의 충실함'이랄까. 누나는 무엇보다 동생들에게 고기를 먹이고 싶었다. 자기 혼자 먹어도 전혀 즐겁지 않다. 비록 배가 고파도 배부른 동생들이 레슬링 놀이를 하며 뒹구는 모습을 보면 미소가 지어진다.

그래서 딱 한 마리 소심한 남동생이 누나에게는 걱정거리였다. 누나가 '검은 점'으로 인식하는 남동생이다.

털이 자라기 시작했을 때, 이 말라깽이 동생의 이마에 작은 검은 점이 나타났다. 특이하게 이마에 털로 무늬가 생긴 아이였다. 그래서 검은 점으로 인식하게 됐다.

검은 점은 태어날 때부터 몸이 작았다. 어미젖을 먹을 때도 다른 형제들에게 발길질을 당해 겨우 먹었다. 고기를 먹기 시작하면서부터는 경쟁에서 이길 수 없게 되었다. 형제들 사이에 끼지 못하고 늘 누군가 토해낸 뼈를 물어뜯었다.

"이 아이는 살아남지 못해."

갈비뼈가 드러난 검은 점을 보며 엄마가 캥, 짖었다. 그럴 때 누나 여우는 검은 점 앞에 새끼 새나 쥐 고기를 코끝으로 밀어줬다.

새끼 여우들은 굴 깊숙한 곳에서 엄마와 함께 잠을 잔다. 검은 점은 거기서도 소외당했다. 검은 점이 엄마에게 다가가면 형제들이 달려들어 물었다.

누나 여우는 엄마 대신 검은 점을 배에 품고 잤다. 검은 점은 누나의 부드러운 털에 얼굴을 묻고 희미한 소리로 울었다. 그것은 여우의 말에도 미치지 못하는, 생명의 거품 같은 신호였다. 하지만 누나 여우에게는 "누나"라고 말하는 것처럼 들렸다. 누나 여우는 그때마다 캥, 하고 대답했다. 그 캥, 소리에도 의미는 없다. 생명이 생명에게 반응한 것뿐이다. 두 생명이 공명해 '관계'가 생겨난 것이다. 아직 새끼가 없는 누나 여우에게는 아련하게 달콤한 한때다.

봄인데도 산에서 차가운 바람이 불어오는 해거름, 누나 여우의 배 옆에서 검은 점이 숨을 할딱이고 있다. 먹지 못했으니 그러할 수밖에. 이대로는 검은 점이 버티지 못한다는 것을 누나 여우도 알고 있다.

누나는 이날도 새끼 오리를 사냥하러 갔다. 그러나 계절에 걸맞지 않은 한파 탓인지, 아무리 개구리자리 수풀에 숨어 있어도 새끼 오리들이 행진할 기미는 없었다. 오리뿐만이 아니라 강가 일대에서 새들의 소리도 들리지 않았다. 차가운 바람에 풀과 꽃도 얼어 시들했다.

오늘 밤 먹이지 못하면 검은 점의 생명이 꺼진다.

누나 여우는 검은 점을 배에 품으면서 안절부절못했다. 자신은 먹지 못해도 검은 점에게 먹이고 싶어서다. 그것이 헬퍼라 불리는 암컷 여우의 심정이다. 자기라는 존재만으로 완결되지 않고 타자와 이어지는 '관계' 속에서 숨 쉰다.

누나 여우는 닭을 덮치기로 했다.

하천부지를 한참 걸어가 둑을 넘으면 인간이 만든 양계장이 있다. 그곳은 자신들의 영역이 아닐뿐더러 위험하니 가까이 가선 안 된다고 엄마에게도 주의를 들었던 장소다. 하지만 검은 점을 위해서는 고기가 꼭 필요하다. 이런 바람의 냉기로는 눈이 내릴 수도 있지만, 결심하고 누나 여우는 굴을 나섰다.

캄캄한 하늘에서 바람이 날뛰며 윙윙거렸다. 누나 여우는 하천부지를 달려 단숨에 둑을 뛰어 올라갔다.

목표인 양계장이 있었다. 닭 냄새가 코를 찔렀다. 덩그러니 불이 켜 있고, 함석지붕의 헛간이 푸르스름한 빛을 반사하고 있었다. 닭들은 잠들었는지 윙윙거리는 바람 외에는 아무 소리도 들리지 않았다. 인간의 모습도 전혀 찾아볼 수 없었다.

대체 어떻게 해야 저 헛간에 숨어들 수 있을까. 일단, 철망 어딘가에 구멍이 뚫려 있지 않은지 찾아보자. 누나 여우는 양계장 전체를 바라보며 풀숲을 기듯이 다가갔다.

그때다. 철컥, 금속이 튀는 소리와 함께 누나 여우는 왼쪽 뒷다리에 강렬한 통증을 느꼈다.

도망쳐야 한다. 누나 여우는 본능적으로 달리려고 했다. 그러나 몸이 갑자기 무거워졌다. 차라락차라락 쇠사슬 끄는 소리가 났다. 뒷다리가 뭔가에 끼인 것처럼 앞으로 나아갈 수 없었다.

짐승을 잡는 덫이었다.

여우와 오소리로부터 닭들을 지키기 위해 인간이 설치한 덫이었다. 뾰족한 톱니가 달린, 두 개의 쇠 반원이 누나 여우의 다리를 꽉 물고 있다.

누나 여우는 어떻게든 도망치려고 다른 세 다리에 힘을 주어 당겼다. 하지만 아무 소용없었다. 덫에 낀 다리에서 극심한 통증이 느껴졌다. 누나 여우는 자신도 모르게 꺄앙, 소리쳐버렸다. 그러자 헛간 안의 닭들이 깼고, 수탉들이 경계를 알리며 울어댔다. 그 소리는 타오르는 불길처럼 커졌다. 큰일이다. 누나 여우는 온몸의 털이 곤두설 만큼 공포를 느꼈다. 인간이 나오면 끝장이다. 모든 것이 끝나버린다.

누나 여우는 몇 번이나 덫에서 벗어나려 했다. 세게 달려 다리를 빼보려고 했다. 그러나 다리에 박힌 톱니는 헐거워지지 않았다. 도망치려 애쓸 때마다 통증은 심해졌다. 벌겋게 달궈진 쇠젓가락으로 찌르는 듯한 통증은 다리에 머물지 않고 정수리까지 올라왔다.

끝없는 격통 속에서 누나 여우는 검은 점을 떠올렸다. 이렇게 될 줄 알았으면 그냥 검은 점을 품에 안고 있을걸. 누나 여우는 자신의 체온으로 감싼 채 검은 점을 보내주고 싶었다. 이런 식으로 따로 떨어져 검은 점과의 '관계'가 깨져버리면 누나 여우는 누나가 아닌 것이 되어버린다. 그것은 자아의 붕괴보다 두려운 일이었다.

누나 여우는 정신을 잃을 것 같은 상황에서도 계속 다리를 끌어당겼다. "누나"를 부르는 검은 점의 목소리를 떠올리며 어떻게든 다리를 빼려 했다.

어느새 눈이 내리기 시작했다. 깜깜한 하늘에서 눈은 자꾸 떨어지고, 번지듯 희미한 불빛 속에서 양계장의 풍경이 변해갔다. 땅과 풀숲이 엷게 하얘졌다. 한 번은 막이 열렸을 따뜻한 계절은 어디론가 흩어져 사라지고 차갑게 얼어붙는 겨울이 돌아왔다.

누나 여우의 다리가 덫에서 스르르 빠진 것은 양계장 곳곳이 새하얀 눈으로 뒤덮인 후였다. 누나 여우는 너무 고통스러워 비명을 지르며 턱부터 눈에 처박듯이 쓰러졌다. 아무래도 덫에 낀 뒷다리의 끝부분을 잃은 듯했다. 뼈는 이미 부서졌기 때문에, 나머지는 온 힘을 짜낸 탈출이었다. 누나 여우는 스스로 자신의 다리를 잡아 뜯어버린 것이다.

누나 여우는 내려 쌓이는 눈 속을 걷기 시작했다. 달리는 것도, 펄쩍 뛰어오르는 것도 더는 할 수 없었다. 쓸 수 있는 세 다리로 비틀비틀 걷는 것이 전부였다.

누나 여우는 둑까지 돌아왔다. 등 뒤에서 수탉들이 새벽을 알리는 비명을 지르고 있었다. 어렴풋이 밝아온 하늘에서 눈은 하염없이 내렸다. 누나 여우는 둑을 내려가 온통 눈의 들판이 된 하천부지를 걸었다. 그리고 굴 근처까지 왔을 때 눈에 덮인 작은 시체를 발견했다.

쌓인 눈에 가려져 이마의 작은 검은 점은 보이지 않았다. 하지만 나뭇잎처럼 얄팍해진 그 몸은 틀림없는 검은 점이었다. 누나 여우는 눈 속에서 입을 벌린 채 우두커니 서 있었다. 어째서 이곳에 검은 점이 있을까 생각했다. 숨이 끊어진 검은 점을 발견한 엄마가 굴 밖으로 내던진 걸까, 아니면 검은 점이 자신의 뒤를 쫓아 굴에서 나온 걸까.

누나 여우는 검은 점 옆에 웅크리고 앉아 배로 시체를 감쌌다. 새하얀 눈 위에 빨간 핏자국이 점점이 떨어져 있다. 누나 여우는 처음으로 자신의 피를 봤다. 새끼 오리의 피와 똑같은 색깔이었다.

멀어져가는 의식 속에서 누나 여우는 생각했다.

아, 검은 점아. 나는 너하고만 이어져 있었던 것이 아니었어. 지금 눈 덮인 이 하천부지와도, 그 새끼 오리들조차….

누나 여우는 거기서 눈을 감았다. 작은 검은 점을 감싼 채 서서히 눈에 파묻혔다.

이것으로 누나 여우의 이야기는 끝이다.

여우는 오랜 옛날부터 사람을 홀린다고 전해지는데, 어쩌면 어둠 속에서 길 잃은 나그네에게 정확한 길을 가르쳐주고 싶었던 것이었을지도 모른다. 암컷 여우는 '헬퍼'다. 어려움에 처한 생명을 보면 내버려두지 않는다.

확실한
다람쥐의
불확실성

대만 다람쥐

대만 다람쥐는 아시아 전역에 서식하는 팔라스 다람쥐의 일종으로, 대만 고유 아종이다. 일본에는 제2차 세계대전 전부터 관광자원과 반려동물로 대만에서 수입되었다. 몸길이는 20cm 정도이고, 꼬리도 거의 같은 길이다. 낮에 활동하고 겨울잠은 자지 않는다. 먹이는 식물의 꽃이나 씨, 열매, 곤충, 새알 등이며, 그 외에 나무껍질을 벗겨 수액을 빨아먹기 때문에 야생화된 팔라스 다람쥐에 의한 농작물 피해가 심각하다. 일본에서는 2005년부터 특정 외래 생물로서 유해동물로 지정되었다.

우리나라에는 몸에 줄무늬가 있고, 짧은 귀에 긴 털이 없는 다람쥐(*Tamias sibiricus*)가 대부분의 지역에 서식한다.

나무들의 새싹이 움터 갓 돋아난 연두색이 된 잡목림을 따뜻한 바람이 둘러싸는 봄날이었다.

다람쥐 Q청년은 어린잎으로 채색된 상수리나무 줄기를 뛰어 올라가다 동작을 멈췄다. 사랑하는 다람쥐를 만나러 가려던 참인데 근처 덤불이 갑자기 흔들려서 인간이나 개가 접근했을지 몰라 경계한 것이다.

Q청년의 몸이 긴장으로 굳었다. 하네쓰키(羽根突き)*의 공인 무환자나무의 검은 열매를 닮은 눈으로 꼼짝 않고 아래를 본다. 그곳에는 지난 계절에 떨어져 쌓인 낙엽과 도토리들이 많이 있었다. 이곳에도 봄은 도래해 흙으로 돌아가는 중인 낙엽을 뒤집고 곳곳에서 초록 싹이 자라나기 시작했다.

덤불이 다시 흔들린다. Q청년의 탐스러운 꼬리털도 자잘한 꽃처럼 흔들렸다. 바람이 노래를 부르며 근처를 지나갔다.

"♪모든 일은 반복되네~. 녹색비둘기의 알이 부화할 때까지~. ♪모든 추억도 새로워지지~. 가시 돋친 겉껍데기 아래 달콤한 결실~. ♪그것은 확실한 사실…"

덤불이 흔들린 것은 바람 탓일지 모른다. 노래를 부르던 바람이 사라지자 대신 굴뚝새가 맑은 목소리로 독창을 시작했다. 사람이나 개의 기척은 어디서도 느껴지지 않고, 안개 낀 파란 하늘이 어슴푸레 빛나고 있다.

---

* 배드민턴과 비슷한 일본의 전통 놀이. 무환자나무 열매에 구멍을 뚫어 새의 깃털을 꽂은 공인 '하고(羽子)'를 나무로 된 채로 치며 논다.

만일 위험한 존재가 가까이 있다면 주변에 있는 다람쥐들의 소리가 들렸을 것이다. 땅을 기는 수상한 물체가 다가오면 다람쥐는 찍찍 소리를 내 동료들에게 조심하라고 알린다. 참매 같은 무서운 맹금류가 하늘에 나타나면 딱딱딱딱 턱을 떨어 이빨을 부딪쳐서 경계음을 낸다. 지금은 아무도 위험을 알리지 않으니 안심하고 사랑하는 다람쥐를 만나러 가면 된다.

그런데도 다람쥐 Q청년은 초록 싹과 도토리가 여기저기 흩어진 땅을 가만히 내려다보고 있었다. 머릿속 문이 하나 열려버렸다. 즉, 다람쥐 Q청년은 봄이 싹트기 시작한 잡목림 속에서 무언가를 생각하기 시작한 것이다.

대체 무엇을?

그 전에 Q청년에 대해 조금 설명하자.

우선 Q청년은 이 이야기에서 자신이 알파벳 한 글자로 불리는 것을 모른다. 모든 야생의 다람쥐에게 이름 같은 것은 없다. 이 세상에 분명히 태어났고, 확실히 그곳에 있고, 명확히 숨도 쉬고, 새싹과 열매도 한 입 가득 머금고 있는데 이름은 없다.

이름이 없다. 그것은 타인이 보았을 때 그 생명이 개별화되어 있지 않다는 것이다. 일본이 아직 대륙과 연결되어 있었던 시절에 이 활엽수림에 살았던 다람쥐도, 지금 가만히 땅을 내려다보고 있는 Q청년도 이름이 없으면 그냥 다 같은 다람쥐로 볼 수밖에 없다.

 동물의 철학적 하루

하지만 그래서는 이야기를 해나가기 어렵다. 왜냐면 모든 이야기는 한 개체의 생명, 한 개체의 사고, 한 개체의 감정에 뿌리를 두고 만들어지기 때문이다. 검열 등에 의해 독립적으로 구분된 존재라는 것이 자의적으로 부정될 때는 동시에 이야기도 소멸한다. 이름과 이야기는 '분명히 이곳에 존재하는 일상'을 살기 위해 꼭 필요한 요소이기도 하다.

그래서 상수리나무 위에서 움직이지 않고 말없이 깊은 생각에 빠진 이 다람쥐에게는 애칭 정도라도 이름을 붙여주고 싶다.

그런데 어째서 Q일까? 그것은 그가 팔라스 다람쥐의 일종인 대만 다람쥐이기 때문이다. 사실 나는 邱(큐) 청년이라 쓰고 싶었다.* 그런데 邱라고 쓰면 평소 잘 아는 큐 씨 얼굴이 자꾸 떠올라서, 다람쥐인데 다람쥐가 아닌 묘한 다람쥐가 되어버리기 때문에 Q로 한 것이다.

내가 아는 큐 씨는 대도시 한 귀퉁이에 사는 중화요리점 사장이다. 좋은 기름을 먹는지 큐 씨의 숱 적은 머리는 늘 반질반질 빛이 난다. 껍질을 벗긴 직후의 양파처럼 불순물 하나 없는 반짝거림이다. 큐 씨는 내가 가게에 들어가면 웃는 얼굴로 다가와 상투적으로 "일단, 생맥주랑?" 하고 말한다. "네, 생맥주랑…." 하고 이쪽도 똑같이 반복하는데, 그다음에 조금이라도 망설이면 "공심채 볶음, 맛있어요. 오늘은 공심채로 하시죠."라고 멋대로 정해버린다. 큐 씨는 누구한테나 그런 식이다. 하지만 가게를 찾는 손님 모두에게 사랑받기 때문에 불평이 나온 적

---

* 언덕 구(邱)는 중국어 발음은 '치우', 일본어 발음은 '큐'다.

은 없다. 아마도.

지금, 일본에서는 대만 다람쥐가 특정 외래 생물로 지정되어 구제(驅除) 대상이 되어버렸는데, 원래는 사랑해야 할 동물로 대만에서 수입된 생명이다. 제2차 세계대전 전에 이즈오섬의 동물원을 탈출한 대만 다람쥐들이 야생화의 시초로, 그후 일본 각지에서 번식하게 되었다. 어떤 다람쥐든 '확실히 살아 있는 생명'이다. 생명이니까 개체와 개체 사이에 애정이 싹튼다. 그럼 새끼도 태어난다. 번식하는 것은 자연스러운 일이다.

물론 다람쥐로 인해 농작물 피해를 본 사람들은 용서하기 어려울 것이다. 대만 다람쥐보다 몸집이 작은 일본 다람쥐가 쫓겨날 가능성이 있다는 것도 큰 문제다. 그러나 각각의 다람쥐가 이 세상에 태어난 것은 분명한 사실이고, 다람쥐 한 마리 한 마리가 무환자나무의 검은 열매 같은 눈으로 숲과 하늘과 구름을 보고, 모든 것의 중심으로서 이 세상을 인식한다는 것도 명백한 사실이다.

한편, Q청년은 꼼짝 않고 잡목림의 땅을 보고 있다. 그의 머릿속에서 대체 무슨 일이 일어난 걸까?

그것은 땅에 떨어진 상태 그대로인 많은 도토리와 싹이 난 도토리와의 신기한 관계에 대한 발견이었다.

Q청년은 먼저, 자신이 매달려 있는 상수리나무를 중심으로 도토리가 방사형으로 떨어진다는 것을 깨달았다. 꼭대기 바로 위에서 본 상수리나무의 줄기를 x축과 y축이 교차하는 원점이라고 하면, 도토리는

동물의 철학적 하루

$x^2+y^2=r^2$(r은 원의 반지름)이라는 완전한 원을 이루는 조건의 위치 내에 거의 정확히 굴러떨어져 있었다.

Q청년이 흥미롭게 생각한 것은 도토리 한 알 한 알이 떨어지는 장소의 불확실성과 전체적으로는 원을 그린다는 확실성이다. 어느 도토리나 떨어질 때는 어디에 착지할지 몰랐을 것이다. 바람에 날리기도 하고, 줄기에 부딪히기도 하고, 이상하게 튀기도 하는 등 전부 운명을 예측하지 못하고 굴러떨어진다. 단, 도토리들은 그 불확실성을 필연적으로 내포하면서도 전체적으로는 원 안에 착지했다. 이것 역시 필연적인 확실성이다.

또, Q청년이 깨달은 것은 땅에 떨어진 채 말라버린 도토리와 싹이 난 도토리의 차이였다. Q청년의 기억이 틀리지 않는다면 싹을 틔우는 것은 짐작 가는 지점의 도토리들뿐이었다.

대만 다람쥐와 일본 다람쥐는 겨울잠을 자지 않는다. 일본의 천연기념물 겨울잠쥐는 겨울 동안 몸을 둥글게 웅크리고 잠을 자는데, 다람쥐는 아무리 혹독한 추운 계절에도 길게 잠을 자는 것이 허락되지 않기 때문에 온갖 수단을 동원해 생존하지 않으면 안 된다. 그래서 다람쥐는 저장을 한다. 만일의 경우를 대비해 낙엽 아래나 땅속에 도토리를 모아둔다. 그런 다람쥐의 행동이 도토리에게 딱 좋은 환경을 만든다. 적당한 수분이 확보되어 봄이 되면 싹을 틔울 수 있는 것이다.

Q청년은 자신이 도토리를 묻은 장소에만 싹이 나는 것을 알았다. 그 순간, 상수리나무라는 식물은 자신들 다람쥐와의 관계를 통해 생존을

가능하게 한다는 것을 깨달았다. 이것은 Q청년이 경악할 만한 자연의 섭리였다. Q청년은 도토리뿐 아니라 많은 식물의 꽃과 씨와 어린잎을 먹는다. 즉, 도토리를 먹는 것은 불확실성이 수반되는 행위다. 그러나 겨울의 혹독함을 이겨내지 않으면 안 되는 생활을 생각하면, 필연적으로 땅속에 도토리를 저장해야 한다. 거기서의 발아는 상수리나무로서는 확실한 방법이었다.

거기까지 생각이 미쳤을 때, Q청년은 상수리나무 줄기에 매달려 있으면서도 "오오!" 하고 소리를 지르지 않을 수 없었다. Q청년은 단풍나무 열매도 아주 좋아한다. 작은 새의 날개 같은 깃털이 달린 단풍나무 열매는 술 취한 천사처럼 빙글빙글 돌며 바람을 타고 날아간다. Q청년은 어릴 적부터 하늘을 나는 단풍나무 열매를 발견하면 곧잘 쫓아다녔다. 다 같이 와— 와— 소리를 지르며 예상되는 단풍나무 열매의 착지 지점으로 뛰어든다. 놀기도 하고 먹을 수도 있어 단풍나무 열매는 아주 매력적이다.

그러나 지금 Q청년은 전혀 다른 시점에서 단풍나무 열매를 새롭게 인식했다. 단풍나무 열매는 크기가 작아 저장하기에 적당하지 않다. 다람쥐들에 의해 땅속에 묻힐 일이 없는 것이다. 그래서 적당히 수분이 있는 좋은 환경의 장소까지 자력으로 씨를 옮겨야 한다. 단풍나무 열매가 어디까지 날아갈 수 있는지는 불확실성으로 가득 차 있지만, 날아서 발아하는 장소를 얻는 것은 확실한 방법이다.

그럼 대체 이 '불확실성으로부터 생겨나는 확실성'은 누가 생각하고 완성한 걸까? Q청년은 여기까지 생각했을 때 어떤 감동이 느껴져 부르르 몸을 떨었다.

아마도 이 세상은 근원적인 힘이 만든 법칙을 따르는 것이 아닐까.

겨울잠을 자지 않는 Q청년은 눈 결정의 규칙적인 구성도 알고 있다. 겨울 동안 나무껍질을 모아 지은 집에 가차 없이 눈이 내려 쌓인다. 추위에 떨면서도 Q청년은 몇 번이나 넋을 잃고 눈의 결정을 바라보았다. 그렇게 작은 눈송이도 정육각형의 아름다움으로 이루어져 있다. 그리고 이 넓고 높은 하늘!

Q청년은 겨우 몸을 움직여 상수리나무 줄기에서 가지로 뛰어 이동했다. 아련한 봄의 푸른 하늘이 머리 위에 펼쳐졌다. Q청년은 생각했다. 밤이 되면 별들이 빛나는 이 하늘도 어떤 법칙성을 갖고 있다. 내가 지금 여기서 하늘을 올려다보는 것은 불확실성이 따르는 행위지만, 이 하늘 자체에는 불확실함이 조금도 없다. 별은 정해진 길을 가고, 아침이 되면 태양은 반드시 얼굴을 내민다.

전부 정해져 있다고 Q청년은 생각했다. 그런데도 모든 풍경의 움직임에 불확실성이 따라붙는 것은 우리가 진짜 법칙을 모르기 때문이다. 모르니까 자신이 없어서 뭐든 애매하게 느낀다. 하지만 이 몸도 '이곳에 있다'라는 것은 어떤 확실함의 결과가 아닐까? 그래서 본래 법칙에 벗어난 부자연스러운 것을 보면 직감적으로 불길한 예감이 드는 것이다.

가지를 따라 이동하면서 Q청년은 인간이 놓은 덫에 걸린 친구를 떠올렸다. 지난겨울에 일어난 일이다. Q청년이 친구 다람쥐와 먹이를 찾아 걷고 있는데, 이곳 잡목림에서는 본 적 없는 좋은 향기가 나는 과일이 떨어져 있었다. 그런데 그 과일은 금속으로 된 바구니 안에 있었다. 바구니에는 입구가 있고, 그곳을 통과하면 과일을 갉아먹을 수 있다.

"하지 마!"

Q청년이 소리쳤을 때는 이미 늦어버렸다. 친구 다람쥐는 바구니 안에 들어가버린 후였다. 어지간히 배가 고팠던 모양이다. 그러나 친구는 과일을 갉아먹은 후 절망적인 눈빛으로 바구니 안에서 Q청년을 보았다. 거기서 나올 수 없다는 것을 바로 깨달은 것이다. Q청년은 어떻게든 친구를 구하려고 몇 번이나 바구니 주위를 뛰어다녔지만 방법이 없었다.

인기척에 Q청년은 근처 나무 위로 도망쳤다. 나타난 인간은 성인 남자였다. 인간은 만족스러운 얼굴로 Q청년은 이해할 수 없는 말을 내뱉더니 친구가 들어 있는 바구니를 집어 들고 나무들 저편으로 사라졌다. 친구는 바구니 안에서 소리 높여 울었다. Q청년도 슬픈 마음으로 친구를 바라보았다. 이제 친구는 돌아오지 않는다고 본능적으로 알았기 때문이다.

Q청년은 모르지만, 이렇게 잡힌 대만 다람쥐들은 유해동물로 처리된다. 이산화탄소 가스로 질식시킨 후에 소각된다. 대만 다람쥐 한 마리 한 마리는 분명히 이 세상에 태어났지만, 인간 사회에서 보았을 때는 배제해야 할 생물인 것이다.

이렇게 죽임을 당하는 대만 다람쥐들. 나는 이 살육 행위가 Q청년이 간파한 '근원적인 힘이 만든 법칙'에 맞는 행위인지 도저히 모르겠다. Q청년도 물론 모른다.

Q청년이 아는 것은 상수리나무 숲을 빠져나가 들판을 통과하면 사랑하는 다람쥐를 만날 수 있다는 것이다.

신기하게도 사랑 앞에서 사상(思想)은 안개처럼 사라진다. Q청년은 상수리나무 위에서 생각한 '불확실성으로부터 생겨나는 확실성' 따위는 싹 털어버리고 큰개불알풀의 파란 반짝임이 이어지는 들판을 달리기 시작했다. 사랑하는 다람쥐도 Q청년을 애타게 기다렸던 걸까. 들판 저편에서 아주 기쁜 표정으로 달려온다.

서로 달리고 있어 두 다람쥐 사이의 거리는 점점 좁혀진다. Q청년은 가까워지는 상대 다람쥐가 기쁨과 흥분을 온몸으로 나타내고 있다고 확신했다.

아아, 나는 이 다람쥐와 한 쌍이 된다. 그리고 새로운 상수리나무를 골라서 안정된 가지 위에 질 좋은 나무껍질을 쌓아 집을 만든다. 그곳에서 우리는 자식을 만들기 위해 노력한다. 그녀에게는 일 년에 세 번 정도 출산을 부탁해도 될 것이다. 왜냐면 나는 자식들을 키우기 위해 아침부터 밤까지 몸이 가루가 되도록 도토리를 모을 각오가 되어 있기 때문이다.

Q청년은 한순간에 이 모든 걸 생각했다.

그때다. 들판 주변에서 딱딱딱딱, 이빨을 부딪치는 경계음이 여러 번 울렸다. 속도를 내어 달리고 있었던 Q청년은 멈춰 설 수 없었다. 다리에 힘을 주어 버틴 순간 한 바퀴를 돌아 등부터 바닥에 떨어졌다. 상대 다람쥐도 뒹굴면서 뛰어들었다.

"으, 괜찮아?"

신음하며 사랑하는 다람쥐를 만지려는 Q청년 바로 옆을 커다란 검은 그림자가 쓱 지나갔다.

참매다.

Q청년의 심장이 확 쪼그라들었다. 참매의 시선이 사랑하는 다람쥐에게 곧장 향한 것처럼 보였기 때문이다. 참매는 사냥감을 고르면 한눈팔지 않고 목표물만 뒤쫓는 습성이 있다. 만일 사랑하는 다람쥐를 겨냥했다면 그녀가 이 들판에서 도망칠 가능성은 없다. 그녀 역시 참매가 자신을 노리는 것을 안 걸까. Q청년을 앞에 두고 기쁨으로 가득 찬 얼굴은 순식간에 창백해졌고, 까만 눈동자는 공포와 슬픔의 덩어리가 되었다.

Q청년은 하늘을 보았다. 참매는 한 번 선회해 곧장 이쪽으로 날아왔다.

"상수리나무 숲으로 뛰어!"

Q청년은 사랑하는 다람쥐에게 그 말만 하고, 몸을 숨길 곳이 전혀 없는 들판 한가운데로 달리기 시작했다. 그리고 온 힘을 다해 뛰어올랐다.

"참매야, 여기야!"

어찌된 일인지, Q청년의 머릿속에는 비행하는 단풍나무 열매가 떠올랐다. Q청년은 날개가 없지만 다람쥐의 점프력은 상당하니까 공중에서 소리쳐 참매를 유인할 정도는 된다.

"여기야! 나를 잡아!"

참매가 급히 방향을 바꿔 확실히 이쪽을 보았다. 그 날카로운 시선과 부리가 자신에게 향한 것을 Q청년은 확인했다. 이제는 사랑하는 다람쥐와 반대 방향으로 달려 도망치면 된다. 그러나 참매를 따돌릴 수 있을지 어떨지 알 수 없다. 참매가 먹이를 사냥할 때의 속도는 마치 별똥별을 보는 듯하다.

Q청년은 있는 힘껏 들판을 달렸다. 등 뒤에서 바람을 가르는 참매의 날갯짓 소리가 가까워진다. 바람은 더는 노래를 불러주지 않았다. Q청년은 숨조차 쉴 수 없을 정도로 달리고 달리고, 계속 달렸다. 아, 나는 지금 참매에게 잡힐지 모른다. 나의 목숨이란 얼마나 불확실한 것인가! 그러나, 하고 Q청년은 참매의 발톱이 등에 파고들기 직전 생각했다.

우리 다람쥐족이 살아남는 것은 확실하다. 그것은 이 세상 근원적인 힘의 확실한 의지이기 때문이다!

4화

엄마
고래

혹등고래

암수 모두 성장하면 몸길이 14m 전후, 몸무게 30톤에 이르는 대형 고래다. 북반구에서는 태평양과 대서양에 분포하고, 일본 근해의 무리는 번식 해역인 오가사와라제도 주변부터 채식(採食) 해역인 알류샨 열도, 오호츠크해까지를 회유한다. 청어 등의 먹이를 잡을 때는 여럿이 협력해 입으로 내뱉는 기포로 모는 어법을 사용한다. 수면을 가르고 물 밖으로 뛰어오르는 브리칭(breaching) 습성이 있어 고래 관찰(whale watching)의 대상이 되고 있다.

우리나라는 2007년부터 혹등고래를 해양보호생물로 지정해 관리하고 있다.

한밤중의 캄캄한 바다를 엄마 혹등고래 홀로 헤엄치고 있다. 하늘은 구름에 덮여 있고, 달도 별도 없는 밤이라 엄마 고래에게는 아무것도 보이지 않는다. 물결치는 먹물 같은 칠흑의 바다를, 한 가닥 희망을 품고 헤엄치는 수밖에 없었다.

엄마 고래는 불과 며칠 전까지 다른 혹등고래들과 여행을 하고 있었다. 오가사와라제도 저 남쪽에서 홋카이도 먼바다인 오호츠크해를 향해 함께 헤엄쳤다.

혹등고래는 넓은 바다를 회유하는 습성이 있다. 겨울에는 따뜻한 바다에서 새끼를 낳고 육아도 한다. 여름에는 서늘한 바다로 돌아와 여럿이 협력해 먹이를 사냥한다. 일 년치 체력을 비축하기 위해 청어와 정어리 등의 맛있는 먹이를 많이 먹는다.

엄마 고래는 혹등고래의 사계절 흐름에 따라 오가사와라 바다에서 수컷 새끼를 낳았다. 첫 출산이었다. 새끼는 태어났을 때 이미 몸길이가 4미터가 넘었다. 어미 몸의 3분의 1 정도 크기다. 갓 태어난 새끼가 젖을 빨기 위해 자신에게 바싹 달라붙어 헤엄치기 시작했을 때의 놀라움을 엄마 고래는 잊을 수 없다. 커다란 입을 벌리지 않아도 뭔가 아주 따뜻한 것이 몸속으로 들어온 것 같은 기분이 들었다.

새끼는 엄마 몸에서 떨어지지 않고, 말 그대로 있는 힘을 다해 헤엄쳤다. 엄마 고래도 혹등고래 특유의 커다란 가슴지느러미를 움직여 너울거리는 물결에 밀리는 새끼를 받쳐줬다. 새끼는 있는 힘을 다해 헤엄치며 입에서 작은 기포를 여러 번 뱉어낸다. 그 방울이 수면에서 터지는 소리가 엄마의 귀에는 몽, 하고 들렸다. 그래서 엄마는 새끼를 '몽'이라 부르기로 했다.

헤엄치는 법을 배운 몽은 엄마 주위를 빙빙 돌기도 하고, 어른 고래를 따라 가슴지느러미로 수면을 치기도 했다. 물보라가 튀면 몽은 신나서 엄마에게 바싹 다가왔다.

"엄마! 파도!"

"몽! 대단하네!"

몽은 수면을 가르며 노는 것을 좋아했다. 간혹 꼬리지느러미를 내리쳐 성대한 물보라를 일으켰다. 또, 노래 부르는 것도 좋아하는 것 같았다.

아가미 호흡을 하는 물고기와 달리 고래는 폐로 호흡하는 포유류이다. 인간의 먼 친척이라 감정을 표현한다. 그 커다란 몸에서 넘쳐나는 소리로 동료와 수다를 떨기도 하고 사랑의 노래를 부른다.

혹등고래 수컷은 멜로디가 있는 노래를 반복해 부른다. 온종일 부르는 열정적인 수컷도 있는데, 그 소리는 수백 킬로미터 떨어진 먼바다에도 전해진다. 반면에 혹등고래 암컷은 노래를 부르지 않는다. 인간이 들을 수 없는 저주파로 "당신의 노랫소리에 홀딱 반했어요."라고 중얼거릴 뿐이다. 암컷은 오로지 수컷의 노래를 듣는 역할이다.

몽은 어른들의 노래를 따라 하게 되었다. 노래라기보다 발성이라고 하면 할 말 없지만, 엄마 고래의 귀에는 몽의 노랫소리가 아주 매력적으로 들렸다. 갓 태어난 생명이 부르는 것이라고는 도저히 생각할 수 없는, 어떤 깊은 의미가 깃든 소리의 울림으로 느껴졌다. 가령 해 질 녘 몽이 노래를 불렀을 때, 엄마 고래는 저녁 하늘에 가장 먼저 빛나기 시작한 별의 중얼거림이 들린 것 같아 서둘러 수면 밖으로 얼굴을 내밀었을 정도다.

엄마 고래에게 뭉은 자신의 아이면서 매일의 놀라움이고, 이 세상의 신비이며, 무엇보다 삶의 기쁨이었다. 뭉이 옆에 있는 것만으로 세상을 보는 눈이 달라졌다.

예를 들면, 아침놀의 아름다움이 그랬다. 밤이 끝나고 동쪽 하늘에 태양의 꽃봉오리가 벌어질 때 뭉과 올려다보는 수면에도 그날의 가장 새로운 빛이 달린다. 물결의 너울거림으로 이리저리 뒤섞인 햇빛이 주황, 빨강, 금색, 은색, 혹은 초록 등 무수히 반짝거리는 꽃잎이 되어 바닷속에 내려앉는다.

"엄마, 예뻐!"

"정말 예쁘네. 어머, 뭉, 저기 봐."

큰 정어리 떼가 가로질러 가는 중이다. 마치 늘었다 줄었다 하는 마그네슘 구름 같다. 이 은색 구름에서는 그림자의 기둥이 뻗어 나와 정어리들의 움직임에 맞춰 바닷속을 뛰어다닌다. 뭉은 눈을 동그랗게 뜨고 기포를 뱉었다. 엄마 고래도 커다란 기포를 수면에 뿜어냈다. 크고 작은 두 개의 방울이 수면에서 반짝거리며 터졌다.

그러나 이 행복한 날들은 오래 가지 않았다.

오가사와라 바다를 떠나 북쪽으로 이동하기 시작한 고래 떼를 폭풍우가 덮쳤다. 바다는 사흘 밤낮을 휘몰아쳤다. 큰 파도의 충돌이다. 고래들은 머리 꼭대기의 분기공[*]을 물 위로 내밀어 호흡하기 때문에 이렇게 되면 숨 쉬는 것도 헤엄치는 것도 간신히 할 만큼 힘들다. 잠도 잘 수 없고, 사납게 날뛰는 바다에 시달릴 뿐이다. 그래도 엄마 고래는 "몽, 힘내!" 하고 계속 말을 걸었다. 몽도 필사적으로 "엄마!" 하고 대답했다. 그런데 언제부터인가 그 목소리가 들리지 않았다. 커다란 파도 소리와 다른 고래들의 비명 이외에 아무것도 들리지 않았다.

엄마 고래는 "몽! 몽!" 소리치며 큰 파도에 맞서 계속 헤엄쳤다. 혹등고래가 잠수할 수 있는 깊이를 넘어 어두운 바다 밑바닥까지 더듬었다. 눈을 쑤시듯 누르는 수압을 견디며 새끼의 이름을 외쳤다. 그러나 몽의 모습은 어디에도 없었다. 노래를 부르기 시작했던, 세상에서 가장 사랑하는 아이는 폭풍우와 함께 사라져버리고 말았다.

그로부터 얼마나 몽을 찾아다녔을까. 엄마 고래는 잠도 자지 않고 몽을 잃어버린 해역에서 세로로 가라앉거나 크게 원을 그리듯이 헤엄치며 밤낮으로 새끼의 이름을 불렀다. 수컷들의 노랫소리는 점점 멀어졌다. 몽을 찾는 사이 엄마 고래는 무리에서 벗어난 것이다.

단 한 마리, 혼자서는 바다에서 살아갈 수 있을지 어떨지 모른다. 아니, 아이가 없어진 이상 살아갈 의미가 있는지 어떤지도 엄마 고래는 알 수 없었다.

---

[*] 숨구멍. 머리 정상부에 있는 공기 분출 구멍

동물이 천하저 하루

“뭉!”

힘을 쥐어짜도 소리가 나오지 않았다. 그저 기포만 파문을 그리며 터질 뿐이다. 엄마 고래는 더는 헤엄치지 않았다. 세찬 파도에 몸을 맡긴 채 눈을 감았다. 될 대로 되라고 생각했다.

그런데 그날 밤, 엄마 고래는 뭉의 노랫소리를 들은 것 같은 기분이 들었다. 설마 했는데 확실히 들렸다. 뭉 특유의, 깊은 의미가 숨겨진 듯한 그 목소리의 울림이었다.

엄마 고래는 캄캄한 바다를 헤엄치기 시작했다. 꼬리지느러미를 힘껏 흔들어 노래가 들리는 방향으로 전력을 다해 헤엄쳤다. 도중에 인간을 많이 태운 배에 부딪힐 뻔했다. 육지가 가까운 것은 엄마 고래도 알고 있었다. 바다를 통해 전해지는 기계 소리가 갑자기 늘었기 때문이다. 이런 곳에 뭉이 있을 리 없다고 생각했다. 그런데 노랫소리는 들렸다. 어쩌면 뭉은 인간이 설치한 그물에 잡혔을지 모른다.

“그렇다면 구해야 해….”

엄마 고래는 자신이 어디에 있는지도 알 수 없었지만 온 힘을 다해 헤엄쳤다. 모르는 사이에 등대 불빛 아래를 통과하고 있었다. 그리고 인간이 만든 비좁은 항구 안으로 들어가고 말았다.

바닷물의 흐름을 차단하듯 제방이 뻗어 있었고, 콘크리트 안벽(岸壁)이 어두운 물을 가두고 있었다. 자연계에는 없는 직선의 연속이다. 한마디로 매우 부자연스러운 장소였다. 넓은 바다로 돌아가지 않으면 안 된다고 조바심이 났을 때는 이미 늦은 후였다. 엄마 고래는 작은 항구의 얕은 물에 올라타고 말았다. 어떻게든 몸을 움직이려 했지만 소용없었다. 꼬리지느러미는 정박지의 물을 때릴 뿐이었다. 엄마 고래의 피로는 한계를 넘었다.

"아….”

엄마 고래는 체념의 기포를 내뱉었다. 따개비가 붙은 커다란 턱이 정박해 있는 배를 스치며 가라앉았다. 그러자 그 배 갑판에서 인간의 그림자가 튀어나왔다. 소년 같다. 엄마 고래가 처음으로 확실히 보는 인간의 모습이었다. 소년은 매우 놀란 기색으로 배 가장자리에 매달려 떨고 있다. 무서워하지 않아도 돼, 엄마 고래는 소년에게 말하려고 했다. 하지만 소리가 나지 않았다. 입 옆에서 부글부글 거품만 새어 나왔다.

소년은 어두운 물에서 반쯤 튀어나온 엄마 고래의 얼굴을 가만히 바라보았다. 그리고 작은 소리로 "미안해요.”라고 중얼거렸다. 엄마 고래는 그 소리의 울림에 가슴 깊은 곳이 조여드는 것 같았다.

"너는….”

엄마 고래의 크큭, 하는 낮은 신음이 항구를 한 바퀴 돌았다. 조금 떨어진 곳에서 "뭐지?”라는 인간의 어른 목소리가 났다. 소년은 목을 움츠리고 그쪽을 살피더니 한 번 더 엄마 고래의 얼굴을 보았다. 그리고 배 갑판에서 배를 매어두는 안벽으로 내려가 모습을 감췄다.

항구에 혹등고래가 들어왔다는 소식은 순식간에 전국으로 퍼졌다.

안벽에는 카메라를 든 방송국과 신문사 사람들이 몰려들었다. 그 주위에는 많은 시민도 모여 있다. 상공에는 취재 헬리콥터가 날아다녔다. 사람들은 수면 밖으로 나온 엄마 고래의 커다란 머리를 가리키며 텔레비전 뉴스로 알게 된 내용을 서로 이야기했다.

"혹등고래래요."

"방향을 몰라서 길을 잃은 것 같다는데."

"수컷은 노래를 부른다나 봐요."

"힘이 없네, 자력으로 헤엄칠 수 없을 거야."

"그래서 앞으로 이삼 일일 거래요."

사람들 뒤에서 유달리 걱정스러운 표정으로 엄마 고래를 바라보는 얼굴이 있었다. 그 소년이다. 겉보기에는 초등학교 고학년 정도일까. 부모나 친구가 옆에 있는 것이 아니라 혼자 사람들 뒤에 서 있었다.

"이 고래를 살려줄 방법은 없을까요?"

텔레비전 방송국의 여성 리포터 목소리가 들렸다. 소년의 얼굴이 창백해졌다. 그러나 소년은 곧 안벽에서 벗어나 항구 근처의 집을 향해 터벅터벅 걷기 시작했다.

소년의 아버지는 이날 고기잡이를 나가 집을 비웠다. 엄마는 없다. 소년이 아주 어릴 때 사라졌다. 소년은 거의 혼자였다. 학교에 갔다 안 갔다 하는 불안정한 생활 탓일지도 모른다. 하지만 확실한 이유는 달리 있었다. 소년이 가끔 기이한 소리를 지르기 때문이다. 노래도 아니고 외침이라고도 할 수 없는, 뭔지 모를 소리로 하늘을 향해 짖거나 바닷물에 허리까지 잠겨서 큰 소리를 내곤 했다.

어른들이 보기에는 정체를 알 수 없었기에 대부분의 부모가 자식들에게 저 아이한테는 가까이 가지 말라고 주의를 줬다. 학교 선생님도 난처했다. 교실에 있을 때 소년은 얌전히 행동하지만, 하얀 제비갈매기 떼가 학교 건물을 스치듯 날면 기묘한 소리를 지르며 그대로 운동장으로 뛰쳐나갔다.

아버지는 고기잡이를 쉴 때 소년을 마음 전문가에게 데려갔다. 우유병 바닥 같은 안경을 낀 전문가는 소년에게 여러 가지 검사를 했는데, "잘 모르겠네요."라고 쓴웃음을 짓더니 "하지만 괜찮을 겁니다." 하고 소년의 어깨에 손을 올렸다. 아버지는 집으로 돌아가는 길에 항구 옆 공원으로 가서 아들과 나란히 벤치에 앉았다.

"어떤 때 노래가 부르고 싶어지니?"

아버지의 목소리는 잔잔한 바다처럼 부드러웠다. 소년은 항구 맞은편의 푸른 바다를 한동안 바라보았는데, "기쁠 때 노래해요."라고 대답했다.

"오! 어떨 때 기쁜데?"

"이 별이랑 여기 사는 모두가 기쁠 때."

"이 별?"

"생명이 태어나고, 이어지는 별. 엄마도 그 한 사람이었어. 나도 그 한 사람. 아빠도 그래. 우리 모두 별의 조각이야. 그 모두가 소중하다는 별의 기분이 나의 배를 타고 전해져. 그럼 노래를 불러."

아버지는 더 이상 아무것도 묻지 않고 가만히 소년의 손을 잡았다. 그 후로 사람들이 아무리 아들을 험담해도 아버지는 걱정하지 않았다. 이 아이는 엄청나게 커다란 존재를 느끼는 것뿐이다. 그렇게 생각했다.

그렇다고 소년의 외톨이 생활이 달라진 것은 아니다. 보지 못하는 자들은 보이는 것만으로 판단한다. 소년은 외로움에 휩싸였을 때, 밤의 항구에 나가 느낄 수 있는 만큼 이 별의 기분을 몸에 가득 담았다. 그리고 노래를 불렀다. 보통 사람들은 도저히 노래라고 받아들일 수 없는 기묘한 소리로.

소년이 노래하면 많은 생물이 모여들었다. 예를 들면, 한밤중에도 잠에서 깬 갈매기와 항구의 쥐들이 소년의 노래를 들으러 다가왔다. 갯강구는 만 마리 정도 모였다. 하지만 거대한 혹등고래가 나타날 거라고는 생각도 하지 못했다.

엄마 고래가 항구에 갇힌 지 하루가 지나자 안벽에는 소방차가 출동했다. 엄마 고래의 머리와 등이 건조해져 호스로 바닷물을 뿌려주기 위해서다. 그 모습은 텔레비전 뉴스로 상세히 보도되었는데, "고래야, 힘내."라고 입을 모아 외치는 유치원생들의 영상도 뉴스 화면 도중에 등장하게 되었다.

그러나 인간은 달리 방법이 없었다. 이틀째, 사흘째, 나흘째… 엄마 고래는 역력하게 쇠약해졌다. 이미 가슴지느러미도 꼬리지느러미도 움직이지 않았다. 반쯤 벌린 입에서 기포만 새어 나왔다. 이 거대한 몸이 숨을 거두는 것은 시간문제라고 안벽에 모인 모두가 안타까워했다.

소년은 그동안에 가능한 한 항구에 있으려고 했다. 낮에도 밤에도 엄마 고래의 얼굴을 계속 지켜보았다. 일절 노래하지 않고, 말도 하지 않고 안벽에 자란 한 그루 나무처럼 가만히 서 있었다. 왜냐면 소년은 예감하고 있었기 때문이다. 고이고 고인 이 별의 기분을 엄마 고래에게 바칠 순간이 온다는 것을.

그것은 엄마 고래가 항구에 갇힌 지 닷새째 되던 해 질 녘이었다. 만조로 바닷물의 수위가 높아졌지만 움직이지 않는 엄마 고래를 보고 이제 끝일지 모른다고 안벽에 있던 사람들이 술렁거리기 시작했을 때다. 소년은 아득히 먼 대지의 바닥에서 "지금이야." 하는 속삭임을 들었다.

소년은 입을 벌렸다. 고여 있던 이 별의 기분이 인간은 알아들을 수 없는 노래가 되어 터져 나왔다. 사람들은 양손으로 귀를 막고 무너지듯이 무릎을 꿇었다. 강렬하게 울리는, 엄청난 음량의 노래였다.

어두운 안개 속에 떨어져 있었던 엄마 고래는 그 순간 잠이 깼다. 자신의 배와 닿아 있는 얕은 여울의, 더 훨씬 아래쪽에서 엄청난 힘이 솟구쳤다. 그 힘이 무한하다는 것을 엄마 고래는 순식간에 깨달았다.

"오오, 뭉! 나는 헤엄쳐야 해…."

엄마 고래의 꼬리지느러미가 크게 수면을 때렸다. 거대한 몸이 서서히 움직인다. 엄마 고래는 가슴지느러미로 정박해 있는 배를 밀어서 몸의 방향을 바꿨다. 소년도 무한한 힘에 의지해 계속 노래 불렀다.

엄마 고래는 항구의 출구를 향해 헤엄치기 시작했다. 얕은 여울에서 벗어난 것이다. 수심은 점점 깊어졌다. 사람들은 귀에서 손을 떼고 손뼉을 치기 시작했다. 소년은 그래도 노래를 멈추지 않았다. 드디어 항구에서 빠져나간 엄마 고래는 그곳에서 해야 할 것을 확실히 알았다.

엄마 고래는 힘껏 숨을 들이마시고 수면 아래로 잠수했다. 그리고 다시 물 위로 떠오르면서 소년이 봐주기를 바라는 마음으로 그것을 했다.

머리의 분기공에서 간헐천이 뿜어져 나오듯 물보라가 일었다. 엄마 고래가 바닷물을 뿜은 것이다. 해거름 햇빛을 받아 거기에 커다란 무지개가 걸렸다.

5화

두더지의
한계상황

두더지

두더지는 유럽, 아시아, 북아메리카에 널리 분포한다. 일본에는 홋카이도를 제외한 거의 전 지역에 서식해서, 동일본에는 작은일본두더지, 서일본에는 큰두더지가 지하에 터널을 파고 산다. 몸길이는 13~15㎝ 정도다. 흙을 파기 위한 앞발은 크고, 5개의 발톱이 있는 발바닥은 몸 바깥쪽을 향해 있어 땅을 파기에 좋다. 흙 속에 사는 곤충, 지렁이, 거머리 등을 먹는다. 대대로 이어받은 터널을 이용하기 때문에 총 길이가 $200m$에 이르는 미로에서 생활하는 개체도 있다.

우리나라도 전국에 두더지가 서식하는데, 진동에 예민해서 사람이 가까이 가기 전에 땅속으로 숨어버린다.

　마음의 위기는 넘어설 수 없을 것 같은 벽에 직면했을 때 찾아올까, 아니면 평범한 일상에서 갑자기 찾아올까.

　지금부터 소개하는 이야기는 여러분이 걷고 있는 땅 아래, 캄캄한 미로 세계에서 일어난 일이다. 주인공은 두더지 아저씨. 이름은 '유' 씨 라고 한다.

　파란 하늘이 눈부신 가을날 오후였다. 도심 외곽의 공원에서는 연 못 주위를 날아다니는 고추좀잠자리를 쫓아 잠자리채를 든 아이들이 뛰어다녔다. 참으로 한가로운 광경이다. 그러나 그 바로 밑에서는 두더 지 유 씨가 삽을 대신하는 손을 허리에 대고 터널 한가운데 엎드려 있 었다. 물론 바로 위 공원과는 대조적으로 햇빛이 들지 않는 지하세계는 아무것도 보이지 않는다. 일 년 내내 변함없는 흙냄새와 습기 속에서 유 씨는 멍하니 엎드려 있었다.

　보통은 흙이 있으면 파지 않으면 안 되는 유 씨다. 왜 마음이 다른 곳 에 가 있는 것처럼 동작을 멈추고 있을까. 그것은 유 씨의 귀가 우연히 포착한 소리, 틀림없는 인간의 목소리가 원인이었다.

　터널 벽에 몸을 비비면서 이동하는 두더지는 원통형 몸을 갖고 있다. 귀도 튀어나오지 않았다. 매끄러운 털이 뒤덮은 머리에 두 개의 구멍이 나 있을 뿐이다. 단, 그 감도는 아주 뛰어나다. 게다가 터널 안은 공기의 진동이 확산되지 않고 그대로 전달되어 지렁이의 댄스와 땅강아지의 연주뿐 아니라 지표면에 사는 인간의 생활음도 다 들린다. 금속으로 된

전성관(傳聲管)*을 통하듯이 조금 떨어진 장소에 있는 인간의 말도 또렷이 들린다.

"헤이, 유! 여전히 시시한 짓을 하고 있잖아!"

유 씨가 들어버린 것은 도심의 젊은 청년이 친구를 놀리는 듯한, 어딘가 친근한 목소리였다. 신경 쓸 필요 없었을지도 모른다. 하지만 이 소리가 유 씨의 가슴에 팍 꽂혔다. '시시한 짓'이라는 말이 몸속 깊이 파고들었다.

잠깐. 인간의 말을 두더지가 이해할 수 있을까? 의문을 품는 사람도 있을 것이다. 그 부분은… 잘 모르겠다. 단, 산과 들, 논밭뿐 아니라 인간이 사는 도시의 지하에도 두더지들은 미로 세계를 만들어낸다. 두더지는 원시시대부터 계속 인간의 말을 듣고 있었다. 그 사실을 깨닫지 못하는 것은 인간이다.

다시, 유 씨 이야기로 돌아가자. 이 두더지 아저씨는 자신의 행동에 대해 시시하다거나 혹은 시시하지 않다거나 하는 판단을 한 적이 없었다. 가치관의 척도라는 것을 일절 갖지 않고 지금까지 살아왔다.

유 씨는 철들 무렵부터 흙을 팠다. 무엇 때문에 파는가, 라는 생각도 한 적 없다. 파지 않으면 밥을 먹지 못하니까 먹기 위해서, 살기 위해서라고 해석할 수는 있다.

---

*　　서로 떨어진 곳을 연결해 음성을 전달하는 관. 선박에서 승무원 간의 통신에 주로 쓰인다.

　　　동물의 철학적 하루

하지만 무엇보다도 선조에게 물려받은 터널이 눈앞에 있는 이상 몸이 반응해버린다. 전방이 흙으로 가로막혀 있으면 손이 멋대로 움직인다. 자식들이 둥지를 떠난 후에도 유 씨는 흙 파기를 쉰 적이 없었다.

"시시하다니… 무례한 거 아냐? 누구야?"

어둠 속을 향해 유 씨는 항의의 목소리를 높였다. 터널 안이라 '누구야? 누구야? 누구야?' 소리가 메아리친다. 그러나 누구도, 어디서도 대답은 없다. 그것이 유 씨를 더욱 비참하게 만들었다.

나는 시시한 짓을 하고 있는 걸까. 유 씨는 삽으로밖에 보이지 않는 손을 살포시 가슴에 댔다. 흙덩이가 부슬부슬 발아래에 떨어졌다.

다시 생각해보면 흙을 파는 행위 자체에는 아무 재미도 없다. 흙을 파면서 웃은 적은 한 번도 없다. 그래도 어둠 속에서 계속 흙을 팠다. 재미없다고 하면, 진짜 재미없는 인생이랄까. 이것이 두더지생(生)이었다. 게다가 두더지인 이상 앞으로도 계속 흙을 팔 것이다.

유 씨는 갑자기 몸이 무거워진 것 같았다. 마치 황철석을 포함한 바윗덩어리 같았다. 서 있을 수 없어 비슬비슬 주저앉아버렸다.

시시한 짓을 하는 나는 시시한 두더지일까. 만일 시시하지 않은 두더지라면 사는 의미가 있을까.

생각해도 답은 나오지 않았다. 오늘은 흙 파기를 멈추고 둥지로 돌아가자고 유 씨는 생각했다. 자식들이 독립한 후로는 말할 일도 없어진 아내가 기다릴 뿐이지만, 그래도 터널에서 혼자 끙끙거리는 것보다 낫다. 유 씨는 무거운 몸을 끌 듯이 움직여 어두운 미로를 되돌아갔다. 그런데 갈라지는 터널의 안쪽이 어렴풋이 밝아진 것을 알아챘다. 사각사각, 뭔가를 가는 듯한 소리도 들렸다.

뭐지? 유 씨는 빨려들 듯이 그쪽으로 다가갔다. 아무래도 나무뿌리를 따라 누군가의 둥지가 있는 모양이었다. 빛의 정체는 뿌리와 지면의 작은 틈새로 비치는 햇빛이었다. 그 빛 속에서 정수리가 벗겨진 두더지 한 마리가 드러났다. 그는 삽과 같은 손으로 쇠못을 움켜쥐고 나무뿌리에 사각사각 무언가를 적는 중이었다.

"뭐하세요?"

유 씨가 묻자 대머리 두더지가 느린 동작으로 몸을 돌렸다.

"보면 알잖소. 일기를 쓰고 있는 거요."

말투로 알았다. 유 씨와 마찬가지로 동일본에 서식하는 동일본두더지 선생이다.

"이곳은 빛이 스며들어서 하루가 지나는 것을 알 수 있지. 매일 무얼 했는지 기록하면 단조로워지기 쉬운 시시한 우리 일상에 매일의 기억이라는 색채를 줄 수 있어요."

오오! 유 씨는 자신도 모르게 까치발을 들었다. 극복해야 할 대상으로서 '시시하다'는 말을 거리낌 없이 내뱉었기 때문이다. 게다가 그 반대말로 튀어나온 '색채'가 너무나 매력적이라 유 씨의 가슴속에서 무지개 색깔의 거품이 터졌다.

찾던 것은 이것이었다. 시시한 일상이라도 행위를 기록하는 것으로 색을 입힐 수 있다!

“선생님의 일기를 봐도 될까요?”

“어이, 남에게 보이려고 쓰는 게 아니야. 뭐, 그래도 꼭 보고 싶다면.”

대머리 선생은 쓴웃음을 지으며 삽처럼 생긴 손으로 컴온컴온, 하고 손짓했다. 유 씨는 허리를 굽혀 일기가 적힌 나무뿌리로 다가갔다.

모월 모일 흙을 팠다. 지렁이를 먹었다. 34.

모월 모일 흙을 팠다. 지렁이를 먹었다. 28.

모월 모일 흙을 팠다. 지렁이를 먹었다. 46.

모월 모일 흙을 팠다. 지렁이를 먹었다. 37. ♪

평생 지하에서 생활하는 탓에 두더지의 시력은 매우 약하다. 유 씨는 몇 번이나 눈을 비비며 대머리 두더지의 일기를 읽으려고 애썼다.

“매일 흙을 파고, 지렁이를 먹은 게 전부인가요?”

“물론이지. 두더지니까.”

“하지만 아까, 일기를 쓰면 색채를 줄 수 있다고 했잖아요. 대체 어디가 그 색채예요?”

흠흠, 대머리 선생이 헛기침을 했다.

“매일 정확히 숫자가 기록되어 있잖소. 그건 그날 먹은 지렁이 숫자요. 이 숫자를 보는 것으로 어떤 하루였는지 떠올릴 수 있지.”

“이 ♪은?”

“물어봐줘서 고맙소. 이것이야말로 색채지. 이건, 먹은 순간 지렁이가 어떤 소리를 내며 숨이 넘어갔나, 그 소리를 나타낸 거요."

잠시 일기 앞에 서 있었던 유 씨는 대머리 선생에게 "감사합니다." 하고 고개 숙여 인사하고 그 자리를 떠났다. 사실은 '시시한 일기네요.'라고 말하고 싶었지만, 물론 그런 무례한 말은 하지 않았다.

유 씨의 몸은 다시 무거워졌다. 두더지는 시시한 동물이라는 생각이 더욱 강해졌다.

그런 유 씨에게 말을 거는 소리가 들린 것은 미로의 갈림길을 몇 개쯤 지난 후였다. 누군가의 둥지 안쪽에서 "발걸음이 매가리가 없네. 한잔해!" 하고 불러세웠다. 주변에서는 술 냄새가 풀풀 풍겼다.

캄캄한 터라 상대의 얼굴은 보이지 않았다. 하지만 말투로 보아 최근 세력을 키워온 큰두더지라는 것을 알았다. 간사이* 에서 온 그에게도 유 씨의 발소리가 힘이 없고 슬프게 들린 걸까.

"뭘 고민하는 거요?"

술을 많이 마시는지, 간사이 두더지는 블루스풍의 쉰 목소리로 말했다. "자, 마셔요." 하고 그는 유 씨의 삽처럼 생긴 손에 도토리 잔을 쥐어주었다. 유 씨는 나중에 아내에게 혼이 날지도 몰라 조금 주저했지만 될 대로 되라는 기분이 들어 잔에 입을 댔다. 뭔가의 뿌리를 발효시킨 술일까. 톡 쏘는 맛은 인간이 마시는 고구마 소주(芋燒酎)** 와 비슷했다.

"우울할 때는 마시는 게 제일이야."

---

*   교토, 오사카 지방

**   고구마를 원료로 빚은 소주

어둠 속에서 간사이 두더지가 술을 따랐다. 취기가 돈 유 씨는 그만 푸념을 늘어놓게 되었다.

"마시지 않으면 할 수가 없어요. 터널 속에서 매일 흙을 파고 지렁이를 먹기만 해요. 평생 그렇게 사는 거예요. 우리 두더지는 왜 이렇게 시시한 생활을 해야 하죠?"

"와, 뭐야, 당신. 지금 약간 정신적 위기잖아. 자, 마셔요."

간사이 두더지는 자신도 벌컥벌컥 소리를 내며 술을 들이켰다. 쉰 목소리가 커진다.

"나도 고민한 적이 있지. 우리는 평생 어둠 속에 살잖아요. 게다가 단조로운 생활이 영원히 계속되죠. 그걸 생각하니 너무 괴로웠어요."

"맞아요. 이 목숨 따위 의미 없다는 생각이 든다니까요."

유 씨는 이미 울상이다. 응응, 하고 간사이 두더지가 고개를 끄덕였다.

"내가 심각하게 고민하던 시절에는 대학 강의실 지하에 보금자리를 꾸몄었죠. 그냥 잠만 자는데 강의하는 목소리가 들리는 거예요. 정말, 여러 가지 공부를 했어요. 고뇌에 맞서기 위해서는 철학밖에 없다고 생각한 적도 있었죠. 그런데 인간도 생각의 시행착오를 반복할 뿐이라는 걸 알았어요. 만능 답 같은 것은 없더라고. 가령 독일의 야스퍼스….[*]"

간사이 두더지가 인간의 철학자 이름을 말했다. 유 씨는 생각지 못한 전개에 도토리 잔을 품에 안았다.

"야스퍼스는 죽음과 죄처럼 인간의 힘으로 어쩔 수 없는 벽 앞에 마주 서는 것을 '한계상황에 직면한다'고 표현했어요. '그때 우리 마음은 비로소 벽 건너편의 절대적인 존재를 의식하게 된다. 그것이 삶의 하나의 의미다.'라고 야스퍼스는 말했죠. 나는 그 강의를 듣고 이 쪼그만 눈이 번쩍 뜨였어요. 요컨대, 어쩔 수 없는 생활도, 선조에게 물려받은 터널의 벽도 우리 두더지의 한계상황이라고 생각한 거죠. 그렇다면 거기서 오는 고통은 우리에게 훌륭한 깨달음을 주려고 준비된 것이 아닐까. 나는 그렇게 생각했어요."

오! 유 씨는 감탄했다. 자신이 찾는 것에 가까워지고 있다고 느꼈기 때문이다.

"그때부터 나는 벽 너머의 절대적인 존재에게 정신이 아득해질 때까지 기도했죠. 사는 것이 즐거워지는 기쁨을 주세요, 라고. 그 결과…."

"그 결과?"

얼른 답을 듣고 싶어서 유 씨는 상체를 앞으로 내밀었다.

"상황은 하나도 바뀌지 않았어요. 흙을 파는 것뿐인 생활도, 내 마음도 전혀 바뀌지 않았어요. 나는 깨달았죠. 우리는 생활 속에서 한계상황에 직면한 것이 아니다. 애당초 우리 자체가 한계상황의 화신이구나. 그렇다면 아무리 철학을 들고 나와도 고민은 해결되지 않는다."

유 씨 입에서 "하…." 하고 한숨이 새어 나왔다.

"대신 나는 이걸 만났어요. 술이요. 술을 마시면 기분이 좋아져요. 무엇 하나 해결되지 않아도 뇌가 꿈을 꾸거든. 아주 간단히 한계상황을

동굴이 철학과 하무

깨버릴 수 있죠. 자, 마셔 마셔 마셔! 취해서 모든 걸 넘어버리는 거야!"

유 씨는 도토리 잔을 발밑에 내려놓았다. "감사합니다." 짧게 인사한 뒤, 간사이 두더지를 자극하지 않도록 조심스럽게 뒷걸음쳤다. 터널 안에 "마셔! 마셔! 마셔!" 하는 쉰 목소리가 메아리친다. 유 씨는 삽처럼 생긴 손으로 귀를 막고 그 자리에 주저앉아버렸다.

결국, 무엇을 어떻게 하든 재미없는 생활에서 벗어날 수 없다는 것을 깨달았기 때문이다. 평생 어둠 속에서 흙을 파고, 지렁이를 먹을 뿐이다.

어떻게 미로를 더듬어 둥지까지 왔는지 유 씨는 기억하지 못한다. '두더지로서의 삶'에 그만큼 절망한 것이다. 정신을 차린 것은 "당신, 술 냄새 나."라고 아내가 말했을 때다.

"나도 마시고 싶을 때가 있어."

보기 드물게 유 씨가 아내에게 말대꾸했다. 어둠 속이었지만 아내의 표정이 달라진 것을 유 씨도 알 수 있었다.

"뭐라고?"

"나도 괴로울 때가 있어. 매일 흙만 파는 생활이잖아. 아이들이 독립한 후로는 여기 돌아와도 아무 기쁨도 없어. 술 정도 마셔도 되는 거 아냐?"

"바보 같은 소리 하지 마!"

아내의 목소리가 강철처럼 강경해졌다.

"흐리멍덩하게 흙을 파서 멍하니 있는 시간을 만드니까 고민이란 게 생기는 거야. 술로 얼버무리려 하지 말고 아침부터 밤까지 계속 파. 그럼 고민도 없어져."

정말 호랑이 마누라네. 유 씨는 숨이 막힐 것 같았다. 취기도 한몫 거들었을 것이다. 유 씨는 버티고 서서 "그래, 해줄게! 계속 파줄게!" 하고 소리쳤다. 그리고 둥지의 벽으로 돌진해 맹렬한 기세로 파기 시작했다.

화가 나서 뚜껑이 열린다는 것이 이런 거였다. 말리려는 아내의 목소리가 들린 듯했지만 유 씨는 삽처럼 생긴 손을 폭발적으로 움직였다. 둥지 벽에는 이미 새로운 터널이 생겼다. 유 씨는 그 안에 들어가 팔이 부서져라 파고 또 팠다. 똑바로 파는지, 구부러졌는지, 어느 쪽으로 가는지 전혀 알 수 없었다. 이따금 나타나는 지렁이를 씹으면서 유 씨는 파고 또 팠다. 그러자 희미해지는 의식 속에서 유 씨는 갑자기 무언가를 본 것 같았다. 그것은 흙에서 태어나 흙으로 돌아가는 자신이었다. 지금은 그저 두더지라는 동물로 어둠 속에 살고 있지만, 본래는 이 별의 흙 자체였다. 아니, 별 그 자체였던 것이다.

얼마나 계속 팠을까. 정신을 차렸을 때 유 씨는 다시 둥지에 돌아와 있었다. 취해서 흙을 판 탓인지 터널이 구부러진 것이다. 즉, 유 씨는 거대한 원 모양의 터널을 파서 귀환했다.

그 사실을 아는 것은 둥지로 돌아온 유 씨를 갈채로 맞아준 아내와 벽 너머의 절대적인 존재뿐이었다.

"헤이, 유! 엄청난 원을 그리다니 정말 멋져!"

유 씨는 비몽사몽간에 어딘가 멀리서 나는 소리를 들은 것 같았다.

6화

보스도
나무에서
떨어진다

일본원숭이

혼슈, 시코쿠, 규슈, 야쿠시마 등의 활엽수림 지대에 평균 40마리, 많게는 100마리 넘게 무리 지어 산다. 아오모리현 시모기타 반도에 서식하는 무리는 사람 이외에 가장 북쪽에 서식하는 영장류다. 몸길이는 수컷이 60㎝ 정도, 암컷은 그보다 한층 작다. 식물의 잎, 열매, 씨, 버섯, 곤충 등을 먹고, 야생에서의 수명은 20년 정도다. 온천을 즐기는 원숭이로 사랑받기도 하지만, 농작물에 대한 피해로 매해 약 2만 마리가 포획되고 있다.

여러분은 동물원에 갔을 때 어느 동물의 우리 앞에서 가장 오래 머물러 있는가?

나의 경우는 일본원숭이다.

보통 어느 동물원이든 일본원숭이 우리는 부지 안에 콘크리트나 나무로 만들어진 원숭이 산이 있고, 그곳에 수십 마리 원숭이들이 산다. 나는 한 마리씩 구별할 수 있을 때까지 원숭이들을 보기 때문에 어쩔 수 없이 시간이 걸린다.

어린 새끼를 안은 엄마 원숭이. 그 옆에서 털을 고르는 우물가 숙덕공론팀. 햇볕을 쬐는 태평스러운 원숭이에, 술래잡기하는 어린 원숭이들도 있다. 그리고 집단 한가운데서 날카로운 눈빛으로 주위를 둘러보며 잘난 척하는 보스 원숭이.

보스 원숭이는 먹이인 고구마를 둘러싸고 싸움이 시작되면 "야야!" 하고 끼어든다. "너희, 싸우면 안 돼."라고 맞붙어 싸우는 원숭이들을 야단치고, 문제가 된 고구마를 빼앗아 자신이 먹어버린다. 그는 원숭이 산에서 가장 강하므로 다른 원숭이들은 거역할 수 없다.

동물원 원숭이뿐 아니라, 야생 일본원숭이 무리에게 먹이를 던져주는 장소에서도 무리 중 가장 힘센 수컷 원숭이를 보스 원숭이라고 불렀다. 보스 원숭이는 단독 행동하는 외톨이 원숭이가 무리에 다가오면 힘으로 쫓아내고, 다른 수컷 원숭이가 잘난 척하면 하리센[*]으로 머리를

때린다.

이런 행동을 보고 인간은 어떤 원숭이 무리에나 보스 원숭이가 있어 집단의 질서와 안전을 유지하기 위해 여러 방면에서 활약한다고 믿어왔다. 그러나 최근 들어 학자들이 연구를 통해 진짜 야생의 원숭이 무리에는 보스 원숭이가 없을지도 모른다는 의견을 내기 시작했다. 확실히, 가장 힘센 수컷 원숭이는 어느 무리를 봐도 위압적으로 행동한다. 단, 원숭이 무리는 암컷 원숭이를 중심으로 한 모계 집단이다. 야생 환경이라면 수컷은 결국 집단에서 나갈 운명이다. 가장 힘센 원숭이라도 무리를 통치하는 리더로 계속 있기는 어렵다. 동물원의 원숭이 산과 인간이 주는 먹이를 받아먹는 무리의 힘센 원숭이를 '보스'라고 인식하는 것은 인간 사회를 원숭이 세계에 그대로 투영한, 이쪽의 지레짐작 때문일지 모른다.

한편, 어느 숲에 자기가 보스인 줄 아는 원숭이가 있었다. 보스는 없을 수도 있으니 이 이야기에서는 그를 '보츠'로 부르자.

보츠가 보스가 되기로 마음먹은 것은 무리가 사는 숲이 고속도로에 접해 있는 상황과 관계있었다. 커다란 산의 기슭에 있는 숲은 안이 깊고 울창한 활엽수림이었다. 어린잎과 나무 열매, 버섯 등 원숭이들의 먹이가 풍부한 축복받은 장소다. 하지만 숲 바로 옆이 자동차가 쌩쌩 달리는 고속도로였다. 많은 동물들이 이 고속도로를 헤매다 희생됐다. 토끼, 사슴, 너구리, 여우…. 원숭이 역시 자동차에 치어 죽었다.

동물의 철학적 하루

보츠도 아직 어린 원숭이였을 때 슬픈 일을 겪었다. 보츠의 엄마가 눈앞에서 트럭에 치이는 사고를 당했다. 둘이 버섯을 배불리 먹고 기분이 좋았을 때였다고 보츠는 기억한다.

보츠의 엄마가 고속도로 바로 옆 상수리나무에 올라가더니 나무를 흔들기 시작했다. 원숭이는 기쁘거나 흥분하면 나뭇가지에 매달려 나무 전체를 흔든다. “키키킷(홉홉홉)!”* 하고 소리를 지르며 상수리나무를 흔드는 엄마를 어린 보츠는 존경의 눈빛으로 바라보았다. 엄청 힘이 세다고 생각했기 때문이다. 그런데 엄마는 너무 신바람을 내고 말았다. 몸으로 반동을 주어 크게 흔든 순간, 나뭇가지가 빠직— 소리를 내며 부러졌다. 고속도로로 떨어진 가지에 엄마는 그대로 매달려 있었다. 아앗! 보츠가 놀라 숨죽였을 때 이미 엄마는 시속 100킬로미터로 달리는 대형 트럭의 앞바퀴에 말려 들어갔다.

어린 보츠는 외톨이가 되었다. 다른 새끼 원숭이들이 어미 품에 안겨 잠을 자는 밤에도 너도밤나무 꼭대기 가지에 걸터앉아 별을 바라보았다. 밤하늘의 반짝임 속 어딘가에 엄마가 있을 것 같았기 때문이다. 뚝뚝, 눈물이 떨어질 때마다 다시는 이런 일이 일어나선 안 된다고, 무리의 그 어떤 원숭이도 자신과 같은 불행한 일을 겪게 해선 안 된다고 뼈저리게 생각했다.

---

* 일본 음독으로 '홉(기쁠 희)'를 '킁(키)'라고 읽는다. 여기에서는 원숭이들의 기쁜 감정을 나타내는 의성어를 '키키키'라고 표현하고 한자는 홉홉홉를 썼다. 작가의 언어유희라 할 수 있다.

청년이 된 보츠는 무리에서 가장 강한 보스 원숭이에게 정면으로 맞서 싸움을 걸어보려 했다. 이 수컷 원숭이는 자기밖에 몰라서 자신의 먹이를 모아두는 것과 암컷 원숭이에게 인기 있는 것밖에 생각하지 않았기 때문이다. 그러나 보츠는 싸움을 잘하지 못했다. 엄마의 불행한 일이 있고 난 후로는 피를 보는 것이 너무 싫었다. 반면에 수컷 원숭이는 필살의 물어뜯기 공격이 특기라서 어떤 식으로 맞붙어도 도저히 이길 수 없었다.

그런데 어느 날, 보츠는 이 수컷 원숭이가 갓 태어난 새끼 원숭이를 어미한테 떼어내어 발길질하는 장면을 보았다. 보츠의 정의감에 불이 붙었다. 용서할 수 없다는 생각이 들기도 전에 이미 보츠는 수컷 원숭이 등에 달려들었다. 상대의 겨드랑이 밑에 손을 넣어 있는 힘껏 간지럽히기 공격을 가했다. 수컷 원숭이는 자지러지게 웃으면서 "키키키(奇奇奇)!"* 비명을 질렀고, 결국 보츠에게 뒤에서 제압당한 상태로 "기브업!"을 외쳤다. 그 순간, 수컷 원숭이의 순위가 바뀌었다. 보츠가 1위가 되고 싸움에서 진 원숭이는 무리를 떠나게 됐다.

무리에서 불행한 원숭이가 한 마리도 나오지 않도록 전원을 질서정연하게, 평화롭게 이끈다. 보츠는 자신의 꿈을 모두에게 알려주기로 했다. 그래서 커다란 너도밤나무 아래에 모든 원숭이를 모아놓고 연설을

---

* 일본 음독으로 '奇(기이할 기)'를 '키(キ)'라고 읽는다. 여기에서는 수컷 원숭이가 이상하게 당한 심정을 나타내는 의성어를 '키키키'라고 표현하고 한자는 奇奇奇를 썼다. 작가의 언어유희라 할 수 있다.

   동물의 철학적 하루

시작했다.

"키키키(흠흠흠)! 나는 여러분 한 마리 한 마리 원숭이가 행복을 추구할 수 있는 생활을 실현할 겁니다. 그렇게 하려면 질서 있는 무리 사회를 만들어야 합니다. 먼저, 나이 많은 원숭이를 공경하고, 어린 원숭이들을 소중히 하는 무리가 됩시다. 두 번째, 위대한 것을 숭배하며 살아갑시다. 즉, 떠오르는 해와 지는 해를 향해 손을 모아 절을 합니다. 이런 행동을 우리 무리 전체가 하는 겁니다. 무엇보다 가장 중요한 건데, 고속도로에는 누구도 가까이 가지 않겠다고 약속해주십시오. 저 길 쪽으로 기어나가는 것은 너무 위험합니다. 아, 위험을 방지한다는 의미에서 나무 흔들기도 금지합니다!"

헉! 원숭이들 사이에서 놀라는 외마디가 새어 나왔다.

"난센스!"

경험 많은 늙은 원숭이가 가운뎃손가락을 세워 비판했다.

"나무 흔들기를 하지 않는 원숭이는 옷을 입지 않은 인간과 같아. 그건 원숭이가 아니야."

보츠는 미소 지으며 불평하는 늙은 원숭이를 쳐다보았다.

"나는 나이 많은 원숭이를 공경하므로 당신의 의견도 존중합니다. 하지만 난폭한 나무 흔들기로 지금까지 많은 원숭이가 목숨을 잃거나 다쳤어요. 원숭이 무리도 이제 시대 상황에 맞는 변화를 받아들여야 합니다. 따라서 이 순간부터 나무 흔들기는 금지합니다. 만약 이를 어기는 원숭이가 있으면 내게 알려주세요. 나는 단지 여러분을 행복하게 해주고 싶을 뿐입니다."

보츠는 그렇게 말하더니 너도밤나무 줄기로 올라가 꼭대기에서 가슴을 펴 보였다. '제대로 먹혔어!'라고 생각했다. 암컷 원숭이들에게도 인기 있는 날이 올 걸 상상하니 황홀했다.

그런데 나무 아래서는 원숭이들이 속닥거리기 시작했다.

"엉기는 원숭이를 알리라니, 밀고 장려야?"

"나는 싫어. 보지도 않고 말하지도 않고 듣지도 않겠어."

"하지만 이렇게 무리를 생각해주는 보스 원숭이는 지금까지 없었잖아. 그 밑에서 일치단결해야 하지 않을까?"

"나는 단결 같은 거 싫어. 대체 무엇 때문에?"

원숭이들은 하나같이 곤혹스러움이 뒤섞인 복잡한 표정을 지었다. 그것을 알지 못하는 것은 보츠뿐이었다.

보츠는 너도밤나무 높은 가지에 올라 무리를 내려다보았다. 자꾸 마음이 가는 암컷 원숭이를 찾기 위해서다. 그 암컷 원숭이는 어린 새끼를 품에 안고 무리 가장자리에서 어린잎을 먹고 있었다. 그런데 나무 위 보츠를 흘깃거리지도 않는 것이 연설 따위 듣지도 않은 기색이다. 보츠는 살짝 서운했다.

일본원숭이 무리 내에서는 육아 경험이 있는, 조금 나이를 먹은 암컷 원숭이가 수컷에게 인기가 있다. 인간의 경우는 젊고 생기 넘치는 여성에게 남성들의 시선이 갈 때가 많지만 원숭이 세계는 그 반대다.

보츠 역시 새끼를 키우는 이 암컷 원숭이에게 반했다. 그녀가 자신의 새끼를 낳아주면 좋겠다고 생각했다. 단, 그녀는 보츠보다 훨씬 연상이다. 원생(猿生) 경험이 풍부하다. 어쩌면 이상만 늘어놓는 보츠의 연설을 어딘가에서 바보 취급하며 듣고 있었을지도 모른다.

그로부터 얼마의 시간이 흘렀다. 보츠에게는 그다지 기분 좋은 날들은 아니었다. 무리 전체의 행복을 바라며 보스다운 연설을 했는데 모두 자신과 거리를 두는 것처럼 느껴졌다. 게다가 보츠의 바람을 무시하고 고속도로에 가까이 가는 어린 원숭이들과 나무 흔들기를 하는 젊은 원숭이들이 여전히 끊이지 않았다. 왜 모두 제멋대로일까. 보츠는 무리의 질서를 세우기 위해서는 어느 정도 억압도 필요하다고 생각하게 되었다.

"들어주세요!"

커다란 너도밤나무 아래에 모인 원숭이들에게 보츠는 호소했다.

"지금, 이 무리에는 위기가 닥쳐오고 있습니다!"

"무슨 위기?"

나무 아래서 누군가 말대꾸를 했다.

"그것은 위기가 닥쳐온다는 위기입니다. 나무 흔들기를 해서 떨어지는 원숭이가 있을지도 모르고, 고속도로 노면을 어린 원숭이들이 헤맬지도 모른다는 위기입니다. 떠돌이 원숭이들이 우리 영역에 언제 침입할지 모른다는 위기도 있습니다. 그래서 아름답고 강하고 안전한 무리가 되기 위해 여러분에게 다짐을 촉구합니다. 앞으로 규칙을 위반한 원숭이에게는 주먹을 한 방 먹이겠습니다."

헉! 원숭이들 사이에서 동요가 일었다. 무리를 이끌려는 보츠의 방식이 서툴러도 싸움을 피하는 그의 온화한 성격을 싫어하는 원숭이는 없었다. 그런데 보츠 자신이 '주먹'이라는 말을 한 것이다.

"그렇게까지 하지 않아도 되지 않아?"

나무 아래서 누군가 중얼거렸다. 이내 보츠는 얼굴을 붉히며 버럭 호통을 쳤다.

"당신은 책임을 지지 않아도 되잖아! 내 입장이 되면 그렇게 말할 수 없어. 위기가 닥치는 이 무리를 지키지 않으면 안 된다고! 키키키키(危機危機)!"[*]

이날부터 원숭이 무리의 분위기는 완전히 달라졌다. 수컷 원숭이 몇 마리가 보츠에게 협력하겠다고 나섰다. 그들은 보츠의 부하로서 무리의 원숭이들을 감시하게 되었다. 일출과 일몰 때 태양을 향해 절하지 않는 원숭이, 숨어서 나무를 흔드는 원숭이, 고속도로에 접근하는 원숭이, 나이 많은 원숭이를 공경하지 않는 난폭한 태도를 취한 원숭이… 이런 원숭이를 발견하면 보츠 대신 주먹을 날렸다.

무리의 원숭이들은 벌벌 떨며 지내게 되었다. 수컷 원숭이들의 주먹이 무서워 해 뜨기 전부터 나무 꼭대기에 나란히 서서 손을 모았다. 보

_* 일본 음독으로 '危機(위기)'를 'きき(키키)'라고 읽는다. 여기에서는 위기라고 느낀 보츠의 다급한 심정을 나타내는 의성어를 '키키키키'라고 표현하고 한자는 危機危機를 썼다. 작가의 언어유희라 할 수 있다.

동물의 철학적 하루

츠와 수컷 원숭이들이 근처를 지날 때는 모두 머리를 숙이고 거짓 웃음을 지었다. 무리는 나이 많은 원숭이에게도 상냥하게 대했다. 늙은 원숭이가 나타나면 주위 원숭이들이 모밀잣밤나무 열매와 버섯을 내밀었다.

이 얼마나 아름다운 무리인가, 보츠는 생각했다. 보츠의 꿈에 찬성하는 원숭이도 조금씩 늘었다.

"다 함께 떠오르는 태양에 절을 하며 마음을 하나로 모은다. 이것은 좋은 일입니다. 직접 해보니 비로소 그 심오함을 깨달았습니다. 보츠님 덕분입니다. 이 숲에 태어난 걸 다행이라고 생각했습니다. 다른 숲의 원숭이들은 모를 아름다움입니다."

두 손을 비비며 보츠에게 이런 말을 하러 오는 원숭이도 있었다.

보츠는 드디어 보스가 된 기분이 들었다. 모두 자신의 명령을 따르고 질서 바르게 생활하면 위험한 일을 당하는 원숭이는 없을 것이다. 싸움에 강한 수컷 원숭이들이 부하로 있으니 떠돌이 원숭이가 침입하면 호령 한마디로 격퇴할 수 있다. 자신은 손대지 않아도 적을 해치울 수 있는 무리로 변모한 것이다.

그러나 그 성취감과는 정반대로 보츠는 마음 한구석이 심란했다. 자신에게 웃는 얼굴을 보이는 원숭이들의 목과 어깨가 늘 가늘게 떨리는 것을 알고 있었기 때문이다. 저들은 무리하는 것이 아닐까. 어쩐지 그런 느낌이 들었다.

대체, 통치란 무엇일까? 질서란 무얼까?

부하 수컷 원숭이가 숨을 헐떡이며 달려왔을 때도 보츠는 골똘히 그 생각을 하고 있었다. 그러나 벌어지고 있는 일을 귓속말로 들은 순간, 새빨간 엉덩이가 펄쩍 뛰어올랐다.

나무 흔들기를 하는 어린 원숭이가 있다는 것이다. 그것도 고속도로 바로 옆 상수리나무에서!

보츠와 수컷 원숭이는 그곳으로 정신없이 달려갔다. 이미 원숭이들 몇 마리가 현장을 에워싸고 있었다. 앗! 보츠의 얼굴색이 변했다. 어린 원숭이가 놀고 있는 상수리나무의 가지가 고속도로 위로 튀어나와 있었기 때문이다. 자동차와 트럭은 쉴 새 없이 달려왔다. 어린 원숭이가 떨어지면 살릴 수 없다. 그런데 어른 원숭이들이 "위험하니까 하지 마!"라고 외쳐도 어린 원숭이는 "키키키(훌훌훌)!" 환희의 소리를 내며 나뭇가지에 매달려 있다.

왜 어린 원숭이가 저런 멍청한 짓을 하는 걸까. 한발 늦게 그 이유를 깨달은 보츠는 머릿속이 하얘졌다.

어린 원숭이의 엄마가 이 위험한 행동을 부추긴 것이다. 그녀는 보츠가 반했던 그 암컷 원숭이였다. 한동안 못 본 사이에 젖먹이 원숭이는 어린 원숭이가 되었고, 엄마는 술주정뱅이가 되어 횡설수설했다.

"애야, 맘껏 놀아라! 나무 흔들기야말로 원숭이라는 증거야!"

암컷 원숭이는 발효된 산포도 즙인 원주(猿酒)*를 마시며 어린 원숭이에게 말했다. 보츠는 엉겁결에 "그만해!" 소리쳤다. 그러자 암컷 원숭

동물이 천하저 히루

이가 덤벼들었다.

"아, 당신, 보스인 척하는 수컷 원숭이군. 당신 때문에 무리의 원숭이는 전부 원숭이가 아닌 게 됐어."

"아니, 그 반대야. 나는 모든 원숭이가 행복해지길 바라서 강한 무리로 만들었을 뿐이야."

암컷 원숭이가 고개를 가로저었다.

"대중의 출현이란 거지. 다들 전체에 맞추게 됐어. 벌벌 떨며 지내고, 스스로 자신의 목을 조이기 시작한 거야. 그래서 나처럼 술에 빠지는 원숭이도 나타난 거라고. 얘야, 나무 더 흔들면서 놀아!"

그 순간이었다. 어린 원숭이가 가지를 안은 채 미끄러져 끝에서 멈췄다. 자동차가 달리는 고속도로 바로 위에서, 활처럼 휘어진 가지에 어린 원숭이가 매달려 있다.

"키키키(危危危)!"**

그 모습에 암컷 원숭이도 비명을 질렀다.

보츠는 엄마 원숭이의 비명보다 빠르게 달리기 시작했다. 전광석화처럼 가지에 뛰어올라 그 끝에 매달린 어린 원숭이에게 다가갔다. 보츠의 눈에 공포로 몸이 굳은 어린 원숭이의 얼굴과 엄청난 속도로 돌진하는 트럭, 양쪽이 보였다.

＊　원숭이가 나무 구멍이나 바위의 움푹 패인 곳에 저장해둔 열매가 자연 발효해 술처럼 된 것.

＊＊　일본 음독으로 '危(위태할 위)'를 'き(키)'라고 읽는다. 여기에서는 위험한 상황에서 지르는 의성어를 '키키키'라고 표현하고 한자는 危危危를 썼다. 작가의 언어유희라 할 수 있다.

"어서, 잡아!"

보츠가 어린 원숭이에게 손을 내밀려 했을 때 두둑, 무게를 이기지 못한 가지가 부러졌다. 보츠는 어린 원숭이를 잡은 채 고속도로 바닥으로 떨어졌다. 부웅, 요란한 소리와 함께 커다란 그림자가 보츠와 어린 원숭이 위를 지나갔다.

어린 원숭이를 안고 보츠는 고속도로 갓길로 몸을 굴렸다. 온몸의 혈관이 파열되는 것 같았다. 숨을 쉴 수 없었다. 눈 안쪽이 불꽃처럼 뜨거워졌다. 어째서인지 그런 와중에 보츠는 생각했다.

보스 같은 거 되는 게 아니야. 뭐가 이리 힘들담. 하지만 너를 구해서 다행이야.

보츠는 어린 원숭이를 꼭 안고 "키키키(起起起)!"* 짖듯이 소리쳤다.

---

* 일본 음독으로 '起(일어날 기)'를 '키(キ)'라고 읽는다. 여기에서는 위험한 상황에서 구한 어린 원숭이에게 일어나라고 꾸짖으며 '키키키'라고 표현하고 한자는 起起起를 썼다. 작가의 언어유희라 할 수 있다.

 동물의 철학적 하루

7화

외뿔의
선택

꽃사슴

일본 전역에 서식한다. 북쪽에 분포하는 무리일수록 몸집이 크다. 에조사슴 수컷은 몸길이 $2m$, 몸무게 $200kg$에 이르는 개체도 있어, 야쿠시마에 사는 야쿠사슴의 4배가 넘는 무게다. 암수가 따로 무리를 만들고, 수컷은 생후 1년 정도 되면 모계 집단인 암컷 무리를 떠난다. 최근에는 농작물과 새로 심은 나무에 심각한 피해를 주어 문제가 되고 있다. 혼슈 이남에는 222만 마리(2021년도)가 서식하는 것으로 추정되고, 이 가운데 포획 수는 72만 5천 마리(2021년도 환경성)다.

우리나라에는 대륙사슴이 서식했는데, 야생 대륙사슴은 1940년대에 완전히 절멸한 것으로 알려졌다. 현재 제주도 한라산에 야생화된 꽃사슴 등 외래종 사슴이 늘어 산림 생태계를 위협해서 유해야생동물로 지정해 관리하고 있다.

새벽녘 어두운 안개에 싸여 사슴 한 마리가 주목 나무껍질을 물어 뜯고 있다. 이곳은 산골짜기 중턱으로, 다리에 힘을 주고 버티지 않으면 미끄러질 것 같은 비탈이다. 하지만 씹은 자국 없는 깨끗한 나무껍질에 입을 대는 것은 오랜만이라 사슴은 열심히 먹었다. 정신을 차려보니 "안녕" 하고 서로 인사하는 작은 새들의 지저귐이 들렸다. 어느새 안개는 어렴풋이 개었다.

갑자기 비탈 위쪽에서 나뭇가지 부러지는 소리가 났다. 사슴은 주목에서 떨어져 그쪽으로 코끝을 돌렸다. 무리가 다가오는 기척이 있다. 사슴은 긴장한 채 동작을 멈췄다. 이 자리를 떠야 할지 말지 생각한 것이다. 무리의 발소리에 섞여 수사슴들의 목소리가 또렷이 들렸다.

사슴이 망설이는 사이 안개가 새하얗게 빛나기 시작했다. 산 저편에서 해가 떠올라 산등성이를 넘어 빛이 비친 것이다. 아침 첫 바람도 불기 시작했다. 안개가 흐르면서 사슴의 그림자도 흔들린다. Y자를 닮은, 돌기가 있는 외뿔의 실루엣이 안개 속에서 늘어났다 줄어들었다 한다.

광택 있는 푸른 별똥별처럼 큰유리새 한 마리가 사슴의 눈앞을 가로질렀다. 안개는 바람에 밀려 순식간에 걷히고 햇빛이 쏟아졌다. 그러자 나무들 아래 퍼져 있던 주변의 우산이끼가 일제히 반짝였다. 이끼 포자체에 달린 아침 이슬에 태양의 분신이 깃든 것이다.

안개는 완전히 걷혔다. 주목 맞은편에서 물참나무와 너도밤나무가 바람에 수런거리더니 열 마리 정도의 수사슴 떼가 그 나무들 뒤에서 나타났다. 그들은 이쪽을 보고 일제히 험악한 표정을 지었다.

"그 녀석이 있어. 외뿔이야."

"우리 몰래 나무껍질을 먹고 있었던 거 아냐?"

비탈인데도 외뿔은 뒷걸음쳤다. 만일 이 정도 숫자의 수사슴이 달려들면 살아남을 수 없다. 하나같이 크고 튼튼한 두 개의 뿔을 갖고 있다. 외뿔에게는 글자 그대로 왼쪽 뿔 하나가 남아 있을 뿐이다.

"어이, 외뿔! 왜 우리 텃세권에 있어?"

팔손이나무 잎 모양의 뿔을 가진 수컷이 외뿔의 정면으로 돌더니 머리를 낮춰 공격 자세를 취했다. 팔손이나무는 외뿔이 가장 만나고 싶지 않은 상대다. 팔손이나무 어깨의 근육이 한층 불룩해졌다. 아무래도 진심으로 도발할 기세다. 외뿔은 골짜기 바닥으로 엉덩이를 향한 채 슬금슬금 뒤로 물러났다.

"그만둬!"

위압적인 목소리를 낸 것은 무리를 이끄는 나이 많은 수사슴이었다. 독특한 뿔 모양 때문에 그는 '번개'로 불렸다.

"싸울 의지가 없는 자를 상대하지 마."

팔손이나무가 혀를 차며 머리를 들었다. 그리고 "겁쟁이가!"라고 내뱉듯이 말했다. 그것이 신호가 된 듯 수사슴들은 웃음을 터뜨렸다.

"너, 창피하지 않아?"

팔손이나무는 비탈 위에서 외뿔을 내려다보았다.

"붉은 산을 봐봐. 저쪽도 비웃고 있어."

사슴들은 비탈 건너편에 솟아오른 언덕을 '붉은 산'이라 불렀다. 지

질이 달라서인지, 활엽수의 잎이 사라지는 겨울 동안 언덕 전체가 적갈
색으로 보였기 때문이다.

외뿔이 돌아보자 붉은 산에는 확실히 사슴 떼가 있었다. 이쪽과 같
은 숫자 정도의 암사슴 떼다.

"곧 텃세권이 겹쳐. 하지만 겁쟁이인 너는 섞일 자격이 없어. 여기서
나가!"

붉은 산까지 들릴 큰소리로 팔손이나무가 짖듯이 말했다. 암사슴들
은 귀를 움직이며 이쪽을 보고 있다. 그곳에는 어릴 적 외뿔과 사이좋게
지냈던 개구리발톱의 모습도 보였다. 그녀는 외뿔과 나란히 낮잠을 잘
때 하얀 꽃을 피우는 개구리발톱 군락을 침대로 쓰는 것을 좋아했다.
그래서 그 이름이 됐다.

외뿔은 개구리발톱에게까지 업신여김을 당하고 비웃음을 살지도
모른다고 생각하니 울고 싶어졌다.

사슴은 보통 수컷과 암컷이 어울리지 않고 지낸다. 각각 텃세권이 다
르다. 수컷은 수컷끼리 무리를 짓고, 서로 뿔을 부딪치는 싸움을 통해
개개의 우열을 정한다. 이 강약의 순위는 사랑의 계절에 힘을 발휘한다.
가을바람이 불기 시작해 두 텃세권이 겹치면 수컷과 암컷은 서로를 원
한다. 그때 암컷에게 고백해도 되는 것은 힘센 수컷뿐이다. 외뿔처럼 싸
움에서 도망친 사슴은 무리에 머무를 수 없다. 텃세권에 들어갈 수 없
으니 사랑의 기회도 얻지 못한다.

"그만 됐어. 내버려 둬."

번개가 위압적인 목소리로 말하자 팔손이나무가 외뿔에게서 떨어졌다. 외뿔은 골짜기 바닥으로 돌을 떨어뜨리며 엉덩방아를 찧었다. 싸움을 거부했기 때문에 수사슴 무리에게 주목을 양보하는 수밖에 없다.

그때였다. 외뿔의 코가 움찔했다. 바람이 불어오는 방향에서 역겨운 냄새가 났기 때문이다. 번개도 알아챈 듯하다. 바람이 불어오는 방향을 노려보며 외쳤다.

"총을 가진 인간이다. 개도 있어!"

무리 전체에 긴장감이 돌았다. 수사슴들은 방어 자세로 비탈의 숲속을 살폈다.

탕.

멀리서 건조한 파열음이 들렸다. 인간이 어떤 생물을 쏜 것이다. 개 짖는 소리도 들렸다.

"이리 와!"

번개의 말에 수사슴들이 튀어 오르듯 달리기 시작했다. 그들은 숲속으로 달려갔다. 외뿔은 그 자리에 멈춘 채 도망가는 그들을 눈으로 좇았다. 붉은 산에서는 암사슴들도 달려갔다. 조릿대가 빽빽이 자란 깊은 숲을 향해 한 마리씩 사라졌다. 개구리발톱의 모습은 이미 보이지 않았다.

그날, 외뿔은 골짜기 바닥까지 내려갔다. 무너져 내린 바위가 겹겹이 쌓인 험한 지형이다. 물이 괴어 있는 깊은 못을 들여다보니 뿔이 하나뿐

동물의 철학적 하루

인 자신의 얼굴이 비쳤다.

"나는 겁쟁이에 패배자야."

외뿔이 오른쪽 뿔을 잃은 것은 올해 여름이다. 상대는 만날 때마다 못되게 구는 팔손이나무였다. 서로 노려본 순간 외뿔은 더는 참지 못하고 팔손이나무의 뿔을 들이받았다. 그러나 싸움 기술은 팔손이나무가 한 수 위였다. 팔손이나무는 두 개의 뿔을 외뿔의 오른쪽 뿔에 감아 몸을 비틀었다. 오른쪽 뿔은 뿌리째 부러졌다. 외뿔은 삼나무 줄기에 내동댕이쳐졌고, 뿔에 등을 찔렸다. 번개가 말리지 않았으면 죽을 뻔했다.

좌절한 외뿔은 그대로 무리를 떠났다. 삼나무 숲속으로 홀로 들어가 몸을 웅크리고 몸과 마음의 고통을 견뎠다. 엄마가 보고 싶었지만 성장해 뿔이 자란 이상 수사슴 무리 외에는 있을 곳이 없다. 그런데 그 뿔이 부러지고 묵사발이 되었으니 수컷 무리에도 쉽게 돌아갈 수 없었다.

그날 밤, 삼나무 숲으로 번개가 찾아왔다. 외뿔의 몸을 걱정한 것이다.

"싸움에 졌어도 너는 계속 싸워야 해. 그것이 수사슴이다. 텃세권도, 개개의 순위도 사슴은 싸움으로 모든 것을 정하니까."

"하지만 나는 한쪽 뿔밖에 없어요. 싸울 수 없다고요. 그리고 싸움은 싫어요. 싸움에 진 쪽이 이런 고통을 맛봐야 한다면 이겨도 기쁘지 않을 거예요."

"뿔은 신경 쓰지 마. 내년 봄이 되면 다시 새 뿔이 날 거다. 그보다 네가 지금 이해하지 않으면 안 되는 것은 이 세상의 구조야."

지그재그 모양의 커다란 뿔을 쳐들며 번개가 "잘 들어." 하고 외뿔에게 말했다.

"이 세상의 기본은 대립이야. 하늘과 땅, 낮과 밤, 여름과 겨울, 수컷과 암컷, 사슴과 인간. 이것들이 싸워서 힘이 대치했을 때 길이 생기지. 살아갈 터전 말이다. 수사슴이 싸우는 것도 강한 자손을 남기기 위해서야. 전부 살기 위한 대립인 거지. 싸움에서 도망치지 마라. 네가 살 길이 없어져."

듣고 보니 그럴 수도 있다고 그 당시는 생각했다. 그러나 무리로 돌아가서 싸움으로 세월을 보내는 것은 도저히 상상할 수 없었다. 자신이 아픈 것도, 상대를 아프게 하는 것도 정말 싫었다.

그리고 지금, 외뿔은 골짜기 바닥에 홀로 있다. 번개 말대로 살아갈 길이 없어진 것일지 모른다. 서 있기조차 힘들어진 외뿔은 바위밭 바로 옆에서 자라고 있는 오리나무에 머리를 기대고 혼자 중얼거렸다.

"힘들어요…. 나는 어떻게 해야 하나요."

그러자 어떻게 된 일일까. 눈을 감고 있는데 어렴풋이 하얗게 빛나는 안개가 보였다. 그리고 머릿속 한가운데서 생겨나듯 풍경이 펼쳐졌다. 안개는 천천히 바람에 밀려가고, 그 너머 있는 사물의 윤곽과 색채가 점점 선명해졌다. 그것은 알록달록한 꽃이 만발한 고원이었다. 사슴들이 여유롭게 풀을 뜯고 있다. 아름다운 나비들도 날아다닌다.

외뿔은 깜짝 놀라 오리나무에서 머리를 뗐다. 그러자 고원의 풍경은 사라졌다. 눈앞에 있는 것은 현실의 골짜기 바닥이었다.

외뿔은 다시 오리나무에 머리를 갖다 댔다. 역시 안개가 나타나고 바람이 불기 시작했다. 그다음 나타난 것은 어느 산의 해거름 풍경이었다. 성급한 반딧불이들이 깜빡거리며 날고 있고, 사슴들이 보금자리로 돌아가려 한다. 싸우는 사슴은 어디에도 없고, 모두 사이좋게 어깨를 나란히 하고 있다. 얼마나 평화로운 풍경인가. 거기에는 대립은 없고 조화만 있을 뿐이다.

그날부터 외뿔은 오리나무에 머리를 갖다 대고 이곳이 아닌 어딘가 산의 풍경을 보게 되었다. 어떤 때는 은하수가 선명하게 드러나는 수많은 별이 보였다. 머리 바로 위에서 비처럼 별이 쏟아졌다. 밤새 두견새 우는 소리도 들렸다. 또, 어떤 때는 폭풍우가 들이닥쳤다. 나무에 몸을 의지하고 세찬 폭풍우를 견디는 사슴들이 보였다.

앗! 외뿔이 소리 지를 뻔한 것은 풀을 뜯는 사슴들 옆에 인간의 아이들이 웃으며 뛰어다니는 풍경이 보였을 때다. 인간의 아이들은 허름한 옷차림이었지만 웃는 얼굴만큼은 생기가 넘쳤다. 풀다발을 사슴 입가에 가져다주는 여자아이도 있었다.

이것은 오랜 옛날의 풍경이라고 외뿔은 생각했다. 지금 인간들의 모습과는 상당히 달랐기 때문이다.

외뿔은 순간 깨달았다. 오리나무는 골짜기 바람 속에 잠자는 백만 년의 기억을 줄기에 저장해놓았다. 외뿔이 모든 것을 맡기자 오리나무가 이 별을 순환하는 바람의 기억을 나눠준 것이다.

인간 아이들은 진심으로 기쁜 표정으로 사슴들과 놀고 있었다. 잘 생각해보면 사슴을 죽이려는 것은 인간의 어른들뿐이었다. 어쩌면 그것은 지금이나 옛날이나 다르지 않을 수도 있다고 외뿔은 생각했다.

조개구름이 하늘을 덮고, 서늘한 바람이 내려오는 계절이 되었다. 수사슴과 암사슴의 텃세권이 자연스레 겹치면서 연일 사랑의 무도회가 열렸다. 무대는 붉은 산, 악단은 작은 새들이다.

"자, 같이 춤춥시다. 가능하면 오늘 밤쯤 아이도 만들어요."

힘센 수사슴들은 마음에 드는 암사슴을 유혹했다. 뿔 끝으로 암사슴의 등을 가볍게 건드리고, 어깨를 나란히 하며 춤춘다. 싸움에 약한 수사슴은 이 사랑의 원에 낄 수 없다. 그래도 국물이라도 떨어지지 않을까, 무도회장을 둘러싸고 있다.

외뿔은 조금 떨어진 숲속에 몸을 감추고 무도회를 바라보았다. 사슴들의 사랑의 행방이 신경 쓰인 것은 아니다. 사실은 오리나무에 머리를 대고 있는 사이에 뜻밖의 광경을 보고 말았다. 그것은 인간들의 총에 습격당하는 무도회였다.

그냥 환상이기를 바라면서 외뿔은 무도회를 지켜보았다. 그러나 오리나무가 보여준 광경은 거짓이 아니었다. 외뿔이 졸참나무에 기대어 꾸벅꾸벅 졸고 있을 때였다. 산비탈 아래쪽에서 총을 가진 인간들의 냄새가 났다.

외뿔은 숲을 달려 무도회 무대로 뛰어들었다.

"모두 도망쳐! 인간들이 온다!"

작은 새들의 악단이 날아올라 음악이 사라졌다. 그 순간, 외뿔은 옆으로 날아갔다. 팔손이나무가 몸으로 들이받은 것이다.

"너, 우리를 방해하러 온 거지?"

일어서지 못하는 외뿔을 팔손이나무가 재차 공격하려 했다. 팔손이나무 뒤쪽에 있던 개구리발톱이 "하지 마!" 소리쳤다.

그 외침에 겹쳐 총소리가 났다.

탕!

외뿔과 개구리발톱 눈앞에서 팔손이나무가 푹 쓰러졌다. 미간에서 뿜어져 나온 피가 붉은 산의 지면에 스며들었다.

탕!

총성이 이어졌다. 인간들은 두 방향에서 총을 쏘는 것 같았다. 개 짖는 소리도 가까워졌다. 사슴들은 겁에 질려 허둥거렸다. 저 번개조차 도망칠 방향을 몰라 이러지도 저러지도 못하고 서 있었다.

"개구리발톱, 이쪽이야!"

외뿔은 개구리발톱을 불러 단숨에 붉은 산을 달려 내려갔다. 등 뒤에서는 아직 총성이 들렸다. 외뿔은 그대로 골짜기 바닥까지 내려가 인간이 나무로 만든 작은 다리 옆까지 개구리발톱을 데려갔다. 개구리발톱은 경계하며 "여기도 인간들 냄새가 나." 하고 싫어하는 기색을 보였다. 그러나 외뿔은 그 다리에서 이어지는 길을 걷기 시작했다. 그곳은 인간이 낸 등산로였다.

"왜 이런 곳을?"

개구리발톱은 한 발자국도 앞으로 갈 수 없었다. 외뿔은 개구리발톱 옆으로 돌아와, 둘이 등산로를 따라가는 이유를 말했다.

"인간의 아이들은 절대 우리를 사냥하지 않아. 인간의 어른들도 아이들 옆에서는 우리를 쏘려 하지 않지. 이곳은 인간이 가족과 걷는 길이야. 이 길 옆에서 살면 잡히는 일은 영원히 없어. 인간에게 살해되지 않기 위해서 인간에게 가까이 가는 거야."

외뿔은 오리나무의 비밀을 개구리발톱에게 말했다.

"그런데 도저히 모르겠는 게 있어. 사랑의 무도회가 인간에게 습격당하는 광경도 오리나무가 보여줬거든. 바람은 과거의 기억만 알려줄 텐데…"

개구리발톱은 숨을 고르더니 입을 열었다.

"그렇다면 바람은 과거가 아니라 미래에서 불어오는 것일지도 몰라. 네가 본 모든 풍경은 미래의 모습이었을 수 있어."

오오, 하고 외뿔은 개구리발톱의 머리에 자신의 이마를 갖다 댔다. 한쪽 뿔을 잃었기 때문에 가능한 행위였다. 그러자 외뿔의 눈꺼풀 안쪽에서 다시 새로운 풍경이 떠올랐다. 자잘한 하얀 꽃이 만발한 고원에서 외뿔과 개구리발톱은 주위를 뛰어다니는 어린 생명들에 둘러싸여 있었다. 사슴의 새끼들과 인간의 아이들이었다.

8화

박쥐
도치

박쥐

전 세계에 널리 분포하며, 설치류(쥐목) 다음으로 종류가 많다. 꽃가루와 꿀을 먹는 박쥐부터 곤충을 잡아먹고, 동물의 피를 빠는 종류까지 생태도 다양하다. 일본에 서식하는 100여 종의 포유류 가운데 3분의 1이 박쥐로, 설치류의 종수보다 많은 1위다. 앞다리의 두 번째 발가락 끝부터 뒷다리에 걸친 날개막을 펄럭여 비행한다. 어미는 출산도 거꾸로 매달린 채 하기 때문에 새끼는 머리를 위로 내밀듯이 태어난다.

우리나라에는 멸종위기종 붉은박쥐를 비롯해 여러 종류의 박쥐가 서식한다.

여러분은 철학자 플라톤이 생각한 '동굴의 비유'를 알고 있을까?

플라톤은 세상의 모든 사물에는 눈에 보이지 않는 존재의 본질이 숨어 있고, 그것을 '이데아(Idea)'라고 했다. 다양하게 변화하는 현상의 내면에 불변의 진리가 있다는 것이다.

그에 대한 비유로 플라톤은 인간은 동굴 안에서 벽을 향해 묶인 채 앉아 있는 죄인에 불과하다고 설명했다. 인간 앞에는 뒤에서 비치는 빛에 의해 생기는 사물의 그림자가 있을 뿐이다. 태양이라는 이데아를 직접 볼 수는 없다. 인간은 동굴 벽에 비치는 그림자를 현상(現象)으로 인식하고, 이 세상의 전부를 이해했다고 여긴다.

플라톤은 이 비유를 어디서 생각해냈을까? 혹시 동굴에서 생각했다면 그는 눈앞을 가로질러 나는 커다란 그림자를 봤을지도 모른다.

"으악, 큰 새다!"

플라톤이 놀라 둘러보니 작은 박쥐가 파닥파닥 날고 있다. 뉴턴이 나무에서 떨어지는 사과를 보고 만유인력의 힌트를 얻었다는 조금은 터무니없는 이야기가 있는데, 어쩌면 플라톤은 동굴 안 박쥐에 놀라 이데아의 착상을 얻었을지도 모른다.

여기 박쥐 한 마리가 있다. 박쥐는 전체 포유류를 종별로 나눴을 때 4분의 1을 차지할 만큼 종류가 많다. 나뭇잎에 매달린 작은 흰박쥐도 있고, 날개폭이 2미터나 되는 과일을 좋아하는 큰박쥐도 있다.

이번 이야기의 주인공은 일본긴귀박쥐라는 귀가 매우 큰 소년 박쥐다. 일본에서는 멸종위기종으로 지정된 지역도 있는 희귀한 박쥐다. 그런데 일일이 일본긴귀박쥐라고 부르기 번거로우니 그냥 박쥐라고 하자. 그의 이름은, 지금 생각 중이다. 음… 다른 종류의 박쥐들과 마찬가지로 이 소년도 쉴 때나 잠잘 때 뒷다리로 무언가를 잡고 거꾸로 매달리니까 '도치'라고 하자. 한자로 쓰면 倒置다.

도치는 어떤 일을 직접 겪기 전까지 박쥐인 자신을 행복한 존재라 생각했다. 동굴 천장에 거꾸로 매달려 다 같이 잠잘 때 그의 할아버지가 늘 이렇게 속삭였기 때문이다.

"우리는 행복한 동물이야. 어둠 속을 자유롭게 날 수 있는 동물은 거의 없어. 아무것도 보이지 않는 깊은 밤에도 우리는 소리에 의지해 날 수 있지. 게다가 이 동굴도 지내기 딱 좋아. 일 년 내내 온도며 습도가 안정적이지. 또, 우리는 높은 곳에 거꾸로 매달리기 때문에 무서운 뱀이 들어와도 여기까진 못 와. 이런 동물은 또 없어. 아, 행복하다."

어렴풋이 잠들 때 늘 들려오는 이 속삭임이 도치의 머릿속에서 어느새 진실의 목소리로 울리게 되었다. 자신들은 행복하다는 생각이 동굴 안에 매달린 종유석처럼 견고해진 것이다.

이것이 수면 학습이다. 잠자는 동안 반복해서 들은 말은 무의식중에 기억으로 남는다는 학설이 있다. 일본에서는 한때 수면 학습 베개라는 베개 모양의 테이프 레코더가 수면 학습기로 인기가 있었다. 그 당시

       동물의 철학적 하루

수험생 중에는 '세포를 구성하는 것은 세포막, 미토콘드리아, 리보솜, 골지체…' 하고 직접 녹음한 자신의 목소리를 들으며 잠들었던 사람도 있었을 것이다. 하지만 그 사람은 분명 아메바에게 공격당하는 악몽에 꺅, 비명을 질렀을 것이 분명하다.

"할아버지, 우리 박쥐들은 세상에서 가장 운 좋은 동물이에요."

도치는 그렇게 믿었다. 실제로 어둠 속을 자유롭게 날 때는 뭐든지 할 수 있다는 만능감으로 가득 찼다.

박쥐는 인간에게는 들리지 않는 고주파 소리를 내서 그 반향(反響)을 내이(內耳)로 감지해 주위 사물과 자신의 위치를 파악한다. 이 방법으로 비행 중에 장애물을 피할 수 있다. 또 하나는 식사를 위해서다. 도치의 진수성찬은 모기와 나방이다. 박쥐는 소리의 반향만으로 먹이가 있는 곳을 알아서 원하는 만큼 덥석덥석 먹을 수 있다.

그런데 어느 날 도치의 행복감이 뿌리째 흔들리는 일이 일어났다.

그날, 도치는 동굴에서 일찍 잠이 깼다. 주위 어른 박쥐들은 아직 자고 있다. 동굴 입구를 보니 햇빛이 들어와 눈이 부셨다. 도치는 문득 흘러넘치는 빛 속을 날아보고 싶은 충동에 사로잡혔다. 왜냐면 낮에는 계속 잠을 자서 아직 한 번도 빛이 비치는 세상을 본 적이 없었기 때문이다.

1970년대에 크게 인기를 끌었는데, 수면 중에 듣는 것만으로는 기억할 수 없다는 인식의 확대로 시장에서 사라졌다.

거꾸로 매달려 자고 있는 무리에서 벗어나 도치가 동굴의 어둑한 공간 안에서 날개를 퍼덕이자 "그만둬."라고 할아버지가 말했다. 도치는 공중을 날며 "왜요?" 하고 물었다.

"불행해지니까."

그 말이 토끼처럼 커다란 귀에 들어왔을 때 도치는 이미 동굴 밖으로 날기 시작했다. 앞발가락에서 몸통으로 길게 이어진 날개막, 즉 박쥐의 날개를 활짝 펴고 태어나 처음으로 낮의 세계를 난 것이다.

"아앗!"

눈 아래 펼쳐지는 광경을 보고 도치는 고주파가 아닌 목소리로 "아아아아아아아아아앗!" 하고 '아'를 여든 번쯤 연발했다. 그곳에는 실로 다양한 색채가 있었기 때문이다.

박쥐는 귀로 세상을 인식하므로 눈은 거의 보이지 않는다고 하는데, 실제로 어떤지는 알 수 없다. 눈은 두 개가 정확히 달려 있으니 사물을 본다고 해석해도 이상하지 않을 것이다. 큰박쥐처럼 소리의 반향을 이용하지 않고 냄새와 눈으로 과일을 찾는 종류도 있다.

도치에게는 또렷이 색깔이 보였다. 바람에 흔들리는 나무에서 초록이라는 색깔을 알았다. 모든 잎이 반짝임을 굴려 노래했다. 도치는 어안이 벙벙해 느티나무와 상수리나무 위를 몇 번이나 빙빙 돌았다.

숲 옆으로는 강이 흐르고 있었다. 도치는 파랑이라는 색깔을 알았다. 물론 흐르는 물에는 색이 없고 파란 하늘을 비추는 것뿐이지만 도치의 눈에는 파란 물이 반짝이면서 기쁨에 떨며 춤추는 것처럼 보였다.

강가에는 알록달록한 꽃들이 만발했다. 노란 꽃, 분홍 꽃, 하얀 꽃….
수만 송이 꽃들이 바람에 흔들리며 강가를 화려하게 채색하고 있었다.
그것은 꽃이 꽃이라는 환희를 최선의 방법으로 표현하는 풍경으로 보
였다.

도치의 마음을 더욱 사로잡은 것은 자신과 마찬가지로 공중을 나는
화려한 색깔의 작은 새들이었다.

하늘에서 방울방울 떨어진 색채의 결정처럼 윤기 나는 파란 작은 새
가 강가를 날고 있었다. 큰유리새다. 부드러운 노란색 배에 소년이 부는
풀피리 같은 목소리로 노래하는 작은 새도 있었다. 노랑할미새다. 가슴
부터 머리까지 진홍색인 작은 새도 자매가 지저귀고 있었다. 울새다.

그중에서도 도치가 눈을 뗄 수 없었던 것은 강의 수면 바로 위에서
날갯짓하며 공중 정지를 하고 있던 아름다운 작은 새였다. 등과 머리를
감싸는 밝은 파랑과 배의 오렌지색 조합이 너무 선명해 보는 것만으로
도 황홀한 기분이 들었다. 어쩜 이렇게 아름다운 생물을 만났을까, 도
치는 완전히 감격했다.

이 작은 새는 물총새였다. 물총새는 도치 바로 옆에서 강의 수면으로
돌진해 기다란 부리로 피라미를 물고 날아올랐다. 그리고 강가의 버드
나무 가지에 앉아 은색으로 반짝거리는 피라미를 쭈르르 삼켰다. 물총
새에게서 튀는 물방울이 해가 지기 전의 햇빛을 받아 부서진 별처럼 반
짝거렸다. 생생한 색채와 빛 앞에서 도치는 숨을 쉴 수 없을 정도였다.

펄럭펄럭 날면서 자신을 보는 도치를, 물총새는 그제야 알아차린 듯

했다. 파랑 머리를 살짝 돌려 눈을 동그랗게 뜨고 도치를 쳐다봤다. 도치는 부끄러운 나머지 "미안해." 하고 아래를 보았다.

"앗!"

도치는 서둘러 물총새 옆을 떠났다. 강 수면에 비친 자신의 모습을 보고 만 것이다. 물가의 보석이라 불리는 아름다운 작은 새 앞에서 동굴에서 온 초라한 차림이 두드러졌다. 마치 그림자 요괴 같았다.

도치는 울상이 되어 하늘이 몸부림치며 타오르는 듯한 저녁노을 속을 날았다. 할아버지가 말한 '불행'이라는 말의 의미를 그제야 깨달은 것이다. 이 세상은 동굴의 어둠과 밤으로만 이루어진 것이 아니었다. 색채로 가득한 낮의 세계가 있고, 작은 새들은 스스로 그 색채의 일부가 되어 생명을 구가(謳歌)하고 있었다.

동굴로 돌아온 도치는 우울했다. 해가 지고 다른 박쥐들은 식사를 위해 모두 동굴 밖으로 나갔는데, 도치는 천장에 거꾸로 매달린 채 가만히 눈을 감고 있었다. 눈꺼풀 안쪽에서는 아름다운 낮의 세계가 되살아났다. 그것이 고통스러워 눈물이 쏟아졌다.

거꾸로 매달려 있어 눈물은 눈꼬리에서 이마로, 그리고 커다란 귀를 타고 떨어졌다. 어둠 속을 날아 동굴로 돌아온 할아버지가 도치의 변화를 눈치챘다.

"그러니까 가지 말라고 했잖아."

할아버지는 도치 바로 옆에 매달려 한숨을 내쉬었다.

동물의 철학적 하루

"나도 너와 비슷한 나이 때 그랬단다. 낮의 세계가 보고 싶었지. 나이 많은 박쥐가 말렸지만 들을 마음이 없었기 때문에 이 동굴을 날아서 밖으로 나갔다. 정말 놀라웠지. 빛과 색깔이 넘쳐나는 세계가 그렇게 아름다울 줄 몰랐어. 왜 나는 어둠 속에서 살아야 하나, 화도 났고 절망도 했지. 그래도 나는 생각했다. 앞으로는 누구보다 빨리 일어나서 태양이 지기 전의 세계를 맛봐주마, 라고. 파랑새와 친구가 되어보고 싶다는 생각도 했어."

도치는 깜짝 놀라면서도 커다란 귀를 움직여 할아버지의 말을 들었다. 할아버지가 자신과 똑같은 행동을 했다니 조금은 믿기 어려웠다.

"나는 낮의 세계를 몇 번인가 날아봤다. 그 경험에서 말하마. 밤의 어둠 속을 자유롭게 날고, 동굴에서 안심하고 잘 수 있다면 그보다 더 좋은 것은 없어. 행복이지."

"어째서요? 낮의 세계는 그렇게 아름답잖아요. 작은 새들도 즐거운 듯 지저귄다고요. 어둠 속이 행복하다니 그건 할아버지, 근거 없는 망상이란 거예요. 아무리 생각해도 낮의 생물들이 행운이에요. 우리의 행복 따위, 가짜에 불과하다고요."

후후후, 거꾸로 매달린 할아버지가 작게 웃었다.

"망상이라고 하면 확실히 그렇지. 수천만 년, 정신이 아득해질 만큼 오랜 시간의 망상이 우리의 이 몸을 만들었으니까."

"무슨 말이에요?"

"으음. 우리는 원래 약한 동물이었어. 쥐와 다를 게 없었지. 들판을 아장아장 걷고 있으면 여우나 오소리한테 습격당했고. 그래서 선조들은 하늘을 날고 싶다고 진지하게 바랐단다. 앞다리에서 뒷다리로 이어지는 날개막을 얻을 수 있었던 것은 그 바람이 강하고 간절했기 때문이야. 생각이 몸을 변화시킨 거지. 거꾸로 매달리게 된 것도 뱀에게 잡아먹힐 걱정 없이 편한 마음으로 자고 싶다는 생각이 진심이었기 때문이야. 망상을 깔봐선 안 돼. 세상은 보는 시선과 해석에 따라 얼마든지 모습을 바꾼단다. 그 모호함에 말뚝을 박아 넣는 것이 망상이야. 망상이야말로 안정된 각각의 세계를 창조하는 토대가 되는 거야."

"오랜 옛날 박쥐는 낮에 깨어 있었는데 망상으로 야행성이 되어버렸다는 거예요?"

"그래."

"그거야말로 불행한 거 아니에요? 환경으로부터 도망칠 뿐이죠. 그리고 할아버지도 파랑새와 친구가 되어보고 싶었다고 했잖아요. 그 이야기는 어떻게 됐죠?"

할아버지는 목구멍 안쪽에 커다란 꾸정모기라도 걸린 듯 신음소리를 내며 눈을 꼭 감았다.

"그건, 괴로운 이야기야…. 몽 에뢰르 드 주네스(Mon erreur de jeunessé)라고 해야 할까."

"네?"

"젊은 날의 과오라는 말이야. 사실은 몇 번인가 낮의 세계를 모험하던 중에 남동생이 자기도 데려가라고 하더군. 물론 나는 좋다고 했지.

함께 다양한 색깔들의 세계를 보자, 라고. 동생은 거꾸로 매달린 채 미소 지었어. 그래서 나와 동생은 모두가 잠든 사이에 이 동굴에서 몰래 나갔어. 동생은 내 옆에서 날개를 퍼덕이며 처음 보는 낮의 세계에 감탄을 연발했지. '형, 색깔이 있다는 건 정말 대단해! 작은 새들과 꽃은 너무 아름다워! 색깔은 노랫소리로도 통할까? 나도 파랑새나 빨강새처럼 아름다운 목소리로 지저귀고 싶어!' 나는 말했지. '그래. 앞으로 다가올 시대의 박쥐는 낮에도 날 수 있게 되어야 해. 작은 새들을 친구로 사귀어 노래도 배우자! 파랑새를 만나 친구가 되어달라고 부탁해보자!' 동생은 '그래!' 하고 힘차게 대답했지."

할아버지가 거기서 갑자기 입을 다물어버려서 도치는 "계속해요." 하고 졸랐다.

"작은 새들은 우리를 상대해주지 않았어. 단 한 마리도. 파랑새는 업신여기는 듯한 얼굴로 우리를 보고 '너희는 더러워. 꺼져!'라고 했단다. 우리는 실망했어. 낙담했지. 동생은 울면서 동굴로 돌아가자고 했어. 그것이 동생의 마지막 말이었다."

할아버지는 날개막 끝으로 눈꼬리를 훔쳤다.

"순식간에 일어난 일이었어. 하늘에서 매가 내려왔고 동생은 잡아먹혔지. 나는 우연히 나무 구멍을 발견해 그 어둠 속에 몸을 숨기고 밤이 오기를 기다렸단다. 그때 확실히 알았지. 우리 박쥐는 날렵하게 날 수도 없고, 낮에 어슬렁어슬렁 나다니면 전멸해버릴 거라는걸. 우리는 생존을 위해 어둠의 보호를 받는 거야. 그러니 낮에 활동하는 작은 새가 아니라 칠흑 같은 어둠과 친구가 되어야 해. 어둠 속에 행복이 있다는 것을 깨달은 거지."

전부 이해한 것은 아니지만 도치는 일단 할아버지의 말에 고개를 끄덕여 보였다. 하지만 기분이 나아진 것은 아니다. 수천만 년 걸친 오랜 망상의 결과로 박쥐로 산다는 것은, 대체 무슨 말일까? 거꾸로 매달려 있으면서도 계속 그것만 생각했다.

며칠이 지났다. 도치는 쿵 소리를 내며 동굴 천장에서 떨어졌다. 밖은 낮이다. 다른 박쥐들은 모두 자고 있다. 도치는 뒷다리와 날개막을 사용해 동굴 입구에서 들어오는 눈부신 빛을 향해 기듯이 나아갔다. 더는 도치(倒置)가 아니라 다른 포유류와 마찬가지로 머리를 들고 다리를 아래로 해서 걷는 정통파다.

"수천만 년의 망상이 지금의 박쥐를 만들었다면 앞으로 다시 수천만 년을 거쳐 내가 미래의 박쥐를 만들겠어. 빛이 넘치는 낮의 세계를 나는 박쥐로. 그러기 위해서 나는 지금 빛의 근원을 직시하는 훈련을 시작한다."

그렇게 중얼거리며 도치는 태양을 가만히 바라보았다.

　　　　　　동물의 철학적 하루

9화

새끼
멧돼지의
수치

일본 멧돼지

홋카이도를 제외한 일본 전 지역에 분포한다. 오키나와 본섬과 주변 낙도의 류큐 멧돼지는 소형화하는 경향이 있는데, 혼슈에서는 수컷의 경우 최대 몸길이 1.8m, 무게 200kg이 넘는 개체가 포획되었다. 암수 모두 위아래 턱에 송곳니가 자라 날카로운 엄니가 된다. 반면에 새끼는 아무리 커도 5kg 정도다. 생후 반년이 지나면 몸의 줄무늬가 사라진다. 일본 내 개체수는 약 72만 마리(2021년)로 추정되며, 포획 수는 약 53만 마리(2021년도 환경청 보고)다.

우리나라도 전국에 멧돼지가 서식한다. 환경부 국립생물자원관의 조사에 의하면, 국내 야생 멧돼지의 서식 밀도는 2020년 1㎢당 1.9마리, 2021년 1.4마리, 2022년 1.1마리로 줄었다. 야생 멧돼지들이 아프리카돼지열병에 걸려 죽은 데다 방역을 위한 포획 및 살처분 조치에 의한 것으로 보인다.

여러분은 어떨 때 창피한가. 주위 사람들의 얼굴을 볼 수 없게 되는 그 '창피'라는 감각은 대체 어디서 오는 걸까.

어느 마을 근처 산에 수치심으로 괴로워하는 새끼 멧돼지 한 마리가 있었다. 얼마나 견딜 수 없는 기분인가 하면 "구멍이 있으면 얼굴부터 들어가고 싶어. 이젠 멧돼지 안 할 거야!"라고 괴로워 뒹굴 정도다.

일본에서는 새끼 멧돼지를 '우리보(うり坊)'*라고 한다. 등에 줄무늬가 있는 모습이 참외를 닮아 그렇게 부르게 되었다. 암컷도 우리보다. '우리코(うり子)'라고 하지 않는다.**

멧돼지는 암수 모두 청년기가 되면 딸기나무를 닥치는 대로 넘어뜨리며 달릴 만큼 몸이 커진다. 엄니가 자란 입으로 물기도 하는 동물이라 얕봐선 안 된다. 그래서 사실은 수를 셀 때, 한 마리라는 귀여운 표현보다 어린 멧돼지 한 두(頭)***라고 무게감 있게 소개하는 것이 맞을 수도 있다. 하지만 새끼 멧돼지는 품에 안을 수 있을 정도로 작고, 집에 데리고 가고 싶은 마음이 들 만큼 동그랗고 귀여운 눈동자를 갖고 있다. 수를 셀 때는 역시 한 마리라고 하는 것이 어울린다.

자, 다시 창피해하는 새끼 멧돼지 이야기로 돌아가자. 이 아이가 이렇게 몸부림치며 괴로워하게 된 계기는 숲에 떨어져 있던 감자칩 봉투 때

---

*   'うり'는 '참외'를 뜻한다.

**   '坊'는 어린 사내아이나 아기를 부르는 애칭이고, '子'는 주로 여자 이름에 붙는다.

*** 소나 말 따위의 커다란 동물을 세는 단위

문이다. 새끼 멧돼지는 엄마, 형제들과 함께 나무 열매나 식물의 땅속줄기 같은 먹이를 찾고 있었다. 그런데 나뭇잎 사이로 새어드는 햇빛에 감자칩 봉투가 은색으로 빛나는 것이 아닌가. 와— 뭐지, 뭐지, 뭐지. 어린 멧돼지들은 감자칩 봉투를 향해 일제히 달리기 시작했다. "조심해!"라고 엄마가 소리쳤을 때는 이미 늦었다. 이 새끼 멧돼지는 봉투에 얼굴을 처박고 말았다.

산을 즐기러 왔던 인간이 버리고 간 봉투일까. 안은 비어 있고, 비프 콘소메* 맛 감자칩 가루가 바닥에 달라붙어 있을 뿐이었다. 그래도 새끼 멧돼지는 참을 수 없었다. 이런 맛있는 냄새는 지금껏 맡아본 적이 없었기 때문이다. 에잇! 새끼 멧돼지는 머리부터 감자칩 봉투 안으로 들이밀었다. 옆에서는 형제들이 "잘한다!"라고 떠들었다. 그런데 어찌 된 일인지, 새끼 멧돼지는 감자칩 가루를 핥을 수가 없었다. 왜냐면 머리를 봉투 안에 넣으려고 뒷다리로 버틸 때마다 봉투도 앞으로 밀려나 갔기 때문이다.

이렇게 해서 뱅그르르 말린 꼬리와 두 개의 뒷다리가 달린 감자칩 봉투가 한 덩어리 생겨났다.

봉투는 계속 앞으로 숲속을 달려간다. 큰일 났다고 새끼 멧돼지는 조바심이 났지만, 혼자 힘으로 봉투에서 빠져나올 수 없었다. 저돌맹진 (猪突猛進)** 이라는 말대로 멧돼지는 앞으로 달리는 것은 잘하지만 뒤로

물러서지는 못하기 때문이다. 게다가 머리는 봉투로 덮여 있어서 아무 것도 보이지 않았다. 새끼 멧돼지는 공포에 사로잡혀 뒷다리로 자꾸 땅을 찼다. 감자칩 봉투는 숲을 갈 지 자로 달린다. "돌아와!"라는 엄마의 목소리도 이미 멀어졌고, 새끼 멧돼지는 봉투째 나무와 바위에 부딪쳤다. 그리고 결국, 봉투에 들어간 채 산등성이 벼랑에서 떨어져버렸다.

얼마나 시간이 흘렀을까. 정신을 잃은 새끼 멧돼지는 인간의 목소리에 눈을 떴다.

"이것 봐. 새끼 멧돼지가 감자칩 봉투에 들어 있어!"

이 나라에서 멧돼지의 천적은 인간이다. 인간 역시 멧돼지를 무서워해 갑자기 마주치면 총을 쏘기도 한다. 새끼 멧돼지는 엄마한테서 인간에게는 가까이 가면 안 된다고 수없이 충고를 들었다.

큰일이다. 새끼 멧돼지는 방향도 모른 채 인간에게서 도망치려 했다. 그러나 인간의 웃음소리는 끊이지 않고 따라왔다. "귀여워!"라는 목소리도 들린다. 다리 달린 감자칩 봉투는 농경지를 빠져나가 집들이 늘어선 마을 중심까지 들어갔다. 새끼 멧돼지는 몇 번이나 머리를 부딪쳤는지 모른다. 이제 뭐가 뭔지 정말 모르겠다. 아! 비명을 질렀을 때, 결국 이 아이는 인간의 남자 어른에게 잡히고 말았다.

"가엾어라. 도와줄게."

남자는 새끼 멧돼지의 뒷다리를 잡아서 감자칩 봉투를 치워버렸다. 그리고 삐― 삐― 우는 새끼 멧돼지를 거꾸로 들고 마을 밖 산등성이 아래로 갔다.

"자, 산으로 돌아가."

남자는 거기서 멧돼지를 잡고 있던 손을 놓았다. 해방된 새끼 멧돼지는 쏜살같이 벼랑을 올라 숲으로 달려갔다. 숨이 차고 심장이 터질 것 같아도 전력으로 달렸다.

"식탐이 있으니까 이렇게 되는 거야! 창피한 줄 알아!"

거의 구르다시피 해서 돌아온 새끼 멧돼지를 엄마는 눈물을 글썽이면서도 크게 야단쳤다. 엄마는 산등성이 위에서 자초지종을 보고 있었다. 만일의 경우에는 목숨을 걸고 구하러 가야 한다고 각오했던 것이다.

"진짜 믿을 수 없어. 인간의 도움을 받다니."

화내는 엄마 옆에서 형제들도 안도와 경멸이 섞인 복잡한 표정을 지었다. 더는 참을 수 없었던 새끼 멧돼지는 가족이 사는 덤불에서 조금 떨어진 우묵땅까지 달려가 그곳에 몸을 둥글게 말고 누웠다.

"아, 나는 창피한 존재야. 용감한 멧돼지가 될 줄 알았는데 인간에게 그렇게 놀림당하고, 게다가 그 인간의 손에 목숨을 구했어. 멧돼지로서 실격이야!"

부끄러운 줄 알라는 엄마의 말이 말벌집이 떨어지기라도 한 것처럼 머릿속에서 웅웅거렸다. 새끼 멧돼지는 너무 부끄러워 내일까지 살 수 없다고 생각했을 정도다. 왜냐면 새끼 멧돼지는 진흙 목욕을 하는 진흙 웅덩이를 독점할 만큼 다른 어떤 수컷에게도 지지 않는, 왕처럼 강한 멧돼지가 되려 했기 때문이다.

그날 밤 새끼 멧돼지는 한숨도 잠을 이루지 못했다. 창피해서 견딜 수 없었기 때문이다. 당당한 멧돼지는커녕 아무것도 될 수 없을 것 같아 불안했다. 그런데 창피함에 몸부림치다 보니 이 느낌은 대체 뭘까, 라는 생각이 들기 시작했다. 인간의 도움을 받은 것이 창피스러운 일이라면, 인간과 얽히지 않으면 부끄럽지 않은 멧돼지라고 단언할 수 있을까. 그럴까?

뭐가 뭔지 알 수 없게 된 새끼 멧돼지는 근처를 걷고 있는 개미들에게 "창피란 뭐예요?" 하고 물어보았다. 그들은 밤이 되어도 행렬을 지어 일한다. 개미 한 마리가 더듬이를 떨며 대답해주었다.

"그야 뭐니 뭐니 해도 모처럼 발견한 맛있는 음식을, 개미, 턱이 아프다고, 개미, 집에 돌아가는 중에 떨어뜨리는 것이죠. 개미개미, 그건 불명예예요."

'그렇구나, 창피란 불명예구나.'라고 새끼 멧돼지는 이해했다. 그런데 뭐가 불명예인지, 아직 정확히 모르겠다. 그래서 이번에는 너도밤나무 가지에서 잠을 청하려는 청년 까마귀에게 물어보았다.

"저기, 불명예가 뭐예요?"

"글쎄, 인간들이 둥지를 부숴도 복수도 안 하고 울며 겨자 먹기로 단념하는 거 아닐까. 까악."

"그럼 창피란 뭐예요?"

"으음, 그건 이 검은 날개의 윤기를 잃어버리는 것이라고 할까. 우리의 날개는 밤의 캄캄한 숲속에서도 달과 별이 비칠 만큼 윤기가 없으면 안 돼. 칙칙한 날개로는 하늘도 날 수 없지. 이것 봐, 내 날개에는 별이 비치잖아. 까악. 그러니까 아름답지 않은 까마귀는 창피한 거야. 칙칙함 그 자체가 나쁜 거지."

청년 까마귀의 날개에는 확실히 오리온자리의 베텔게우스와 리겔 별이 비쳤다. 까마귀가 날개를 움직이자 별빛이 별똥별처럼 흘렀다. 그런데 여기서 또 새끼 멧돼지는 이해가 안 됐다. '아름다운 것, 아름답지 않은 것, 그것은 행위일까?'라고 생각한 것이다.

감자칩 봉투에서 빠져나오지 못해 인간에게 잡힌 것도, 개미가 맛있는 음식을 떨어뜨리는 것도 행위가 있어야 비로소 생기는 일이다. 창피함은 행위의 끝에서 기다리고 있는 것이다. 그러나 까마귀의 날개에 별이 비치거나 비치지 않는 것은 행위가 아니다. 상태다. 만일 상태가 창피를 부르는 것이라면 계속 창피만 당할 수도 있다. 창피란 뭔지 정말 어렵다고 생각하기 시작한 새끼 멧돼지는 이어서 밤의 바람에게 물어보기로 했다. 낮의 바람은 바빠서 거의 대답해주지 않지만, 밤의 바람은 상담에 응해준다.

"바람 씨, 창피했던 적 있어요?"

"아, 있죠. 창피를 당했달까?"

"뭔데요?"

"우리 바람은 모두가 살아갈 수 있게 이 별을 한 바퀴 돌며 신선한 공기를 계속 보내죠. 꽃들의 좋은 향기와 민들레의 솜털[*]을 날리기도 해요. 좋은 향기가 난다는 말을 들으면 우리도 기뻐요. 때로는 힘이 남아 폭풍으로 변할 때도 있지만, 그렇게 해서 오랜 옛날부터 투명한 모습으로 모두를 도왔어요. 그런데 인간이 만든 원자력발전소가 사고를 일으켜 오랫동안 모두를 괴롭힐지도 모를 꺼림칙한 독을 나르는 신세가 되어버렸죠. 바람의 방향 때문에 이렇게 됐다며 인간으로부터 비난을 받았어요. 그건 일생일대의 창피였어요."

바람은 거기서 윙— 소리를 냈다. 너도밤나무가 흔들렸다.

"하지만 그건 바람 씨 탓이 아니잖아요?"

"맞아요. 인간 탓이죠. 그런데 창피함에는 정도를 측정하는 잣대가 없어요. 본인이 자신의 행위나 상태를 창피라고 의식하느냐, 아니냐에 달렸죠. 가령 남이 쓴 원고를 성의 없이 단조롭게 읽어버리는 인간 어른이 있다고 칩시다. 게다가 연습을 하지 않아 자꾸 틀리게 읽어요."

"그런 인간이 있어요?"

"어디나 있죠. 직접 원고를 쓰지 않거나 틀리게 읽는 것을 창피하다고 생각한다면 나름대로 방법을 찾고 노력을 하죠. 하지만 창피하다고 생각하지 않으면 똑같은 일이 반복되는 거예요. 원자력발전소 사고도 마찬가지죠. 산과 강이 오랜 세월에 걸쳐 오염되어도 그것을 부끄럽게 여기지 않으면 가식적인 반성으로 끝나버려요."

---

[*] 씨방 맨 끝에 붙은 솜털 같은 것은 꽃받침의 형태가 변한 것으로 정확히는 '갓털'이라고 한다.

"그렇다면 창피하다고 느끼지 않는 것이 속 편하고 센 거네요."

"그렇다고 할 수 있죠. 이런저런 압력을 신경 쓰면 견디지 못하니까. 그래서 어른이 강한 것은 둔감하기 때문일지도 몰라요. 단, 본인이 미의식이나 이상에 사로잡히는 타입이라면 그럴 수 없어요. 되고 싶은 자신과 현실의 자신과의 괴리에 괴로워지죠. 분명 당신은 멋진 멧돼지가 되고 싶을 거예요."

"네. 강하고 인기 있는 멧돼지가 되고 싶었어요. 하지만 지금은 자신이 없어요."

"어쩔 수 없어요. 당신은 아직 어리니까. 몸에 줄무늬가 있는 것은 당신이 아직 약한 존재이기 때문이에요. 적의 눈에 띄지 않게 풀 사이에 잘 숨을 수 있도록 커다란 힘이 배려한 것이죠. 그런데 당신은 이미 어른이 된 자신을 상상했어요."

"네. 진흙 웅덩이에서 다리를 쩍 벌리고 진흙 목욕을 할 수 있는 늠름한 멧돼지가 내 이상이었어요…."

"하지만 지금의 당신은 아니에요. 그래서 괴로운 거예요. 단, 그 고통은 소중해요. 왜냐면 자신으로 있기 위해 발버둥 치는 것이 진짜 자신을 만나는 길이 되기 때문이죠. 당신은 자아가 싹트면서 시작되는 괴로움의 청년기… 슈투름 운트 드랑(Sturm und Drang)… 질풍노도의 계절에 들어선 거예요. 괴테[*]와 실러[**]도 괴로워했죠." 라고 중얼거리더니,

---

[*]　Johann Wolfgang von Goethe, 1749~1832, 독일의 작가이자 철학자

[**]　Friedrich Schiller, 1759~1805, 독일의 작가이자 철학자

밤의 바람은 나무들 사이를 누비듯이 돌아 춤추며 슝— 사라졌다. 새끼 멧돼지에게는 조금 어려운 이야기였지만 그래도 바람이 무얼 말하려 하는 것인지 알 것 같았다.

인간의 도움을 받은 것은 멧돼지로서 창피한 일일 수 있다. 하지만 문제는 그게 아니다. 강하고 늠름한 멧돼지라는 미래상과 지금 자신의 모습이 너무 다르다는 사실이다. 즉, 지금의 나는 나 자신인 것이 괴로운 것이다. 새끼 멧돼지라는 것이 창피한 거다. 아아, 얼른 몸의 줄무늬를 지워버리고 싶다!

이렇게 된 이상 겉모습을 바꾸는 것부터 시작하는 수밖에 없다. 새끼 멧돼지는 어른처럼 행동해 자신을 단련하자고 결심했다. 그래서 먼저, 어른 멧돼지의 조건을 생각해봤다.

1. 어른에게는 줄무늬가 없다.
2. 어른은 진흙탕에서 철퍼덕거리며 뒹굴 수 있다.
3. 어른은 생각하기 전에 몸으로 들이받을 수 있다.
4. 어른은 코끝으로 지구 반대쪽까지 구멍을 팔 수 있다.
5. 어른은 사랑을 한다. 우히히.

다음 날 아침부터 어른 멧돼지가 되기 위한 새끼 멧돼지의 훈련이 시

*** '질풍노도'로 번역되는 슈투름 운트 드랑은 18세기 후반 독일에서 일어난 문학운동으로, 기존의 이성 중심적 사고를 비판하며 감정과 개성을 중시한다.

작됐다. 멧돼지는 땅속에 있는 참마와 죽순을 파먹는다. 삽도 없는데 흙을 팔 수 있는 것은 안면, 목둘레, 양쪽 어깨의 근육이 매우 발달했기 때문이다. 흙을 파는 것도, 인간이 만든 울타리를 들어 올려 부숴버리는 것도 코끝으로 한다. 농작물의 피해가 끊이지 않는 것은 멧돼지의 영리함과 이 강인한 육체 탓이다.

새끼 멧돼지는 아침, 점심, 저녁 열심히 근력 운동을 했다. 쓰러진 나무를 코로 굴리고, 들어 올리고, 날려버리는 훈련이다. 처음에는 철쭉, 마취목 같은 떨기나무로 단련했는데, 점점 힘이 붙어 한 아름이나 되는 쓰러진 너도밤나무를 코로 멀리 날려 보낼 수 있게 되었다.

어깨와 등의 근육이 불끈 솟아오른 새끼 멧돼지는 이어서 사교계 데뷔를 목표로 했다. 진흙 웅덩이에서의 진흙 목욕이다.

진흙 웅덩이는 일본어로 '누타바(ぬたば)', 일본식 한자로는 '沼田場'라 쓴다.* 즉, 호수와 늪의 물가나 습지, 휴경지처럼 진흙으로 질척질척한 장소가 좋은 것이다. 멧돼지와 사슴은 몸에 달라붙은 진드기를 떼어내기 위해 진흙탕에 몸을 담그고 철퍼덕거리며 뒹군다. 그래서 '노타우치마와루(のたうち回る)'**가 진흙 목욕을 하는 동물들의 모습인 '누타우치마와루(ぬたうち回る)'에서 유래한다는 설도 있다. 어쨌든 이 이야기의 앞에서 창피해 괴로워했던 새끼 멧돼지는 진짜 진흙에서 철퍼덕거리며 뒹굴게 되었다. 단, 진흙 웅덩이의 한가운데는 아니다. 멀찌감치 떨

---

* 沼 늪 소, 田 밭 전, 場 마당 장

** 괴로워하며 뒹굴다.

  동물의 철학적 하루

어진 곳에서 뒹굴었다.

진흙이 많은 좋은 장소는 강하고 무서워 보이는 어른 멧돼지들에게 점거되었다. 몸 전체가 뻣뻣한 털로 덮인 어른들은 대담하게 다리를 쩍 벌리고 진흙 목욕을 하고 있었다. 가까이 가려고 하면 박치기를 당할 게 뻔하다. 새끼 멧돼지는 어른들을 자극하지 않도록 거리를 두고, 그러면서도 최대한 허세를 부렸다. 새끼 멧돼지도 어른들과 똑같은 모양으로 다리를 쩍 벌린 것이다. 이 상황의 긴박감이란, 몸집이 크고 문신이 가득한 남자들이 장악하고 있는 사우나의 한쪽 구석에서 팔짱을 끼고 허공을 노려보는 중학생을 상상하면 분위기만큼은 전달되리라 생각한다.

이런 눈물겨운 노력 끝에, 새끼 멧돼지는 어느 날 진흙 웅덩이에서 진흙 목욕을 하고 있던 연상의 암컷 멧돼지로부터 귓속말을 들었다.

"자기, 꽤 괜찮다. 제법이야."

암컷 멧돼지의 눈에 뭔가 의미 있는 빛이 감돌았다. 와우! 소리치고 싶은 기분으로 새끼 멧돼지는 강가 풀숲을 달리기 시작했다. 끝없이 달릴 수 있을 것 같았다. 새끼 멧돼지는 그제야 비로소 깨달았다. 강가 물웅덩이에 자신의 모습이 비친 것이다. 세상에, 새끼 멧돼지는 더는 어린 멧돼지가 아니었다. 줄무늬가 사라지고 억센 갈색 털이 등을 덮고 있는 것이 아닌가.

"나, 어른이 됐어!"

고대하던 그날이 온 것이다. 그는 숲으로 돌아가 대화 상대였던 개미들에게 기쁜 소식을 알리려고 했다. 그러나 아무리 말을 걸어도 개미들은 대답해주지 않았다. 그저 묵묵히 줄지어 땅을 기어갈 뿐이다. 그는 또 청년 까마귀에게도 말을 걸어보았다. 결과는 마찬가지였다. 그는 해가 지기를 기다려 밤의 바람에게도 말을 걸어보았다. 바람은 입을 꾹 다물었다. 나무들 사이를 빠져나갈 뿐이다.

어른 멧돼지가 된 그는 밤의 숲 바닥에 몸을 웅크렸다. 뭔가, 아주 소중한 것을 잃어버린 듯했다. 대신 구멍 같은 어두운 밤하늘이 머리 위를 덮었다.

자신이 달라지면 세계도 달라진다. 더는 커다란 힘의 비호를 기대할 수 없다. 그는 어른이 되는 대가로 이 거대한 어둠과 마주하지 않으면 안 되는 날들이 시작된 것을 알았다.

10화

멸종위기종

알바트로스

남반구에 18종, 북반구에 3종의 알바트로스과(科) 조류가 확인되고 있다. 가장 큰 종은 나그네알바트로스로, 날개폭은 $3m$가 넘는다. 일본 근해를 번식지로 삼고 있는 알바트로스는 난획으로 개체수가 크게 줄었다. 1949년에는 멸종이 선언되었는데, 1951년 이즈 제도의 도리시마에서 10마리가 확인되었고, 그 후 차츰 개체수가 회복되고 있다. 현재는 6천 마리가 넘는 것으로 추정된다(환경청). 그 외에 센카쿠 열도에도 서식하는 것으로 확인되었다. 기류를 이용해 활공해 장거리를 난다.

파롤이 알을 깨고 나왔을 때 엄마 새는 이미 60대 중반이었다. 알바트로스* 일족은 날개폭이 2미터에서 3미터에 이르는 세계 최대급 조류인데, 수명 역시 놀랄 정도로 길다. 장수하는 조류로 알려진 두루미도 대적이 안 된다.

단, 당연히 노화는 찾아온다. 알바트로스는 포란 후에도 밀착해 새끼를 키우는 습성이 있고, 태평양을 건너는 혹독한 여행을 매해 반복해서 몸에 주는 부담은 피할 수 없다. 엄마 새의 몸통을 덮고 있는 깃털은 황무지처럼 벗겨졌고, 윤기를 잃은 날개는 너덜너덜한 천처럼 힘이 빠져버렸다.

게다가 엄마 새는 파롤이 태어나기 전에 배우자를 잃었다. 폭풍우 치던 밤, 남편은 암벽에서 바다로 떨어져 그대로 돌아오지 않았다. 오랜 세월을 같이 산 남편이다. 노화는 무시할 수 없었다. "이젠 슬슬 긴 여행도 어려워질 거야."라는 말을 나눴던 차에 이별이 찾아온 것이다. 남편을 잃은 이상 엄마 새는 홀로 살아갈 수밖에 없다. 알도 더는 낳을 수 없다. 목숨을 건 육아는 파롤이 마지막이다.

엄마 새는 바람이 세게 불거나 새끼를 한입에 삼켜버리는 도둑갈매기가 접근할 때마다 너덜너덜한 날개로 어린 파롤을 꼭 껴안았다. 그럴 때는 이 막내가 외부의 위협과 공포를 느끼지 않도록 알바트로스의 말로 속삭인다. 예를 들면, 전부 60번에 이르는 육아를 통해 깨달은, 새끼

---

* 바닷새로 신천옹(信天翁)이라고도 불렸는데 '하늘을 믿고 오래 사는 새'라는 뜻이다.

가 자신감을 갖고 살아가기 위한 마음가짐 같은 것이다.

"착한 아기, 우리는 겉모습은 비슷하지만 하나하나 다른 알바트로스란다. 각자 특기가 있지. 너도 그걸 찾아서 소중히 해야 해."

"특기가 뭐예요?"

파롤이 큰 눈동자로 엄마 새를 바라보았다.

"그건 말이지, 우리 막내보다 마흔여섯 살 위의 형은 상승기류를 찾는 게 누구보다 빨랐어. 작은 기류를 발견해선 둥─글게 나선을 그리듯 날아 높은 곳까지 모두를 이끌었지. 그런 걸 특기라고 해. 대신…."

"대신?"

파롤은 옅은 주황색 부리를 벌리고 고개를 갸웃거렸다.

"그 형은 다른 알바트로스보다 착지를 정말 못했어. 늘 거의 추락하다시피 해서 상처투성이였지. 그 아이는 지금 어디서 어떻게 지낼까…."

"다른 형제들의 특기는 뭐예요?"

"흠… 우리 아기보다 서른두 살 위의 누나는 정어리 떼를 잘 찾았지. 파도가 일고 바다가 거칠어도 정확하게 정어리의 시끌벅적함을 찾아낸 거야. 모두 그 아이의 뒤를 따라 바다로 뛰어들었단다."

"또? 엄마는?"

"글쎄. 엄마는 나는 것도 물고기 떼를 찾는 것도 잘하지 못해. 그래도 이렇게 오랫동안 아기를 낳고 키울 수 있었지. 이것도 이것대로 엄마 삶의 묘미야. 그리고 아가, 너는 엄마의 마지막 아이, 육십 마리 형제의 막내로 세상에 태어나줬어."

엄마 새는 날개로 파롤을 끌어당겼다. 파롤은 기뻐서 가슴속에 여러 따뜻한 것들이 넘쳐났다. 체온과도 같은 그 따뜻함이 목구멍까지 올라오더니 말이 되어 부리에서 불쑥 튀어나왔다.

"엄마, 오래오래 내 옆에 있어요. 파도를 가르는 갯바위처럼 강하고, 바다에서 솟아오르는 소나기구름처럼 눈부시게."

어머나, 엄마 새는 놀란 표정으로 어린 파롤의 얼굴을 바라보았다. 이런 말을 하는 아이는 처음이었기 때문이다.

사실, 파롤에게 '파롤'이라는 이름을 지어준 것은 엄마 새가 아니라 인간이었다. 멸종위기종인 알바트로스를 보호하고 연구하기 위해 번식지인 섬에 머물렀던 학자들이다. 그들은 알바트로스를 짧은 시간 붙잡아 발목에 인식표를 채웠다. 인식표에는 잡혔을 때의 연월일과 장소 등이 새겨져 있어 멀리 떨어진 곳이라도 같은 개체가 확인되면 그 알바트로스의 이동 경로를 해명할 수 있다. 세계적으로 이루어지는 지속적인 조사로 각 개체의 출산 횟수와 수명도 알 수 있다. 파롤의 엄마가 60여 년을 살았다고 알 수 있는 것도 인식표에 새겨진 기록을 통해서였다.

학자들은 알바트로스의 발목에 인식표를 채우고 이름도 지어주었다. 파롤의 엄마 말대로 외모는 비슷해도 행동과 성격에 주목하면 각각의 특징을 엿볼 수 있다. 무턱대고 수면으로 뛰어드는 수컷은 '점프', 학자들에게 친밀하게 대하는 암컷은 '메이트', 늘 혼자 바람을 향해 서 있는 늙은 수컷은 '장로'라는 이름을 붙여주었다.

파롤은 역시 그 수다가 학자들의 눈길을 끌었다. 엄마의 날개라는 비호에서 벗어나 청년이 된 그는 수다에 더 많은 시간을 소비하게 되었다. 구름을 보면 유창하게 무언가를 말했고, 조수(潮水) 웅덩이를 헤엄치는 어린 흰동가리들에게도 뭐라 계속 떠들어댔다. 학자들에게는 그가 많은 말을 다루는 시인 같은 알바트로스로 보였다. 그래서 시의 왕국이라는 프랑스 언어로 '말'이라는 뜻의 'Parole'이라는 이름을 붙였다.

학자들의 판단은 정확했다. 파롤이 암벽에 서서 떠들면 다른 알바트로스들이 모여들었다. 재미없는지 바로 가버리는 알바트로스도 있지만, 개중에는 계속 열심히 듣는 알바트로스도 있었다. 인간은 이해할 수 없는 알바트로스의 말로 파롤은 이렇게 이야기했다.

"오, 동료들이여. 먼바다를 보라. 수만 마리의 대왕오징어가 비상하기 시작한 것처럼, 수평선 위에 거대한 구름이 솟았다. 저 구름은 웃고 있는 걸까, 화를 내는 걸까. 아니, 가령 저것이 하향하는 강렬한 바람을 뿜는 분노의 구름이라 해도 그 윤곽을 비추는 태양의 의욕을, 푸른 하늘은 환영하며 통과시켜준다. 하늘에는 무언가를 막는 문은 없다. 산호초 너머의 푸른 심연보다 더 깊은 푸른 하늘의 바닥에는 그저 의사(意思)와 힘을 받아들이는 자유가 있을 뿐이다!"

파롤의 말이 끝날 때마다 주위에 있던 알바트로스들은 커다란 날개를 펼쳐 마음에 든다는 의사표시를 했다. 그 광경이 기분 좋아서 파롤은 다시 "오, 동료들이여!" 하고 말을 걸었다.

그런 파롤을 늙은 엄마 새는 따뜻한 시선으로 지켜보았다. 육아 경험이 아주 풍부한 엄마 새의 눈으로 봤을 때 파롤은 모든 점에서 부족한 알바트로스였다. 바람을 파악해 부드럽게 하늘을 나는 것도, 넘어지지 않고 착지하는 것도, 정어리와 오징어 떼를 찾는 것도 잘하지 못했다. 그러나 말하는 것만큼은 매우 뛰어났다. 말을 잘하는 것이 알바트로스에게 얼마나 득이 될지는 엄마 새도 모른다. 그러나 그것이 막내의 특기인 이상 능력을 키워주고 싶은 것이 부모 마음이었다. 그래서 엄마 새는 가능한 한 시간을 내어 파롤과 이야기를 나누었다.

"엄마, 봐요. 마치 새끼 바다거북이 나란히 걷는 것 같은 작은 구름 떼가 몰려와요."

"어머, 진짜네. 너는 비유를 참 잘해. 그런데 네가 말하는 새끼 바다거북은 푸른바다거북이야, 붉은바다거북이야? 아니면 장수거북이야?"

바다거북의 종류를 기억하기를 바라는 마음에서 엄마 새는 이렇게 물었는데, 파롤은 주저하지 않고 대답했다.

"푸른바다거북이요. 나는 각각의 차이를 알아요."

"대단하네! 차이를 알아야만 이름을 기억할 수 있거든."

"엄마, 무슨 말이에요?"

"구별이 안 되는 자에게는 아쿠아마린 도 터키석 도 그저 파란 돌일 뿐이야. 마찬가지로 나그네알바트로스도 레이산알바트로스도 검은 발알바트로스도 그냥 알바트로스일 뿐이지. 이름은 차이를 아는 것으로부터 생기는 거야. 네가 구름에 대해 다양한 형용이 가능한 것도 각각의 구름의 차이를 알기 때문이야."

"근데 엄마, 우리 일족은 왜 바보새로 불려요?"

어느 아이든 한 번은 물어본 말이다. 지금까지 엄마 새는 "글쎄, 왜일까?" 하고 얼버무렸지만 파롤에게는 정확히 대답해야 한다고 생각했다.

"그건, 우리를 잡기 쉬웠기 때문이야. 예전에 우리 일족은 태평양의 모든 섬에 살았어. 그런데 도망치는 것을 몰라 인간에게 손쉽게 잡혀버렸지. 이 발목 인식표가 채워졌을 때처럼."

엄마 새는 자신의 다리를 파롤에게 가까이 보여주었다.

"어? 내 발목에도 똑같은 것이 있는데."

"지금 접근하는 인간은 우리의 적은 아니야. 하지만 옛날에는 그렇지 않았단다. 깃털과 고기를 탐내 우리를 참혹하게 죽였어. 그래서 어느 사이에 우리는 멸종 직전의 새가 되어버렸지. 덩치는 크고 도망치는 것을 모른다. 이것들은 바보다. 그래서 이 나라에서는 우리를 바보새라 부르게 됐어."

엄마 새의 이야기를 들으면서 파롤의 가슴에 울렁울렁 작은 구름 같

은 것이 치솟았다. 도망치는 것을 몰라서가 아니다. 우리는 단지 상대를 믿었던 것뿐이다. 모두 친구라고 생각하기 때문에 도망치지 않은 것이다.

이렇게 해서 엄마 새와 파롤은 말의 비밀을 둘러싼 이야기를 나누며 마지막 시간을 함께했다. 그렇다. 엄마 새가 이 세상을 떠날 때가 다가온 것이다. 그것은 섬나라의 남쪽 작은 섬에서 멀리 베링해를 건너는 여행 중에 일어났다. 알바트로스의 부모는 여름이 되면 자식들을 남겨둔 채 북쪽 바다로 날아간다. 하지만 파롤은 엄마 곁에 있고 싶어 첫 여행을 하기로 했다. 엄마 새에게는 이것이 마지막 여행이었다. 아니, 엄마 새는 끝까지 날지 못했다. 모자는 여행 중에 저기압에서 뻗어 나온 전선(前線)*으로 들어가 버렸기 때문이다. 보이지 않는 벽이 차례로 가로막는 것처럼 엄청난 바람이 파롤과 엄마 새를 덮쳤다. 엄마 새는 고도를 유지하지 못하고 조금씩 아래로 떨어졌다.

"엄마!"

파롤은 엄마 새 바로 옆을 날며 기운을 북돋우려 말을 걸었다. 하지만 엄마 새의 날개는 크게 흔들렸다. 더는 기류를 타고 활공할 수 없게 된 것이다.

"얘야, 나는 내버려두고 너는 끝까지 날아."

＊　성질이 다른 두 개 기단의 경계면이 지표와 만나는 선

"싫어, 엄마!"

결국 엄마 새는 거친 바다에 떨어지고 말았다. 파롤도 즉시 그 옆에 착수했다.

"엄마, 힘내요!"

"그만 됐어. 나는 충분히 살았어. 너는 누구보다도 견문을 넓혀라. 그걸 말로 바꿔."

이것이 엄마 새의 마지막 말이었다. 파도가 하얗게 치솟은 순간, 커다란 귀상어가 나타나 엄마 새를 물고 물속으로 들어가 버렸다.

"엄마!"

파롤은 파도 사이에서 허우적거리며 절규했다. 그러나 이미 엄마 새의 모습은 눈에 띄지 않았다. 보이는 것은 자신에게 다가오는 여러 마리 상어들의 등지느러미였다. 오오! 비탄의 소리를 지르며 파롤은 날아올랐다. 그리고 한동안 엄마 새를 잃은 해역의 상공을 빙빙 돌았다.

깨진 별똥별처럼 파롤의 마음은 부서졌다. 어려운 말로 표현하면, 망연자실 상태였다. 그래도 활공을 계속한 것은 수다스러운 자신을 이해해주려 했던 엄마 새가 '끝까지 날아.' 하고 말했기 때문이다.

파롤은 어느 순간, 알바트로스가 평소 북쪽 바다로 이동할 때 거치는 경로를 벗어났다. 파롤은 깊은 슬픔에 싸여 있으면서도 계속 투명한 엄마 새와 날고 있었다. 그때 엄마 새의 말을 떠올렸다.

"네가 한 번도 만난 적 없는 아빠는 별난 알바트로스였어. 먼 거리를 이동할 때, 우리는 남북을 왕복할 뿐이야. 그런데 네 아빠는 한 마리 정도 동서로 날아 지구를 일주하는 진짜 바보가 있어도 괜찮을 것 같은데, 라는 말을 늘 했지. 분명 자신이 해보고 싶었던 거야.”

거친 기류에 날개를 맡기면서 파롤은 생각했다. 만난 적 없는 아버지가 해보고 싶었다는 그 비행을 내가 실현해보자. 엄마는 ‘누구보다도 견문을 넓혀라.’ 하고 말해주었으니까.

파롤은 서쪽에서 몰아치는 바람을 타고 계속 동쪽으로 북태평양을 날았다. 배고픈 긴 여행이었지만 정어리와 오징어 떼가 보이면 물에 내려서 배불리 먹었다. 그렇게 여행을 계속하는 사이에 마침내 북아메리카 대륙의 서해안에 이르렀다. 파롤이 처음 보는 도시가 그곳에 있었다. 건물들이 늘어서 있고, 많은 자동차가 달린다. 인간이라는 동물은 대단하구나, 파롤은 감동했다.

“오! 큰비를 내리는 사악한 소용돌이 구름조차 인간의 높은 탑 앞에서는 무력함을 인정하며 납작 엎드릴 수밖에 없구나. 저 높은 탑은 구름을 꼬챙이에 꿰는 거대한 현무암 기둥 같다!”

하늘은 스모그로 탁했지만 파롤은 인간을 두려워하는 마음을 품으며 활공을 계속했다. 익숙하지 않은 민물고기를 먹고, 사막을 건너고, 악어가 서식하는 호수와 늪에서 쉬기도 하면서 북아메리카 대륙의 해안가를 따라 북동 방향으로 이동했다. 그러자 서해안에서 봤던 도시보다 더 높은 건물이 숲처럼 솟아 있는 마천루의 도시를 만났다. 어느 탑이든 별들이 알아차리고 경계할 높이여서 파롤은 경악했다. 게다가 그

마천루 도시 옆에는 지금껏 한 번도 본 적 없는 커다란 여성이 서 있는 섬이 있었다. 파롤은 건물과 다르지 않은 높이의 녹청색 여성 주위를 빙 날았다. 여성은 일곱 개의 돌기가 있는 관을 쓰고, 오른손에는 횃불을 높이 들고 있었다.

"인간들이여! 당신들은 정말 대단하다! 활공하는 것밖에 모르는 우리 일족은 확실히 당신들에 비하면 바보일지 모른다. 거대한 당신의 모습에서도 뭔가 고귀한 위엄 같은 것을 느낀다!"

견문을 넓히는 여행을 해서 정말 좋았다, 앞으로는 인간에게도 말을 걸자고 파롤은 생각했다. 하지만 그 기분은 그 후의 여행에서 완전히 시들고 말았다. 대서양을 건너고 유럽의 도시들도 지나 흑해 연안 땅에 접어들었을 때였다.

파롤은 처음으로 폭발이란 것을 목격했다. 어디선가 날아온 미사일이 인간이 사는 마을에서 작렬했다.

파롤은 간담이 서늘해져 제대로 날 수 없었다. 숨도 차서 언덕 위 호두나무에 내려앉았다. 그러자 괴물 같은 제트 전투기가 굉음과 함께 나타나더니 인간이 사는 마을을 향해 다시 미사일을 발사했다. 폭발할 때 일어나는 빛과 함께 인간들이 날아가 떨어지는 것이 보였다.

"무슨 짓이야!"

떨리는 날개를 푸드덕거리며 파롤은 그 언덕에서 도망치려 했다. 그러자 바로 아래서 탕탕! 소리가 났다. 인간의 병사가 들고 있는 총을 거리낌 없이 쏴댔다. 마을에서도 반격하는 것 같았는데, 파롤이 "앗!" 소리를 지른 것은 아이를 데리고 있는 엄마가 모래먼지 속에서 쓰러진 순간이었다.

파롤은 그때 인간이 어떤 생물인지 이해했다. 저들은 적을 만들어 살아가는 동물이 아닐까. 하늘에서 보면 어디에도 선 같은 것은 그어져 있지 않은데 서로 나누는 것을 모른다. 높은 탑을 세우고 싶어하는 것도 인간들끼리 경쟁하기 때문이다. 오로지 적에게 지고 싶지 않은 마음에 인간들은 도시를 만들고, 무기를 만들고 서로 죽였다.

총에 맞은 엄마와 아이는 황무지에 쓰러진 채 일어나지 못했다. 그 위를 또 미사일이 날아간다. 폭음과 섬광으로부터 도망치면서 파롤의 머리에는 불에 휩싸인 하나의 별이 떠올랐다. 직감적으로 파롤은 이렇게 생각했다.

만일 인간들이 계속 적을 만들고 경쟁을 멈추지 않는다면 이 별은 언젠가 최후를 맞을 것이다. 파롤은 폭연이 길게 깔리는 하늘을 날면서 자신도 모르게 소리쳤다.

"바보는 너희다! 진짜 멸종을 부르는 동물이여!"

물론 적을 갖지 않는 얌전한 새를 업신여긴 인간에게는 이 소리가 들리지 않았다.

11화

슬로한
미소

나무늘보

남아메리카, 중앙아메리카의 열대우림에 서식한다. 앞다리의 발가락 수에 따라서 두발
가락나무늘보과(科)와 세발가락나무늘보과로 나뉜다. 몸길이는 40~70㎝ 정도다. 나뭇
잎, 새싹, 몸의 털에 서식하는 이끼와 녹조류를 먹는다. 무리를 짓지 않고 개체로 생활하
는데, 날쌔게 움직일 수 없어 육식동물이나 맹금류에게 발견되면 거의 잡아먹힌다. 기초
대사량이 매우 낮아 포유류지만 변온동물이다. 배설할 때를 제외하고 평생을 나무 위에
서 지낸다.

아마존강 유역의 열대우림, 해거름이 가까워졌다. 빨강과 주황이 반짝이는 넓은 하늘 아래, 작은 새들의 지저귐이 끝없이 겹쳐져 마치 정글 자체가 노래하듯이 울려 퍼진다. 높은 나무 위에서는 술에 취한 덩치 큰 남자를 연상시키는 목소리로 짖는원숭이가 연설을 하고 있다. 거기에 추임새를 넣는 것은 오렌지색의 기다란 부리를 금관악기로 바꾼 토코투칸이다. 쌓여 있는 나뭇잎 아래에서는 북을 치는 듯한 아마존 뿔개구리의 굵은 울음소리도 들린다. 한편, 어두운 수풀 속에선 정체를 알 수 없는 으르렁거리는 소리가 났다. 대체 누구일까.

정글에서는 이렇게 항상 누군가 노래하고, 말하고, 짖는다. 그러나 개중에는 가만히 숨을 죽이고 주위에서 나는 소리를 수동적으로 받아들일 뿐인 동물도 있다.

나무늘보 슬로 군이 그렇다. 그는 이끼 낀 초롱 같은 물체가 되어 나뭇가지에 매달려서 오로지 침묵을 지키고 있었다.

그의 이름은 왜 '슬로'일까? 여러분도 알다시피 나무늘보는 진짜 느릿느릿 움직이기 때문이다. 영어로도 이 동물은 '슬로스(sloth)'라고 한다. 어원은 당연히 slow일 것이다.

슬로는 앞발 끝에 달린 세 개의 발톱을 나뭇가지에 걸치고 다리 사이에 머리를 집어넣어 웅크리고 있었다. 슬로에게는 이것이 가장 편한 자세다. 이 자세로 있을 때는 미동도 하지 않는다. 나무에 사는 느림보라고 하기보다 움직임이 없는 나무 붙박이로 그곳에 있는 것이다. 아니, 주변 생물들의 노래는 들리니까, 그저 수동적으로 받아들이는 나무의 소심쟁이로 매달려 있는 것일지 모른다.

"야."

거의 움직이지 않는 탓에 몸을 덮고 있는 기다란 털에 이끼가 자란 슬로. 그에게 말을 건 것은 털 안쪽에서 기어 나온 한 마리의 나방이었다. 절반은 식물로 변해버린 듯한 나무늘보의 털과 피부는 새를 두려워하는 겁 많은 곤충들의 보금자리가 된다. 명나방의 일종인 이 작은 나방도 슬로의 몸통을 자신의 몸을 숨기는 정글로 사용하고 있다.

'야아.' 슬로는 느릿느릿 대답했다. 그렇다고 입으로 응답한 것은 아니다. 아득한 옛날부터 사이가 좋았던 나무늘보와 명나방은 말하지 않아도 서로 마음으로 대화할 수 있다.

"부채머리수리의 날개 퍼덕이는 소리가 두 번이나 들렸어. 조심하는 게 좋아."

날개폭이 2미터나 되는 부채머리수리는 나무늘보의 천적이다. 날카로운 갈고리발톱에 걸리면 도망칠 수 없다. 나방은 또 하나 더 충고를 했다.

"수풀 안쪽에서 재규어가 으르렁거리는 소리도 들렸어. 아래로 내려가지 마."

슬로는 잠시 후에 '그래.'라고 속으로 대답했다.

"그렇게 가만히 있으면 부채머리수리는 네가 있는 걸 모를 거야. 앞으로 태양이 일곱 번 져도 아무튼 움직이지 말고 가만히 있어."

나방은 슬로 등의 털끝에서 날아올라 주변을 정찰하듯 나뭇가지 주위를 날았다. 다른 나방도 차례로 털 안쪽에서 기어 나온다. 나방들은 바로 다시 슬로의 몸으로 돌아왔지만, 저녁 노을빛을 받으며 떼 지어 나는 그 모습은 열대우림에 내리는 환상의 가랑눈 같았다.

슬로는 다리 사이에 집어넣었던 머리를 천천히 들어 올리고, 역시 천천히 눈을 떠서 나방들의 난무를 보았다. 그리고 나무늘보가 본래 갖고 있는 감성으로, 지금 이 시간을 너희와 공유하고 있다는 신호를 나방들에게 보냈다. 그것은 몸 안쪽에서 우러나온 자연스러운 감정이자 그 결과로 나타난 부드러운 미소였다.

'그래, 알았어. 앞으로 태양이 일곱 번 져도 나는 움직이지 않아. 하지만 화장실에 가고 싶어지면 갈 거야.'

만면의 미소를 나방들에게 바치면서 마지막으로 화장실에 간 게 언제였더라, 슬로는 잠시 생각했다.

나무늘보가 나뭇가지에 매달려 있고, 뭐든지 천천히 움직일 수밖에 없는 이유 중 하나는 먹이로부터 얻는 에너지 양이 매우 적기 때문이다. 하루에 먹는 것이라고는 약간의 나뭇잎과 몸의 털에 자란 이끼뿐이다. 그 얼마 안 되는 식사로 모든 생명 활동을 해야 하니 보통의 동물처럼 민첩하게 움직일 수 없다. 이 에너지 부족은 심각했다. 체온을 유지하는 것도 불가능해서 정글 기온에 맞춰 슬로의 체온은 오르락내리락한다. 포유류지만 나무늘보는 변온동물이다.

그런 사정으로 화장실에 가는 것은 늘 오랜만이다. 지난번 갔을 때가 언제였는지 잊어버린 것도 무리는 아니다.

그러나 나무늘보가 아무것도 생각하지 않는 것은 아니다. 이날, 해가 지고 주위가 어두워지자 슬로는 정글 바로 위에서 반짝이는 은하수를 보며 다시 한번 만나고 싶은 그녀를 떠올렸다.

아마존에서는 상류에 큰비가 내리면 단번에 물이 불어날 때가 있다. 갑작스러운 홍수다. 대개의 동물은 생명의 위기를 알아차리고 나무 위나 높은 지대로 도망치는데, 나무늘보는 천천히 움직일 수밖에 없어서 마침 화장실에 가기 위해 나무에서 내려왔거나 혹은 나뭇가지로 돌아가려고 줄기를 타고 오르는 중이면 그대로 물이 삼켜버린다.

단, 걱정하지 않아도 된다. 지면을 기어서 걸을 때는 동물이라고 생각할 수 없을 만큼 느리지만, 일단 물에 잠기면 나무늘보는 제법 능숙하게 헤엄을 친다. 나무늘보는 무조건 물에 뜨기 때문이다. 먹은 나뭇잎이 발효해 배에 가스가 차서 장이 튜브처럼 부풀어 있다. 오히려 튜브에 털이 나고, 거기에 팔다리와 웃는 얼굴을 붙이면 나무늘보라는 동물이 된다고 해도 될 정도다.

슬로가 그녀를 만난 것은 그가 홍수로 떠내려가고 있을 때였다. 배의 키를 조작하듯 팔로 방향을 잡으며 둥둥 떠 있는데 그녀 역시 즐거운 듯 떠내려왔다.

'야아.' 슬로가 미소 짓자 그녀도 '야아' 웃어 보였다. 서로 둥둥 물에 떠서, 때로는 물의 소용돌이에 휘말려 빙글빙글 돌며 '야아', '야아' 하고 마음으로 서로에게 말을 걸었다. 그때 슬로는 확신했다. 그녀야말로 자신의 운명의 나무늘보가 틀림없다고.

　그런데 그녀는 슬로가 물에서 기어 올라온 장소보다 조금 위쪽 상류에서 사라졌다. 두 마리가 나란히 둥둥 떠 있었는데, 어째서인지 그녀는 다른 물줄기를 타고 물가 수풀 쪽으로 사라져버렸다.

　물에 가라앉지 않으니 그녀는 분명 살아 있다. 하지만 그녀가 지금 어디에 살고 있는지 슬로는 모른다. 고작 수백 미터 거리도 나무에 매달린 채 생활하는 나무늘보들에게는 엄청난 장거리 연애다.

　아, 만나고 싶다. 그녀를 만나고 싶다.

　슬로는 미소 짓는 그녀의 표정을 은하수에 포개어 떠올리면서 가슴에 솟는 강한 기분에 도취되었다. 설렘이라는 것이다. 나무늘보는 데이트도 출산도 육아도 전부 나뭇가지에 매달려서 한다. 연애도 결혼도 사랑의 생활은 나무 위에 있는 것이다. 땅에 있는 것은 화장실뿐이다.

　슬로는 그녀를 보고 싶은 생각이 간절했다. 동시에 불안도 컸다. '내가 그녀를 보고 싶어하는 만큼 그녀는 나를 보고 싶어하지 않을지도 모른다'는 불안감이었다.

　뭐야, 흔한 고민이잖아, 라고 여러분은 지금 후후, 웃어넘겼을지도 모른다. 사랑에 빠진 자는 늘 상대가 자신과 같은 기분일지 어떨지 고민하며 잠 못 이루는 밤을 보내니까.

　그러나 슬로의 고민은 인간이 사랑에 빠졌을 때 느끼는 그 초조함과는 조금 달랐다. 왜냐면 그 고민은 수동적으로 받아들이기만 하는 생물이 느낀, 보다 근원적인 철학적 물음에서 온 것이기 때문이다.

'그녀와 나는 같은 세계를 보고 있을까? 아니, 그 전에 내가 이 세계를 보고 있다는 인식은 확실한 걸까?'

슬로는 알고 있었다. 자신이 정글에서 가장 행동이 느리다는 것을. 자신에 비하면 거미원숭이 떼의 이동은 음속(音速)처럼 민첩했다. 하늘을 나는 새들도 그렇다. 날개의 퍼덕거리는 소리가 나무 위를 스쳤을 때 그 새를 눈으로 좇는 것은 불가능하다. 덤불개를 쫓아 퓨마가 달려가는 모습도 '앗!' 하고 놀랄 때 이미 생사의 드라마는 전부 끝나 있다.

매달려 있는 나뭇가지가 눈앞에 있다는 것, 이것은 자신 있게 인식할 수 있다. 실제로 만지고 느낄 수 있기 때문이다. 그러나 다른 동물들은 다른 시간 속에 사는 것 같아서 같은 인식으로 이 세상을 이해하는 동료라는 생각이 도저히 들지 않는다.

그러자 슬로는 더욱 불가사의한 감각에 지배당했다. 각자가 각자의 시간에서 자기중심적으로 세계를 인식하고 있다면 진짜는 있을 수 없다. 정글이 이곳에 있다는 것, 많은 생물이 살고 있다는 것, 밤하늘을 은하수가 가로지르고 무수한 별이 반짝인다는 것. 이런 삼라만상조차 현실에서 일어나는 일인지 어떤지 알 수 없다는 생각이 든 것이다.

'어쩌면 나라는 마음이 그냥 하나 있어서 꿈을 꾸는 것은 아닐까? 그녀의 웃음은 진짜 실재했던 걸까?'

이렇게 되면, 아무리 생각해도 답을 찾을 수 없다. 나뭇가지를 만지는 감각도 환상일지 모른다. 자신의 의식 바깥쪽에 있는 사물의 도리를

어떻게 늘어놓아도 갑자기 출현하는 이 불안정한 감각에는 정면으로
맞설 수 없다.

‘아, 도대체 모르겠어.’

슬로의 발톱 끝이 천천히 움직였다. 수수께끼가 머릿속에서 소용돌
이치면 도저히 가만히 있을 수 없다. 이런 때를 위해 가는 것이 화장실
이다. 마려운지 아닌지 잘 모르겠지만 슬로는 감질나는 속도로 가지를
이동하기 시작했다. 나방이 등쪽 털 안에서 기어 나왔다.

"화장실에 가는 거야?"

조금 늦게 슬로는 ‘응’ 하고 대답했다.

"태양이 일곱 번 져도 꼼짝 않기로 약속했잖아."

나방은 걱정스러운 듯이 슬로 주변을 난다.

"아래로 내려갔을 때는 이미 해가 떴을 거야. 재규어 눈에 띌지 몰
라."

슬로는 아무 말 하지 않고 허공을 나는 나방을 향해 미소를 지어 보
였다.

그건 그렇고, 나뭇가지를 따라가는 슬로의 움직임이 얼마나 굼뜬지,
정말 동작이 느릿느릿하다. 나뭇가지에서 줄기로 옮겨가 겨우 땅에 가
까워졌을 때는 이미 완전히 해가 떠버렸다.

"조심해. 얼른 끝내."

나방이 말하지 않아도 재규어나 퓨마가 덤불에 숨어 있지 않은지 슬
로는 고개를 빙그르르 돌려 주위를 살폈다. 나무늘보는 에너지를 절약

하기 위해서 몸을 비틀지 않아도 등쪽의 나뭇잎을 먹을 수 있도록 목만 뒤로 회전시킬 수 있다.

괜찮다고 생각한 슬로는 땅으로 내려와 엉덩이를 문지르듯이 꼬리로 구멍을 팠다. 그리고 그곳에 천천히 보물덩이를 짜내기 시작했다. 실로 열흘 만에 볼일을 봤다. 보물덩이에서는 김이 모락모락 난다. 이제 돌아가야 한다. 맹수들이 보물덩이의 향기를 맡으면 순식간에 달려온다.

슬로는 전력으로 나무줄기를 오르기 시작했다. 인간이 보면 장난하나, 하고 찬물을 끼얹고 싶을 만큼 느리지만 본인은 분명히 전력을 다하고 있다. 만일 지금 재규어가 나타나면 가벼운 도약 한 번으로 잡혀 죽을 것이다. 슬로에게 화장실에 가는 것은 늘 목숨을 건 행위다. 하지만 그렇게 하지 않으면 안 되는 사정이 있었다.

바로 그때, 슬로의 털을 타고 많은 나방들이 기어 나왔다. 나방들은 허공을 날더니 나무줄기를 감싸듯이 어지럽게 날며 아래로 내려와 슬로의 보물덩이에 사이좋게 앉았다. 이것은 산란을 위해서다. 여기서 태어난 나방의 애벌레는 슬로의 보물을 먹고 무럭무럭 자란다. 그리고 나방이 되어 날 수 있게 되면 슬로의 털 속으로 들어와 자리를 잡는다. 이때 나방들은 땅에 자란 이끼나 녹조류의 최초 한 조각을 슬로에게 선물한다. 나뭇잎만으로는 살아갈 수 없는 슬로는 이런 방식으로 자신의 몸에서 먹이를 늘린다.

---

*　　나무늘보의 목은 270도까지 돌아간다.

**　　나무늘보는 나방과 공생관계로, 나무늘보 털에 붙어살다 죽은 나방 사체는 녹조류를 잘 자라게 만든다.

동문이 철학과 미루

"재규어가 다가와!"

나방의 경고를 들은 순간, 나무줄기 옆에 검은 그림자가 나타났다. 둥근육이 다부진 커다란 재규어다. 슬로는 아직 나무의 높은 곳까지 올라가지 못했기 때문에 들키면 끝장이다.

"얼른 올라가!"

초조한 나방은 포물선을 그리며 날아다녔는데, 슬로는 굳어버린 것처럼 움직이지 않았다. 아래에서 보면 나무의 혹처럼 보일 것이다. 나무늘보에게는 이것이 몸을 지키기 위한 유일한 방법이다. 움직이지 않는 것으로 이 동물은 종(種)을 존속시킬 수 있었다. 재규어는 나무 주변을 어슬렁거렸지만 나지막하게 으르렁거리더니 수풀 속으로 돌아갔다.

"다행이야. 들키지 않은 것 같아."

나방이 안도하는 소리를 듣고 슬로는 약간 경련이 일면서도 미소를 지어 보였다.

'나는 빠르게 움직일 수 없으니까, 아무것도 할 수 없으니까 이렇게 해서 몇만 년을 살아올 수 있었어.'

슬로가 마음속으로 중얼거리자 나방이 "몇만 년?" 하고 되물었다.

'이 정글을 인식하는 나는, 나라는 생명에만 관련된 문제가 아니라 더 커다란, 엄청난 섭리 안에 있는 것 같아.'

무슨 말을 들었는지도 모르고, 나방은 슬로의 등쪽 털에 내려앉았다. 그때다. 슬로의 시선이 다른 나뭇가지로 향했다. 그곳에 나무늘보 한 마리가 있었다. 나뭇가지에 매달려 이쪽을 보고 있다.

아, 그녀다!

슬로의 가슴속에서 햇빛보다 선명한 것이 폭발했다. 그것은 슬로의 본능조차 초월한 설렘이었다. 슬로는 나무줄기를 잡고 매달린 채 그녀를 향해 한쪽 앞발을 들어 올렸다. '어이, 여기 내가 있어.' 온 힘을 다해 신호를 보냈다.

"안 돼, 위험해!"

나방의 외침과 동시에 획, 바람 가르는 소리가 났다. 주위는 어두워지고 슬로의 목과 어깨를 갈고리 모양의 날카로운 발톱이 파고들었다. 비명을 지를 수도 없다. 커다란 부채머리수리가 슬로를 덮친 것이다.

눈 깜짝할 사이에 슬로는 나무줄기에서 잡아채 뜯겨나갔다. 더는 나방들의 소리도 들리지 않는다. 그녀의 모습도 보이지 않았다. 부채머리수리가 바람을 가르는 소리를 들으면서 슬로는 각오했다.

'아, 나는 먹혀버리는 건가.'

태어나서 처음으로 정글을 내려다보며 슬로는 꿈이나 환상이 아니라 자신이 실제 존재했다는 증거를 마음에 남기자고 생각했다. 수동적으로 받아들이기만 하는 생물이 목숨이 사라지려는 마지막 순간에 의식적인 노력을 한 것이다. 아마존의 초록 대륙을 향해 그는 있는 힘을 짜내 '야아' 미소를 지어 보였다.

12화

마지막
기억

재규어

북아메리카 대륙 중남부에서 남아메리카 대륙에 걸쳐 서식하는 대형 육식동물. 수컷의 몸길이는 110~180㎝ 정도이고, 암컷은 그보다 한층 작다. 브라질 삼림지대에 서식하는 개체가 몸집이 가장 크다. 재규어는 황갈색에 검은색 반점이 박힌 얼룩무늬가 특징인데, 흔히 '블랙 재규어'로 불리는 온몸이 검은 개체도 있다. 포유류 외에도 물고기와 거북, 악어, 뱀 등을 잡아먹는다. 사냥감의 뒤통수를 물어 두개골을 파괴할 정도로 강한 턱을 갖고 있다.

달은 어두운 지평선 너머로 기울었는데, 거대한 은하수는 아직 하늘을 가로질러서 드넓은 푸르스름한 빛의 띠가 어렴풋이 정글을 비추고 있다. 남미, 아마존의 밤이다.

끝없이 펼쳐질 듯한 늪지대에는 별들의 반짝임이 그대로 비친다. 난과 브로멜리아 *의 달콤한 꽃향기를 흠뻑 머금은 바람이 늪에 내린 갖가지 빛을 살며시 어루만지며 흘러간다.

앗, 수면 위 별들이 희미하게 흔들렸다. 바람이 잔물결을 일으킨 걸까.

아니, 모든 생물의 호흡과 이어지며 천천히 흘러가는 오늘 밤의 바람은 그렇게 강하지 않다. 풀 한 포기도 고개 숙여 인사시킬 수 없다. 그럼 대체 무엇이?

여러분이 아무리 눈을 크게 떠도 어두운 물에 잠겨 숨죽이고 있는 이 생물의 정체를 알아볼 수는 없을 것이다. 왜냐면 그는 어둠에 완전히 녹아들었기 때문이다.

그것은 재규어였다.

남아메리카 대륙에서 가장 크고 가장 힘이 센 육식동물로, 새까만 수컷 재규어다. 그는 늪에서 머리만 내놓고 살금살금 물속을 이동하고 있다.

일단 이 재규어에게 이름을 붙여두자. '솜브라(sombra)'는 어떨까. 브라질에서는 모두가 말하는 포르투갈어로 '그림자'라는 뜻이다.

* Bromelia, 파인애플과 식물

솜브라가 한밤중에 늪에서 무얼 하는가 하면, 이것은 사냥 준비다. 살아 있는 것은 뭐든지, 때로는 죽은 것조차 먹어치우는 재규어는 언제나 사슴, 멧돼지, 원숭이 등이 물을 마시러 오는 습지대 수풀에 몸을 숨기고 사냥감을 물색한다. 때로는 이렇게 잠수함처럼 물속에 숨어서 동이 트면 늪을 찾는 동물들을 기습 공격한다.

재규어는 대부분 황갈색 몸에 검게 테두리가 쳐진 꽃잎 모양의 무늬가 온몸에 있다. 그러나 솜브라 같은 블랙 재규어는 머리 꼭대기부터 꼬리 끝까지 완전히 까매서 야음을 틈타 사냥하는 것이 특기다.

솜브라는 이전에 사슴의 숨통을 끊은 적이 있는 웅덩이에 몸을 담그고, 머리만 내놓은 채 물가를 살피고 있다. 조금이라도 움직이는 것이 있으면 달려들어 넘어뜨리기 위해서다.

'그때랑 똑같이 하면 돼. 분명 물을 마시러 사냥감이 다가올 거야…'

솜브라의 머릿속에서 사슴 사냥이 재현되었다. 그것은 과거의 기억 중 하나인 동시에 반복될 때마다 그의 내면에 여러 번 상처를 입히는 참혹한 광경이기도 했다.

그 사슴은 늪에서 달려든 솜브라를 피하려고 몸을 비틀어 펄쩍 뛰어올랐다. 그러나 솜브라도 이미 허공을 날고 있었다. 솜브라는 무방비로 등을 보인 사슴의 뒤통수를 와락 물었다. 사슴은 온몸을 떨며 외쳤다.

"앗! 하지 마!"

솜브라는 턱에 힘을 꽉 주었다. 자신도 모르게 소리를 지를 것 같았

　　동물의 철학적 하루

기 때문이다.

이것은 가끔 있는 일이었다. 사냥감의 비명을 들으면 자신도 소리를 지르고 싶어진다. 사냥감을 쓰러뜨린 쾌감에서 오는 반응은 아니다. 오히려 사지와 몸통에 피라냐들이 달려들어 물어뜯는 것처럼 심한 통증이 온몸에 퍼지는 감각이었다. 그래서 솜브라는 사냥감에게 두 번째 비명을 지를 기회를 주지 않았다.

사슴 사냥은 일격이다. 크고 날카로운 송곳니를 사냥감의 두개골까지 박아 온몸의 힘을 실어 물어버린다. 대개는 이것으로 상대의 머리와 목은 파괴된다. 나머지는 온 힘을 다해 잡아당겨 쓰러뜨리기만 하면 된다. 사냥감은 소리도 내지 못하고 바로 숨통이 끊어진다. 단, 그 사슴은 달랐다. 두개골이 으스러졌을 텐데 사슴이 다시 외쳤다.

"새끼가 있어!"

사냥감은 엄마 사슴이었다. 솜브라는 황급히 그 목을 물었다. 상대를 질식시키기 위해서다. 발버둥을 치던 엄마 사슴은 물에 반쯤 몸을 담근 채 더는 움직이지 않았다.

솜브라는 커다란 사슴의 숨통을 끊었다는 흥분감에 몸을 떨었다. 하지만 동시에 뱃속에서 흰개미 집이 터진 듯한 불쾌한 기분도 맛보았다. 한낱 고깃덩이로 변해버린 엄마 사슴의 몸통에 앞다리를 얹고, 그는 잠시 검은 조각상처럼 움직이지 않았다.

솜브라는 곧 깨달았다. 동쪽 하늘에 희미한 꽃잎 같은 빛이 퍼졌을 때 나무들 사이에 새끼 사슴 두 마리가 있었다. 그 꼬마들은 쓰러진 엄마와 쓰러뜨린 자신, 양쪽을 보고 있는 것 같았다.

뭔가를 생각하기보다 솜브라는 송곳니를 드러내며 으르렁거렸다.

"너희도 잡아먹어버리겠다!"

새끼 사슴들은 바람을 거스르는 떨기나무처럼 몸이 뻣뻣해지더니 이내 뽕 튀어 올라 덤불 속으로 사라졌다. 솜브라가 두세 번 점프하면 따라잡을 거리다. 부드러운 어린 사슴고기를 손에 넣을 수 있는 절호의 기회였다. 하지만 솜브라는 엄마 사슴의 몸통에 앞다리를 올린 채 가만 있었다.

'왜 그때 새끼 사슴들을 덮치지 않았을까?'

어두운 수면에서 숨을 죽이며 솜브라는 하늘의 커다란 은하수를 바라보았다. 무수한 별들의 행렬로 이루어진 푸르스름한 은하수 빛 속에 지금은 만날 수 없는 엄마의 검은 얼굴이 떠올랐다.

"너는 겁이 많아. 앞으로는 사냥감의 목이 아니라 머리 뒤쪽을 노려야 해. 상대의 눈을 보지 않고 물어버리는 거야."

재규어의 새끼는 태어나서 2년 정도 엄마와 지낸다. 그동안에 살아가기 위한 모든 방법을 엄마에게 배우는 것이다. 상대의 눈을 보지 말라고 배운 것은 소년이 된 솜브라가 처음 나무늘보를 사냥했을 때다.

그전까지 솜브라는 개구리, 거북, 덤불개처럼 사냥하기 쉬운 동물만 노렸다. 나무늘보도 그런 목표물 중 하나다. 아주 느릿느릿 움직이기 때문에 찾기만 하면 쉽게 처리할 수 있다. 단, 나무늘보는 거의 나무 위에

동물의 철학적 하루

서 생활하고 식물의 열매처럼 움직이지 않기 때문에 발견할 기회가 거의 없다.

그런데 어느 날 솜브라는 세크로피아 나무줄기에 매달려 있는 나무늘보를 발견했다. 이 나무늘보는 분명 화장실에 가려고 지상에 내려왔다가 돌아가는 중이었을 것이다. 점프 한 번에 그는 나무늘보를 잡아버렸다. 땅으로 끌어내려 목을 덥석 물려고 했다.

그러자 예기치 않은 일이 일어났다. 나무늘보의 몸이 흐물흐물 말랑해졌다. 이것은 나무늘보의 본능이 만드는 행위다. 나무늘보는 맹수나 맹금류에게 잡히면 먹힐 때의 고통을 덜기 위해 온몸의 힘을 뺀다. 그리고 오랫동안 만나지 못했던 친구를 본 듯한 얼굴로 두려운 상대에게 미소를 짓는다.

오오!

허를 찔린 솜브라는 깜짝 놀랐다. 하지만 공격 기세를 탄 자신의 행동을 멈출 수 없었다. 그는 나무늘보의 부드러운 눈빛을 마주한 채 그목을 물어버렸다.

그날부터 솜브라는 기운이 없었다. 나무늘보 고기는 자신의 뱃속으로 들어갔지만 할 수 있다면 뱉어내고 싶었다. 마지막 순간에 미소를 지어준 나무늘보를 원래 모습으로 되돌릴 수 있다면 그렇게 해주고 싶었다. 적의라고는 전혀 느낄 수 없었던 나무늘보의 눈빛이 솜브라의 내면에 있는 무언가를 꿰뚫고 파괴하더니, 성가시게 그곳에 그대로 자리 잡고 만 것이다.

어느 날 밤, 나뭇가지에 걸터앉은 채 꼼짝 않는 솜브라에게 엄마가 물었다.

"대체 무슨 일이니?"

"엄마, 나는 더는 사냥할 수 없을지도 몰라요. 잡아먹기 전에 나무늘보의 눈을 보고 말았어요."

엄마는 솜브라의 얼굴을 가만히 들여다보았다.

"그럼 죽을 거야?"

"아니요."

"사냥을 못 하면 죽는 수밖에 없어."

솜브라는 자신도 모르게 목을 움츠렸다. 어둠 속 엄마의 눈 안쪽에서 순수하고 강한 의지를 느꼈기 때문이다. 그것은 엄마 등 뒤에 있던 궁수자리* 알파 별의 반짝임보다도 솜브라의 가슴 깊이 와닿았다. 그렇다고 해서 솜브라의 답답한 기분이 해소된 것은 아니었지만.

엄마는 잠시 아무 말 하지 않다가 별 하나가 흐르듯이 떨어지자 다시 입을 열었다.

"우리를 고통스럽게 하는 것은 추억이야."

"추억이요?"

"그래. 추억이 없다면 얼마나 편할까."

---

* 켄타우로스 별자리

    동물의 철학적 하루

"그럼 아무것도 떠올리지 않으면 되잖아요."

후후, 어둠 속에서 엄마가 작게 웃었다.

"그게 가능할까."

"그런 게 좋아요. 아무튼 나는 나무늘보의 눈을 기억하고 싶지 않거든요."

엄마가 앞발로 가볍게 솜브라의 머리를 건드렸다.

"추억하지 않으면 이곳을 잃어버려."

"이곳이요?"

"나는 너희가 태어났을 때 하늘 가득 꽃잎이 떨어지는 것 같았어. 그리고 너희를 악어와 뱀으로부터 지키기 위해 매일 나무줄기에 발톱을 갈자고 생각했지. 그런데…."

엄마는 거기서 밤하늘을 올려다보았다.

"그 아이를… 네 남동생을 부채머리수리가 낚아채 갔을 때는 이 별들의 반짝임이 전부 사라져버렸어. 들에 핀 꽃들도 모조리 시들어버린 것 같았지. 그건 떠올리고 싶지 않아. 하지만 추억하지 않으면 그 아이는 정말 사라지고 말아."

아마존의 밤하늘에 별이 또 하나 떨어졌다.

"너는 살아야 한다."

솜브라는 대답을 못 하고 걸터앉은 가지에 턱을 괴었다. 엄마는 다시 작게 웃었다. 그리고 상대의 눈을 보지 말라는, 사냥할 때의 마음가짐을 전수했다.

그런 엄마 역시 솜브라에게는 추억 속에서만 되살아나는 존재가 되었다. 암컷 재규어는 다음 출산을 위해 성장한 자식들을 떠나는 이별을 선택한다.

지금, 솜브라는 외톨이였다. 수컷 재규어는 무리를 짓지 않고 단독 행동을 하므로 그것은 당연하다. 하지만 늪에서 머리만 내놓은 채 밤하늘을 보고 있자니 이 넓은 아마존 늪지대에 덩그러니 혼자 있다는 고독감이 절절하게 밀려왔다. 옆에 있어 주는 것은 추억뿐이었다.

그런데 새벽이 가까워진 걸까.

바람이 조금 강해졌다. 별빛 아래서도 풀이 고개 숙여 인사하기 시작한 것을 알 수 있었다. 나무줄기에 착생해 피어 있는 브로멜리아의 가늘고 기다란 꽃도 흔들린다.

'꽃에게도 추억이 있을까?'

늪에 잠긴 채 솜브라는 주위를 둘러보았다. 이 광대한 열대우림을 만드는 수많은 나무들과 풀과 꽃. 이 무진장한 생명에게도 추억이 깃들어 있을까? 이어서 솜브라는 머리 위의 별을 올려다보고 빛을 내는 점들 하나하나에 마음속으로 물었다.

'별들아, 너희에게도 추억이 있니?'

물론 대답은 없었다. 나무들은 그저 밤바람에 흔들리고, 별들은 저 멀리 하늘에서 반짝일 뿐이다. 하지만 그 순간 솜브라는 자신도 모르게 소리를 지를 뻔했다. 새벽보다 빠르게 눈에는 보이지 않는 빛이 솜브라의 머릿속을 스쳐 지나갔다.

'엄마가 말한 대로야. 온통 꽃이 핀 기분으로 습원을 달리기도 하고, 모든 별이 떨어져버린 것처럼 고개를 떨구는 날이 있는 것은 차곡차곡 쌓인 추억 탓이야. 내 머릿속 한가운데 있는 것…. 나의 괴로움도 기쁨도, 전부 추억이 있기 때문이야. 그렇다면 추억을 갖지 않은 생물이라면 먹어도 될 거야. 그것들은 무슨 일이 일어나도 표정 하나 변하지 않고 괴로워 몸부림치지도 않을 테니까. 짐승의 온기도 없고 새끼도 키우지 않을 테니까.'

늪에서 물가를 응시하며 솜브라는 노려야 할 사냥감이 바뀐 것을 깨달았다. 운 좋게 그 사냥감을 만나면 상대의 눈을 보고 고민하지 않아도 될 것 같았다. 왜냐면 그 녀석의 눈은 사슴이나 원숭이에 비하면 훨씬 작기 때문이다. 더구나 표정이란 것도 없었다. 나무늘보처럼 미소의 단칼로 솜브라를 우울하게 만들 일도 없을 것이다.

게다가 그 사냥감을 기다리는 장소는 바로 이 늪 속이면 된다. 한 발짝도 움직이지 않고 숨을 죽인 채 물에 잠겨 상대의 등장을 기다리면 된다.

이윽고 새들의 지저귐과 함께 새벽이 찾아왔다. 분홍색, 주황색의 난초 꽃잎을 빼곡히 깔아놓은 듯 동쪽 하늘가가 불타기 시작했다. 별들은 서서히 모습을 감추고, 아침 일찍 일어난 원숭이들이 나무 꼭대기의 줄기를 흔들고 있다.

물가 수풀에 무언가가 나타났다. 주위를 조심하며 다가온 것은 카피바라 한 마리였다. 솜브라는 자신도 모르게 허리와 다리에 힘을 주었다. 달려들면 한 번에 쓰러뜨릴 수 있는 거리에 상대가 있다. 카피바라 고기는 맛있다. 평소라면 벌써 덮쳤을 것이다. 그 눈을 보지 않도록 뒤통수부터 덥석 물어서.

그러나 솜브라는 물속에서 꼼짝하지 않았다. 카피바라는 분명 추억을 품고 있는 동물이다. 자신과 마찬가지로 괴로움과 슬픔을 아는 생명이다. 사슴과 나무늘보가 그랬던 것처럼. 노려야 할 것은 새끼조차 돌보지 않는, 무표정한 녀석들이다.

고대했던 그 사냥감의 기적을 느낀 것은 하늘이 완전히 밝아지고, 떠오르는 태양 빛을 받아 군데군데 떠 있는 흰 구름의 밑바닥이 금빛으로 빛나기 시작했을 때였다.

그 녀석은 수면에서 코끝만 살짝 내민 상태로 솜브라 쪽으로 다가왔다. 물속에는 커다란 몸이 숨어 있을 것이다. 늪이 너울거렸다. 솜브라는 꼼짝하지 않고 상대가 눈앞까지 오기를 기다렸다.

'얼마 안 남았어. 녀석의 머리 뒤를 물어버리면 돼.'

솜브라의 온몸에 의욕이 넘쳤다. 늪에 이는 너울이 솜브라의 불룩한 근육을 씻고 지나갔다. 드디어 덮칠 때다. 곧이다!

그런데 어떻게 된 일일까. 상대의 움직임도 멈춰버렸다. 녀석은 아주 가까이서 꼼짝 않고 있는 듯하다.

순간 솜브라의 온몸에 한기가 돌았다. 그것은 태어나서 처음 느끼는 공포였다. 나를… 노리고 있다!

철썩!

물보라를 일으키며 솜브라가 뛰어오른 것과 거의 동시에 커다란 물뱀 아나콘다의 목이 수면을 갈랐다. 허공을 날면서 솜브라는 아나콘다의 뒤통수에 송곳니를 찌르려고 했다. 그러나 거꾸로 물리고 말았다. 아나콘다의 커다란 머리가 자신의 뒷다리를 삼켰다. 솜브라는 엄청난 힘으로 물속으로 끌려 들어갔다.

그곳에서 솜브라는 보았다. 아나콘다 배에서 수많은 작은 뱀들이 물속으로 방출되는 것을. 난태생* 인 아나콘다는 출산하면서 솜브라를 잡아먹으려 한 것이다.

'그래. 역시 너는 새끼를 키우는 것 따위 하지 않지!'

솜브라는 있는 힘껏 아나콘다의 머리 근처를 물었다. 송곳니가 상대의 몸에 꽂힌다. 고통을 느낀 아나콘다는 솜브라를 들어 올려 수면에 내던졌다. 그 순간, 솜브라의 눈이 아나콘다의 눈과 마주쳤다.

별 같은 눈이었다. 아무 말 없이 그저 밤하늘에서 빛나는 저 별들과 같은 눈이었다.

순간 움찔한 것이 실수였다. 아나콘다는 몸통으로 솜브라의 몸을 감아버렸다. 작은 새끼 뱀들을 낳으면서 아나콘다는 솜브라를 조이기 시작했다.

---

* 몸속에서 알을 부화해 새끼를 낳는 생식 방법이다.

솜브라는 숨도 쉴 수 없었다. 갈비뼈가 삐거덕삐거덕 소리를 냈다. 아나콘다는 더욱 힘을 주어 솜브라의 몸을 조인 채 수면에서 일어섰다. 솜브라의 흐린 시야에 이 세상의 마지막 물가 풍경이 들어왔다. 성장한 사슴 두 마리가 가만히 이쪽을 보고 있다.

오… 너희는… 살아남아!

13화

맥의
어마어마한
꿈

맥(테이퍼)

동남아시아의 말레이맥, 남미 대륙의 아메리카맥, 남미 산악지대의 안데스맥(산악맥) 등 전 세계에 다섯 종류의 맥이 확인되고 있다. 성체의 몸길이는 1.3~2.5m, 몸무게는 100~300kg 정도다. 대부분 삼림과 강 옆에 서식하며 식물의 잎이나 열매, 수초 등을 먹고 산다. 멧돼지와 비슷한 외형으로, 코와 윗입술이 길게 늘어져 있다. 새끼는 몸에 줄무늬가 있다. 번식은 1년 내내 가능하다. 한 번 출산으로 한 마리의 새끼를 낳는다.

나쁜 꿈은 맥* 이 먹어주니까 걱정하지 마.

옛날에는 어른들이 이런 말로 가위에 눌린 아이를 달래주었다. 여러분도 맥이 꿈을 먹는 옛날 이야기를 들어본 적 있지 않을까. 하지만 이상하다는 생각도 들었을 것이다. 땅딸막하고 동작이 둔해 보이는 맥이 꿈이라고 하는 실체를 알 수 없는 현상을 어떻게 먹을까? 어렸을 적 나도 고개를 갸웃거린 기억이 있다.

옛날부터 이어져 내려오는 이 미심쩍은 이야기는 포유류 맥이 아니라 나쁜 기운을 물리친다는 중국의 상상의 동물 '맥'에서 유래한다. 기이한 요괴에서 시작된 이야기라 신빙성은 없다. 또, 꿈을 먹는다는 이야기는 일본에만 퍼진 것 같다. 동물원 우리 안쪽을 향해 "땡큐" 하고 손을 흔들어도 맥은 아련히 먼 곳을 바라볼 뿐이다.

그런데 맥 본인은 어떤 꿈을 꿀까.

남아메리카 하면 아마존, 그 깊은 풀숲에 아메리카맥 청년이 있었다. 동남아시아에 서식하는 말레이맥은 흑백 색깔** 인데, 아메리카맥은 백 년 동안 한 번도 터널에서 나온 적 없는 지하철 차량처럼 칙칙한 색깔이다. 하지만 그렇게 절망적으로 수수한 색깔인 덕분에 풀숲에 숨어버리면 오히려 재규어 같은 포식동물의 눈에 띄기 어렵다.

맥 청년은 풀 침대에 누워 뒹굴며 코와 윗입술이 이어진 주둥이를 씰

---

* 　동양에서는 한자로 '맥(貘)'이라 하고, 서양에서는 '테이퍼(tapir)'라고 한다.

** 　머리, 어깨, 다리는 검은색이고, 등과 허리, 엉덩이 중간 부분은 흰색이나 은색이다.

룩거리면서 하늘을 바라보았다. 근처에는 커다란 옴부 나무[*] 가 있다. 옴부 나무는 풀의 일종인데, 성장하면서 단단한 목질을 이뤄 건물처럼 커진다.

맥 청년은 이곳에서 구름 보는 것을 좋아했다. 다양한 모양의 구름이 옴부 나무보다 훨씬 높은 곳에서 흘러간다. 새하얀 구름, 회색이지만 윤곽이 빛나는 구름. 바람에 놀림당해 시시각각 모습을 바꾸는 구름도 있고, 아마존강의 본류를 나아가는 배처럼 당당한 구름도 있다.

단, 아마존 벌판에서는 구름의 밑바닥밖에 보이지 않는다. 안데스의 산봉우리에 오르면 구름을 내려다볼 수도 있겠지만, 이곳은 평지다. 맥 청년에게 태양 빛을 받는 구름 위쪽은 완전한 미지의 세계다. 하지만 각각의 구름 위에는 작은 세계가 있다고 맥 청년은 꿈꾸고 있다.

솜털을 억만 개 모은 듯한 폭신폭신한 하얀 구름을 보며 맥 청년은 구름 위에 흐드러진 들꽃을 상상했다. 다채로운 색채가 펼쳐진 들꽃의 바다는 바람이 불 때마다 물결치며 흔들린다.

반짝이는 금빛으로 테두리를 두른 구름이 흘러오면 맥 청년은 불타는 사금을 깔아놓은 찬란한 숲을 꿈꾼다. 화려하고 선명한 꽃잎을 가진 브로멜리아드도, 아마존 백합도, 그리고 옴부 나무까지 금빛 불을 밝히며 나비 떼를 맞이한다. 나비들 역시 빛의 화신이다. 모든 것이 눈부신 태양의 아이처럼 춤추고 있다.

---

[*] 남아메리카의 팜파스 지대에서 자라나는 자리공과의 거대한 상록교목이다.

동물의 철학적 하루

맥 청년은 눈과 주둥이를 구름 쪽으로 향한 채 넋을 잃었다. 정말 구름 위에 빛의 나비가 있다면 어떻게든 올라가보고 싶다. 칙칙한 색깔의 몸이지만, 자신도 일곱 색깔의 빛을 내며 나비들과 놀고 싶다.

그러나 황홀한 꿈만 꿀 수는 없다. 때로는 난처한 꿈을 꾸기도 했다.

예를 들면, 동그란 회색 구름을 발견했을 때다. 그 구름은 아주 육감적으로 스스로 움직이며 흥이 난 것처럼 떠 있었다. 마치 구름에 생명이 깃든 것 같았다. 맥 청년의 몸 안쪽에서 땡― 종소리가 울렸다.

"제기랄."

무심결에 그렇게 내뱉은 것은 그 구름이 암컷 맥의 엉덩이와 똑같았기 때문이다.

맥 청년은 구름에서 눈을 돌려 풀숲에 얼굴을 묻었다. 그러나 한 번 울려버린 종소리는 멈추지 않는다. 땡― 땡― 몸 안쪽에서 울려 퍼진다. 맥 청년은 비참한 기분에 자신의 다리 사이를 봤다. 변화가 일어나기 시작한 것이다.

자, 지금부터는 초등학생 이하는 읽으면 안 된다. 이 책을 금고에 넣어두고 중학생이 되면 다시 읽자. 하지만 지금 꼭 읽고 싶은 사람은 읽어도 괜찮다. 대신, 부모님이나 선생님 같은 어른들에게는 비밀이다.

사실, 수컷 맥은 포유류 중에서 그곳이 가장 커진다. 아니, 정확히 말하면 몸 크기에 비해서라는 보충 설명이 필요하다. 그곳 자체는 고래나 코끼리가 큰 게 당연하다. 그러나 비율로 말하면 맥이 포유류 중에서 가장 크다. 몸길이 2미터 정도의 맥 청년도 커졌을 때는 그것이 1미터나 되어버리기 때문이다.

"엄마, 내 여기는 왜 이렇게 커져요?"

맥 청년이 아직 소년이었을 무렵, 처음 몸의 변화에 당황해서 엄마에게 물었다.

"얘야, 그건… 어른이 되면 알 수 있어."

엄마는 살짝 얼굴을 붉히면서도 어딘가 난처한 표정으로 말을 흐렸다.

"그럼 나, 어른이 될 때까지 이렇게 할 거야."

길고 커진 그것을 휘두르며 맥 소년은 "에잇!" 하고 풀을 쳐서 넘어뜨리려고 했다. 엄마는 화를 냈다.

"그런 짓 하면 안 돼! 소중히 해야지!"

엄마는 각오한 것 같았다. 살아가는 데 있어 아주 중요한 것을 아들에게 말할 때가 온 것이다.

"그건, 연결을 위한 투보(tubo)란다."

투보란 포르투갈어로 '관(管)'이라는 뜻이다.

"어? 뭐랑 연결하는데요?"

잠시 후 엄마는 말했다.

"네가 좋아하는 상대. 대개는 엄마처럼 암컷 맥이지."

"암컷 맥하고 어떻게 연결해요?"

"그건 자연에 맡기면 돼. 자연스레… 상대의 발레(vale) 위치를 알 수 있어."

     동물의 철학적 하루

발레는 포르투갈어로 '계곡'이란 의미다.

"연결을 위한 나의 투보가 누군가의 발레랑 연결되는 거예요?"

"그래. 옴부 나무 잎을 적시는 안개도, 피라냐를 헤엄치게 하는 강도 전부 계곡에서 시작된단다. 너는 언젠가 그 깊은 계곡과 이어질 거야. 그것은 동시에… 속삭임과 이어지는 것이기도 해."

"속삭임?"

엄마는 거기에는 대답해주지 않았다. 대신 이렇게 말했다.

"원무(圓舞)를 기억해. 네 나름의 왈츠와 폴카야."

당연히 맥 소년은 왈츠와 폴카가 무엇을 의미하는지 전혀 몰랐다. 그것을 진짜 알게 된 것은 맥 소년이 청년이 되어 엄마와 헤어져서 단독으로 생활하게 되었을 때였다.

어느 날, 강가에서 수초를 먹고 있는데, 눈앞에 젊은 맥이 나타났다. 맥 청년은 상대가 암컷이란 것을 바로 알 수 있었다. 연꽃이 피었을 때보다 진한, 가슴이 뜨끔뜨끔 뜨거워지는 냄새가 그 맥의 엉덩이 근처에서 풍겼기 때문이다. 게다가 그 맥은 적의가 없는 부드러운 눈빛으로 맥 청년을 가만히 쳐다보았다. 맥 청년은 갑자기 참을 수 없는 기분이 들었다. 보이지 않는 힘에 끌리듯 주둥이를 상대의 엉덩이에 들이댔다. 암컷 맥 역시 맥 청년의 엉덩이 냄새를 맡으려고 했다.

두 마리 맥은 서로의 엉덩이에 얼굴을 댄 채 원을 그리듯이 돌기 시작했다. 아, 이것이 왈츠구나. 폴카구나. 맥 청년은 엄마가 말한 원무의 의미를 비로소 이해했다. 이렇게 된 이상, 상대의 마음에 들도록 폼나게 춰야 한다. 그런데 동시에 맥 청년의 몸 안쪽에서 땡— 종이 울린 것도 알았다. 연결을 위한 맥 청년의 투보가 커지기 시작했다. 왠지 머리가 어질어질하다. 종이 계속 울린다. 맥 청년은 자신의 척추를 따라 피려고 하는 무수한 들꽃이 보이는 것 같았다. 그때다. '등에 올라타' 하고 누군가 속삭이는 소리가 들렸다.

비극은 다음 순간에 찾아왔다. 상대의 등에 올라타려던 맥 청년은 앞다리에 격렬한 통증을 느꼈다. 그녀에게 물린 것이다. 맥 청년은 두꺼운 몸통을 떨며 비명을 질렀다.

맥은 온순한 초식동물로 인식되지만, 동물원에서는 맹수 취급을 받는다. 왜냐면 맥에게는 날카로운 송곳니가 있기 때문이다. 떨기나무를 씹거나 포식동물로부터 몸을 지키기 위해 송곳니가 발달한다. 그 억센 송곳니에 물린 맥 청년은 공중제비를 하며 나가떨어졌다. 그리고 암컷은 가버렸다. 연결을 위한 투보는 끊어진 팬티 고무줄처럼 쪼그라들었다.

"연결이 안 됐어…."

암컷에게 물린 통증을 참으며 맥 청년은 고민을 중얼거렸다. 원무 연습을 하지 않은 자신의 게으름이 후회됐다. 춤이 너무 촌스러워 상대에게 거절당했다고 생각한 것이다.

하지만 그보다 더 충격인 것은 송곳니를 드러낸 그녀의 표정이었다. 우연히 마주쳤을 때는 성격이 온순해 보였다. 귀여운 들꽃이 만발한 발레를 가졌을 거라고 멋대로 해석했다. 그런데 원무에 실패한 순간, 인형극*의 요괴 '닷기'** 처럼 무시무시한 변화를 보이며 송곳니를 드러냈기 때문이다.

원래 몽상가인 맥 청년이지만 풀숲에 처박혀 하늘만 바라보게 된 것은 처음 만난 암컷에게 호되게 물린 이 사건이 크게 영향을 주었다.

맥 청년은 완전히 자신감을 잃어버렸다. 원무는 혼자 수없이 연습했다. 토코투칸 울음소리에 맞춰 세 박자로 원을 그리기도 하고, 한쪽 뒷다리로 서는 아라베스크 형태로 가볍게 점프도 해봤다.

그러나 맥 청년은 풀숲 저편에서 암컷의 엉덩이 냄새가 풍겨도 웅크리고 앉아 있기만 했다. 또 물릴지 모른다는 두려움도 있었지만, 그보다 자신은 어떤 암컷과도 연결될 자격이 없다는 콤플렉스가 더욱 커져버렸기 때문이다.

풀숲에 틀어박힌 채 맥 청년은 구름만 올려다봤다. 현실 세계보다 꿈속에 눈과 귀와 마음이 잠기게 되었다. 그래도 연결을 위한 투보를 어떻게 받아들일지는 큰 문제였다. 둥글게 부풀어 오르는 구름을 보거나 암컷의 향기로운 냄새가 풍길 때마다 동물계 넘버원인 그것이 쭉쭉 늘어났다. 뒷다리보다 길어서 질질 끌 정도였다.

---

* 닌교조루리(人形浄瑠璃): 샤미센 반주에 읊는 이야기에 맞춰 인형을 다루는 일본의 전통 인형극

** '가부'라고도 하며, 평소에는 미녀의 얼굴이지만 변신할 때는 입이 귀까지 찢어지고 송곳니를 드러내며, 머리에 뿔이 난다.

"아, 왜 이런 쓸모없는 것이 달렸을까."

고민에 빠진 맥 청년에게 연결을 위한 투보는 무용지물이 아닌 무용장(長)물로, 고민의 근원이기도 했다. 쭉쭉 늘어날 때 맥 청년은 그 종소리를 들었다. 활짝 피려는 주변의 들꽃도 보였다. 그 끝에 있는 무언가에 도달하려고, 맥 청년 속의 자연이 약동하기 시작한다. 그러나 상대가 없기 때문에 얼마 안 지나 종소리는 끊어지고 들꽃도 사라져버렸다. 맥 청년은 그것이 너무 괴로웠다.

괴로우면 잘라버리자. 그렇게 생각한 어느 날, 맥 청년은 연결을 위한 투보를 질질 끌며 강가로 갔다. 두 개의 굵은 유목이 수면 위로 솟아 있는 곳이다. 그곳에는 피라냐 떼가 있다. 면도날 같은 이빨로 물에 떨어진 생물을 물어뜯어버리는 무서운 물고기다. 맥 청년은 생각했다. 유목에 누워 연결을 위한 투보를 강에 담그면 피라냐가 길기만 한 이 쓸모없는 물건을 먹어주지 않을까.

그런데 막상 강을 보니 연결을 위한 투보는 눈 깜짝할 사이에 쪼그라들어버렸다. 몽키 바나나[*] 정도밖에 되지 않았다. 맥 청년의 눈에서 아침 이슬방울 같은 눈물이 흘렀다.

"왜 내 몸은 생각대로 되지 않을까."

맥 청년은 유목에 엎드려 울었다. 수면 아래를 오가는 피라냐들의 그림자가 보였다. 차라리 이대로 몸을 던져버리는 것이 나을지 모른다. 그

---

[*] 크기가 작고 단맛이 강한 바나나. '미니 바나나'라고도 한다.

    동물의 철학적 하루

렇게 생각했을 때 맥 청년은 다시 속삭이는 소리를 들었다.

"피라냐들도 피라냐로 태어나길 스스로 원한 것은 아니야. 피라냐로 태어났으니까 피라냐로 살아가는 거지."

머리를 한 대 맞은 기분이었다. 맥 청년은 망연자실해 한동안 유목 위에 가만있었다. 그리고 속삭임의 의미를 이리저리 생각하면서 풀숲으로 돌아왔다.

"제기랄"이라 중얼거렸던 맥 청년 꿈의 뒷얘기다. 육감적인 구름을 보고 연결을 위한 투보가 커져버린 후 그는 어떻게 되었을까?

유목 위에서 속삭이는 소리를 듣고 맥 청년은 더는 불필요한 저항은 하지 않게 되었다. 마음속으로 소리쳐봤자 커질 것은 커진다. 자신의 의사와는 다른 곳에 자신을 조종하는 누군가가 있다. 그래서 그날 맥 청년은 투보가 하늘을 향하도록 풀 위에 벌렁 누웠다. 속삭임은 언제나 하늘에서 들린 것 같았기 때문이다.

그러자 이게 무슨 일인가. 연결을 위한 투보가 더 커지기 시작했다. 자신의 몸길이보다 길어져서 쑥쑥 늘어났다. 아프리카코끼리의 그것보다도 우람하게 자꾸 커졌다.

"어— 어— 으악!"

너무 놀란 맥 청년은 말이 나오지 않았다. 투보는 멈출 줄 모른 채 흰긴수염고래의 그것을 뛰어넘었을 정도였다. 그래도 자꾸 늘어났다. 우기의 숲속 나무처럼 조용한 환성과 함께 늘어났다. 결국에는 옴부 나무를 넘어 주변 초원에서 가장 커졌다. 그래도 투보는 계속 늘어났다. 투보 끝에 콘도르 한 쌍이 앉았다가 겁을 먹었는지 황급히 날아가는 것이 보였다. 지금은, 투보가 구름을 찌를 기세다. 마침 둥글고 육감적인 구름이 바람을 타고 흘러왔다. 투보는 결국 그 구름에 닿았다. 구름의 발레를 뚫고, 더욱 하늘 높이 솟았다. 이윽고 해는 저물었지만 투보는 멈추지 않고 계속 늘어나 하늘에 가득한 별을 둘로 가를 정도였다. 그제야 맥 청년은 하늘을 향해 말을 걸었다.

"왜 나는 이런 꼴을 당해야 하죠?"

"자신감을 갖고 살라는 것을 알려주기 위해서야."

하늘의 속삭임에 구두점을 찍듯이 딱, 딱, 투보가 소리를 냈다. 별똥별이 부딪치는 걸까. 하늘에서 빛이 깜빡였다.

"네 투보가 기다란 것은 상대의 발레 깊은 곳에 새끼를 잉태하는 보물의 방이 있기 때문이야. 소중하게 자식을 키우려는 너희의 생각이 그 몸을 만들었지. 나와 너희들의 사랑이 합쳐져 깊은 발레와 기다란 투보를 만든 거야."

"하지만 나는 사랑받지 못했어요."

"그건 잘못 생각한 거야. 기분이 강해지면 원무를 출 때 상대를 물기도 해. 그것이 너희 맥이라는 동물이지."

"대체 당신은 누구인가요?"

"그건 나도 몰라. 나는 모든 것이며, 한 장의 옴부 나뭇잎이기도 하지. 그리고 투명한, 눈에는 절대 보이지 않는 투보로 너와 연결되어 있어."

동물의 철학적 하루

맥 청년이 잠에서 깬 것은 다음 날 아침, 해가 뜬 후였다. 연결을 위한 투보는 몽키 바나나 크기 정도로 돌아왔다. 전부 꿈이란 걸 알면서도 모든 것이 새롭게 느껴지는 상쾌한 아침이었다. 맥 청년은 오랜만에 풀숲에서 기어 나와 그 암컷을 찾아보자고 생각했다. 하지만 그때 깨달았다. 다리 사이의 몽키 바나나에 은색의 작은 별 모양이 박혀 있는 것이 아닌가. 아직 희미하게 연기가 나고 있었다. 다시 잠을 자자고 맥 청년은 풀숲에 누워버렸다.

굴러다니는
작은
승려

아르마딜로

북아메리카 대륙 남부와 남아메리카 삼림지대에 서식한다. 몸길이가 1m나 되는 왕아르마딜로부터 15cm 정도의 애기 아르마딜로까지 20종이 알려져 있다. 머리와 등은 피부가 변화한 단단한 골질의 등딱지로 덮여 있다. 방어 자세를 취할 때 몸을 둥글게 마는데, 완전한 공처럼 될 수 있는 것은 세띠아르마딜로속(屬) 2종뿐이다.[*]
흰개미와 지렁이 외에 과일도 먹는 잡식성으로, 낮에는 굴에서 잠을 잔다. 일본에서는 반려동물로 사육이 인정되어 인간과 공생도 가능하다.

---

[*]   남부세띠아르마딜로, 브라질세띠아르마딜로

세띠아르마딜로 소년이 몸을 동그랗게 말아 순식간에 농구공처럼 변신한 것은 근처 풀고사리 덤불에서 덤불개 여러 마리가 튀어나왔기 때문이다.

도시풍의 세련된 개 따위 싫다는 사람은 덤불개라는 촌스러운 이름에 친근감을 느낄 수도 있다. 실제로 덤불개는 엽전 붙인 코에 머리와 볼을 감싸는 수건이 어울리는 미꾸라지잡이 춤[*]의 춤꾼 같은 얼굴을 하고 있다. 그렇다고 얌전한 성격은 아니다. 인도의 승냥이나 아프리카 리카온 등의 개과(科)처럼 사냥을 하는 사나운 육식동물이다. 몸집이 커다란 맥도 쓰러뜨릴 정도다.

소년은 덤불개들에게 괴롭힘당할 것을 각오했다. 딱딱한 판 모양의 등딱지로 덮인 머리와 등이 밖으로 향하게 몸을 동그랗게 마는 것은 부드러운 배를 지키기 위해서다. 몸통 부분에 복대처럼 있는 세 줄의 주름 띠를 쭉 펼쳐 동그랗게 만다.

참고로, 아르마딜로는 스페인어로 armadillo라고 쓴다. '무장한'이라는 의미의 armado에 '작다'를 나타내는 illo가 붙어 '아르마딜로'라는 이름이 됐다. 단, '작은 무장한 자'라고는 해도 총이나 칼을 가진 것은 아니다. 아르마딜로 앞다리의 발톱은 삽처럼 예리하지만, 그것은 가장 좋아하는 개미집을 무너뜨리거나 둥지의 구멍을 파기 위해 발달한 것이다. 누구를 공격하기 위한 발톱은 아니다. 단단한 투구와 갑옷에만 의존

---

[*]　도죠스쿠이 오도리(どじょうすくい 踊り): 코에 엽전을 장착하거나 검은색 종이를 붙이고, 수건으로 머리와 볼을 감싼 채 소쿠리로 미꾸라지를 건져 올리는 모습을 유머러스하게 흉내 내는 춤이다.

하는 소극적 방어다. 이것이 아르마딜로 무장의 정체이며 전부였다.

한편, 덤불에서 튀어나온 덤불개들은 송곳니를 드러내며 소년의 등을 물려고 했다. 그러나 아르마딜로의 갑옷은 부드럽지 않다. 자르기 전의 가다랑어포보다 단단하다. 게다가 방어 자세를 취한 세띠아르마딜로는 완전히 동그란 공 모양이다. 여러분이 농구공을 물어뜯을 수 없듯이 덤불개의 이빨로는 어떻게 할 수 없다.

소년은 데굴데굴 구른다. 물어뜯으려고 할 때마다 덤불개들이 소년을 코끝으로 밀어내기 때문이다. 덤불개들은 공 모양의 소년에게 짖기 시작했다. 사냥감을 앞에 두고 한 입도 물어뜯지 못해 분해서다. 소년으로서는 앞발로 귀를 막고 싶을 만큼 무시무시한 소리다. 그러나 앞발도 사용해 몸을 동그랗게 말고 있어서 그렇게 할 수 없었다.

아, 얼마나 비참한가.

소년은 몸을 떨었다. 나는 이럴 때 몸을 동글게 마는 것밖에 할 수 없다. 게다가 일단 동그랗게 말면 자신의 의사로 도망치는 것조차 할 수 없게 된다. 싫은 녀석들에게 이렇게 굴려질 뿐이다. 아, 나는 얼마나 비참한 존재인가!

동그랗게 몸을 닫은 채 소년이 울 뻔했을 때였다. 덤불개들이 짖는 소리를 듣고 더욱 위험한 야수가 나타났다. 재규어였다. 순식간에 덤불개 한 마리가 허공을 날더니 땅바닥으로 내동댕이쳐졌다. 아주 가까이서 듣는 덤불개의 비명과 재규어의 으르렁거림. 밖이 보이지 않는 소년에게도 옆에서 일어나는 일은 순식간에 이해할 수 있었다.

 　동물의 철학적 하루

큰일이다!

소년은 초조했다. 아르마딜로의 갑옷은 덤불개의 송곳니라면 그럭 저럭 튕겨낼 수 있다. 하지만 재규어의 턱 힘은 당해내지 못한다. 한입 에 갑옷째 으스러진다.

이렇게 된 이상 하늘에 운을 맡길 수밖에 없다. 소년은 등을 펴서 원래 모습으로 돌아가 폭발적으로 달리기 시작했다. 덤불개들은 재규어 로부터 도망치기 위해 덤불 속으로 흩어진 것 같았다. 재규어는 소년을 노려보았지만 사냥한 덤불개를 물고 꼼짝하지 않았다. 소년은 있는 힘을 다해 정글을 빠져나가 경사가 완만한 절벽 위에 섰다. 그리고 다시 동그랗게 몸을 말아 경사면을 구르기 시작했다.

소년은 빙글빙글 돈다. 중력의 작용으로 계속 구를 수 있다. 아, 비참한 기분도 소용돌이의 중심이 되어 같이 돌았다. 소년은 나무에 부딪칠 때마다 구르는 방향을 바꿨고, 마지막은 아주 커다랗고 단단한 마호가니 나무에 쿵, 충돌해 그대로 뻗어버렸다.

소년은 갑옷 같은 등을 아래로 한 채 벌렁 넘어졌다. 더는 몸을 동그랗게 말 수 없었다. 땅바닥에서 올려다보는 정글이 빙빙 돌았다. 머리를 세게 부딪친 탓인지 낮인데도 하늘에 별들이 반짝였다. 충격음에 놀란 새들이 황급히 날아갔다.

왠지 소년에게는 그 광경이 어떤 물음처럼 느껴졌다. 스님의 죽비에 맞은 좌선자가 예기치 못한 깨달음을 얻을 때가 있듯이, 소년은 대자연으로부터 기습을 당해 세상의 비밀에 접근하는 투명한 문을 열어버린 것이다.

"새들이 날개를 퍼덕이며 날아간다. 어디든 자유롭게 날아간다…. 왜 나에게는 날개가 없을까? 왜 나는 도망치는 방향조차 스스로 정할 수 없을까?"

그리고 이런 것을 생각했다.

'날고 싶은 의지가 있어서 새들에게 날개가 생긴 걸까? 아니면 이 넓은 하늘이 많은 날개로 퍼덕이도록 하기 위해 새들이 생긴 걸까?'

그날 밤, 굴로 돌아온 소년은 엄마에게 물었다.

"엄마, 우리는 왜 날개가 없어요?"

엄마는 굴 옆에서 기어 나온 커다란 지렁이를 쪽 빨아들이던 참이었다. 지렁이의 엉덩이가 엄마 입가에서 날뛰었다.

"무슨 소리야. 날개가 왜 필요해?"

소년은 오늘 일어난 일을 엄마에게 말했다.

"동그랗게 돼도 날개가 있으면 어디든 날아갈 수 있잖아요. 우리는 동그랗게 될 뿐, 그다음은 아무것도 할 수 없어요."

"배부른 소리 마. 커다란 왕아르마딜로부터 작은 애기 아르마딜로까지 우리한테는 많은 친구가 있지만, 위험할 때 완전히 동그랗게 몸을 말 수 있는 것은 세 개의 띠를 가진 세띠아르마딜로, 우리뿐이야. 우선 선택받은 존재란 것에 감사해야 해. 다른 친구들은 맹수로부터 공격당할 때 등을 말아 방어하려고 해도 할 수 없어. 그래서 무서운 적이 배를 물

 동물의 철학적 하루

어뜯는 경우도 있어. 하지만 우리는 가만히 참고 있으면 살 수 있잖아. 얼마나 감사한 일이니."

"아니요. 우리는 그냥 버려진 볼링공과 같아요. 그저 거기에 나뒹굴 뿐이잖아요. 자신의 의지로는 움직일 수 없어요. 어디에도 주체성이 없다고요."

"주체성?"

"네. 내가 나이기 위해서는 나의 행동을 내 의지로 선택할 수 있어야 해요. 그런데 그렇게 할 수 없는 것은 대체 왜죠? 우리는 나쁜 녀석들에게 굴려지기만 하는 아르마딜로 공일 뿐이에요. 이 철저한 수동성을, 그런데도 세상은 원한 걸까요?"

"너무 어렵게 생각하지 마."

엄마는 무심히 중얼거리더니 기어 나온 다음 지렁이를 다시 쪽 빨아들였다. 소년에게는 그 행위조차 수동성에 의지해 살아온 엄마의 자기 부재적(自己不在的) 행동의 상징처럼 느꼈다.

"엄마는 엄마가 되고 싶어서 나를 낳았어요? 아니면 내가 태어났기 때문에 엄마가 된 거예요?"

엄마는 몸부림치는 지렁이를 입에 문 채 눈을 깜빡거렸다. 당황스러워하는 기색이 엄마 얼굴에 드러난 것을 소년은 놓치지 않았다.

"글쎄, 분명 양쪽 다겠지. 엄마가 되고 싶었으니까 배 아파 너를 낳았고, 하지만 네가 태어나서 엄마가 됐다고도 할 수 있지. 자, 이제 어려운 것 생각하지 말고 같이 지렁이 먹자."

"봐, 그거예요. 결국 어디에도 확고한 의지가 없다니까! 엄마는 자신의 의지로 산 게 아니라 그냥 산 거잖아요. 그런 엄마한테 태어난 나에게 날개가 생길 리 없죠!"

엄마 잘못이 아니다. 소년은 그것을 알고 있다. 하지만 터뜨릴 곳 없는 불만이 이런 형태로 터져버렸다. "기다려!"라는 엄마의 목소리를 갑옷 뒤로 들으면서 소년은 굴을 뛰쳐나왔다. 이 굴도 왕아르마딜로가 판 둥지를 얻어 쓰고 있다. 이것 역시 수동성의 산물임에 틀림없다.

소년은 울면서 밤의 정글을 달렸다. 날개를 갖고 싶다는 것은 물론 비유였다. 하지만 몸을 동그랗게 마는 것밖에 할 수 없는 자신이 한심해서 은빛 물방울이 뺨을 타고 흘렀다.

"그래, 그 나무야!"

주체성과 수동성에 대해 생각하게 된 것은 커다란 마호가니 나무에 부딪친 후였다. 날개가 아니라 물음이 생긴 것이다. 그렇다면 다시 그 마호가니 나무에 몸을 부딪치면 다음의 새로운 깨달음이 떨어져서 다른 생각을 하게 될지 모른다. 소년은 날이 밝으면 다시 절벽에서 떨어져보자고 생각했다.

동쪽 하늘이 밝아오기를 기다렸다가 소년은 절벽에서 "에잇!" 하고 공중으로 뛰었다. 동그란 공으로 변신해 나무들이 자란 경사면을 데굴데굴 굴렀다. 지구가 성대하게 끌어당겨주니 눈 깜짝할 사이에 속도가 붙었다. 소년은 바위에 부딪쳐 통겨나가 브로멜리아 꽃이 핀 덤불에 떨

 동물이 철학자 비루

어지고, 다시 고무나무 몇 그루에 부딪치며 방향을 바꿔 키 높은 케이폭 나무에 등을 쿵 부딪쳤다.

소년은 다시 원래 모습으로 돌아왔다. 벌렁 누운 자세로 정글을 올려다보았다. 소년이 부딪친 충격 탓인지 케이폭 나무 잎사귀가 한들한들 바람에 날리며 떨어졌다.

"오!"

소년은 소리를 질렀다.

"나뭇잎은 언제, 어디에 떨어질지 스스로 결정할 수 없어. 하지만 나는 자신의 의지로 절벽을 굴렀어. 마호가니 나무에 부딪칠 수는 없었지만, 적어도 나는 단지 저곳에 떨어질 뿐인 아르마딜로는 아니야. 내게도 주체성은 있어!"

소년의 콧김이 거칠어졌다.

"날개도 나뭇잎도 나에게 무언가를 말하고 있어. 내가 당연하게 여겼던 풍경을 하나하나 분해해서 거기에 의미를 부여하고, 그것들을 새롭게 조합해 숨겨졌던 진짜 세계를 보고 이해할 수 있게 하려는 거야!"

소년의 가슴에 환희의 물결이 밀려왔다. 그때, 아르마딜로 친구들이 나타났다.

"야, 다 봤어. 너 재미있는 거 하더라."

"여기 부딪쳤다, 저기 부딪쳤다, 마치 아르마딜로 핀볼 * 같았어!"

---

* 용수철이 달린 막대 손잡이로 구슬을 쳐서 올린 다음, 아래로 내려오는 구슬을 다시 쳐올려 장애물을 피해 점수를 얻는 오락 기기다.

"아냐, 아르마딜로 스마트볼[*] 이야! 파친코처럼!"

친구들은 저마다 떠들어댔다.

그때 세띠아르마딜로 소녀가 앞으로 걸어 나왔다. 소년이 굴을 팔 때, 흰개미 집을 무너뜨릴 때, 이 소녀와는 자주 눈이 마주쳤다. 소녀는 언제나 미소를 짓는다. 오늘도 그녀는 소년에게 웃어 보이며 갑옷으로 덮인 목을 가볍게 숙였다.

"나무와 바위에 부딪쳐 어디로 구를지 모르는 것을 즐기는 거야?"

아냐, 하고 소년은 생각했다. 내가 하는 것은 아르마딜로가 짊어진 수동성으로부터의 해방이다. 그러나 소녀에게 그렇게는 말하지 못했다. 생각해보면 절벽에서 뛰는 행위는 주체적이지만 구르기 시작하면 그 이후는 수동형이다. 지극히 수동적이다. 그래서 소년은 말하는 방식을 바꿨다.

"나무에 쿵, 부딪칠 때마다 세계가 새롭게 느껴져. 당연했던 풍경의 어딘가가 무너지고, 그 일그러짐으로부터 무언가가 말을 걸어와."

친구들은 웅성거리며 "좋아, 같이 하자!" 하고 흥분했다. 그러고는 절벽 위를 향해 세띠아르마딜로 소년과 소녀 들이 줄지어 올랐다.

"어차피 부딪칠 거면 마호가니나 브라질 나무[**] 같은 단단한 나무가 좋아. 충격이 큰 만큼 세계가 마구 무너지니까."

---

[*]　smart+ball로 일본식 영어다. 떨어지는 구슬을 퉁겨 올려서 숫자 구멍에 넣으면 그 숫자에 맞는 개수의 구슬이 나와 득점하는 놀이다.

[**]　브라질에서 자라는 콩과 식물

　동물의 철학적 하루

소년은 대단한 강사인 것마냥 절벽에서의 낙하 놀이를 해설했다.

친구 아르마딜로들은 "꺄아" "와우!" 괴성을 지르며 절벽에서 몸을 날려 공 모양이 되어 굴렀다. 하나같이 바위와 나무에 부딪치며 마치 핀볼 게임의 구슬처럼 퉁겨나간다.

부겐빌레아˚의 붉은 군락에 떨어지는 아르마딜로, 크게 퉁겨 카나우바 야자나무 줄기로 직격하는 아르마딜로, 한참을 구른 끝에 왕아르마딜로가 파놓은 구멍에 빠지는 아르마딜로 등 똑같은 코스를 구른 아르마딜로는 한 마리도 없었다.

절벽 위에 마지막으로 남은 것은 소년과 소녀였다. 소녀는 굴러떨어지는 친구들을 보며 후후, 웃었는데 "그럼 우리도…."라고 뛸 자세를 취한 소년에게 진지한 얼굴로 물었다.

"사실은 무엇 때문에 절벽에서 떨어지는 거야?"

소년은 가슴이 철렁했다. 속마음을 읽혔기 때문이다. 그렇다면 진심을 말하는 수밖에 없다.

"나는 주체적으로 살고 싶었어. 한 번 몸을 동그랗게 말면 움직일 수 없는 아르마딜로는 말라 죽을 때까지 서 있기만 하는 나무들 같아. 나는 그런 수동적인 삶은 싫어."

"나무들이 수동적이라고? 하늘과 비와 바람을 저렇게 느끼면서 사는데? 꽃과 과일의 드레스를 입고 있는데?"

˚   분꽃과에 속하는 가시가 있는 덩굴식물

"뭐?"

"나는 여기서 떨어지지 않아도 돼. 너는 실컷 해. 나는 몸을 동그랗게 말아도 새들이 지저귀는 사랑 노래와 지렁이들의 허무를 느낄 수 있어. 그래서 충분히 주체적이라고 생각해. 그럼 다음에 보자."

소녀는 돌아갔다.

멍하니 서 있는 소년에게로 친구들이 절벽을 올라 돌아온다. "엄청난 스릴이었어!"라고 모두 흥분해 있었다. 하지만 세계의 일부가 무너졌는지 어떤지 말하는 아르마딜로는 한 마리도 없었다.

소년은 언덕 위에 오도카니 홀로 남았다. 그의 가슴속에서 소녀의 말이 수없이 반복되었다. 경사면의 나무들을 내려다보며 소년은 생각했다.

딱히 하늘을 날고 싶었던 것은 아니다. 몸을 동그랗게 마는 것 외에 달리 능력이 없는 아르마딜로라면 그렇게 살아가는 수밖에 없다. 하지만 나는 세계와 자신의 진짜 관계가 알고 싶다. 그래서 우리가 가진 편견을 전부 분해해 새로운 세계를 만나는 것이다. 그것이 나에게는 진정한 주체성이다!

소년은 절벽에서 몸을 날렸다. 빙그르르 몸을 동그랗게 말아 바위와 나무에 부딪쳐 퉁겨나가면서 아래까지 떨어졌다. 카카오나무에 부딪쳐 어질어질했다. 그러나 세계의 비밀에 대해서는 아무것도 알 수 없었다. 소년은 다시 절벽 위까지 올라가 힘껏 굴러떨어졌다. 여기저기에 충돌해 지겹도록 머리를 부딪치고 뒤로 발랑 넘어졌다.

그렇게 밤이 되었다. 몇 번을 굴러떨어졌는지 모른다. 갑옷이 보호해 준다고는 해도 목덜미가 너무 아팠다. 소년은 그래도 절벽으로 올라가 오늘 밤 마지막 낙하에 도전했다. 다 흩어져버려라! 속으로 외치면서.

쿵, 부딪친 것은 마호가니 나무였다. 반쯤 정신을 잃은 상태로 소년은 밤하늘을 올려다보았다. 그리고 이런 난폭한 하루가 허락된 것도 이 갑옷 덕분이라는 것을 실감했다. 단단한 몸을 가진 덕에 지금 대지에 벌렁 누워 은하수를 볼 수 있다…. 그런데 입에서는 예상하지 못했던 말들이 나왔다.

"아, 대지는 단단한 몸을 가진 은하수에 누워 지금도 나를 바라보고 있다."

소년의 마음에 번개가 번쩍였다. 말이 분해되어 새롭게 조합되었다. 그것은 동시에 세계와 자신 사이의 새로운 관계를 발견한 것이었다. 동 그렇게 몸을 마는 것밖에 할 수 없는 세띠아르마딜로 소년이지만 그 작은 존재는 대지, 아니 커다란 은하와도 이어져 있었다. 이 작은 무장한 자는 무수한 별들에게 말을 걸고, 또 그들의 말을 듣는 하룻밤을 위해 밤이슬 젖은 풀숲에 누워 있을 수 있는 튼튼한 갑옷을 가지고 있었던 것이다.

그때, 덤불이 흔들리고 커다란 그림자가 나타났다. 소년은 숨이 멎을 뻔했다. 그것은 재규어였기 때문이다. 소년은 갑옷째 바스라질 것을 각오했다. 그러나 재규어는 으르렁거리며 이렇게 말했다.

"너를 잡아먹으려고 했는데 그만뒀어. 너는 분명 자신도 분해했을 거야. armadillo가 제멋대로 뒤섞여 darma-illo가 되었어. 별들과 이어진 작은 달마*를 먹으면 벌을 받을 테니까."

재규어는 한 번 짖더니 덤불 속으로 사라졌다.

15화

날름 군의
진화

큰개미핥기

중남미 저지대의 삼림과 초원에 서식한다. 몸길이 100~120cm, 꼬리는 90cm나 된다. 기다란 주둥이에서 가늘고 긴 혀를 날름거려 개미와 흰개미를 잡아먹는다. 몸통은 긴 흑갈색 털로 덮여 있고, 앞다리는 하얗다. 개미탑의 흰개미를 잡아먹을 때, 적대 동물을 위협할 때, 또 출산할 때도 뒷다리로 선다. 성장해 번식력을 갖추면 단독으로 행동하지만, 어린 개체는 생후 반년 이상 어미 등에 매달려 지낸다. 감소가 뚜렷한 멸종위기종이다.

우루과이의 깊은 숲속에 큰개미핥기 소년이 있었다. 큰개미핥기는 개미핥기 중에서 가장 몸집이 크고, 매일 3만 마리의 개미를 먹는 대식가이다. 여러분이 평소 사용하는 밥그릇에 개미를 담으면 대략 10그릇 정도 되는 양일까. 물론 숲에는 달걀프라이나 크로켓 같은 반찬은 없다. "햅쌀이라면 밥만 먹을 수 있다!"라며 눈을 반짝거리는 아저씨처럼 개미핥기는 개미만 먹는다. 이 큰개미핥기 소년을 앞으로 '날름' 군으로 부르자.

왜 날름이냐고?

그것은 그의 식사법이 독특하기 때문이다. 마침 지금 한창 흰개미를 먹고 있는 날름 군을 살펴보자. 그는 풀숲에 초고층 아파트처럼 솟아 있는 개미탑에 달라붙어서 앞다리의 예리한 갈고리발톱으로 견고한 흰개미 제국에 구멍을 낸다. 그리고 "뭐야, 뭐야!" 하고 기어 나온 흰개미들을 순식간에 날름해버린다.

개미핥기는 인간처럼 입을 벌리고 먹이를 먹을 수 없다. 깔때기 같은 주둥이에서 기다란 혀를 날름거릴 뿐이다. 혀는 끈적한 타액으로 덮여 있어 혀에 닿은 개미들을 단번에 잡아버린다. 옛날, 시골 식당에서 자주 본 파리잡이 끈끈이 같다. 혀의 길이는 60센티미터나 된다고 하니 흰개미 집 안쪽까지 들어가 날름거리며 개미를 잡아먹을 수 있다. 게다가 날름 군이 혀를 날름거리는 속도는 엄청 빨라서 1초에 두 번 왕복할 수 있을 정도다. 마치 탁구선수가 스매싱[*] 할 때처럼 흰개미들을 날름날름 빨

* 공을 네트 너머로 세게 내려치는 일.

아들인다. 이렇게 되면 밥이라고 하기보다는 메밀국수를 빠르게 후루룩 들이마시는 경지라고나 할까.

오늘도 날름 군의 식사는 순조로웠다. 개미탑 몇 개를 파괴해 여기서도 저기서도 날름날름이다. 아무튼 식욕이 당기는 대로 혀를 날름거렸다. 그런데 어느 순간, 그 혀의 동작이 멈춰버렸다. 문득 이런 생각이 들었기 때문이다.

'어? 만일 이 세상에서 개미가 없어지면 나는 어떡하지?'

그 깨달음은 위험한 것이었다. 개미핥기는 이따금 작은 곤충과 과일을 먹기도 하지만 잡식성은 아니다. 개미와 흰개미가 주식이다. 단, 동물원의 개미핥기는 물에 녹인 개 사료 같은 먹이도 기꺼이 먹는다.* 요컨대, 잡식으로 살아갈 수 있는 동물인데 야생 환경에서는 개미만 먹기 때문에 이런 특수한 모습이 되어버렸다. 거꾸로 말하면, 숲에 살면 평생 개미를 먹을 수밖에 없다.

큰일이다. 날름 군은 개미탑에 기대어 생각하는 개미핥기의 자세를 취했다. 한 가지 물자에만 의존하는 생활은 환경 변화에 대응할 수 없다. 지금부터라도 여러 가지를 먹어봐야 하지 않을까 생각한 것이다. 이것은 자립 의식이기도 했다. 날름 군은 불과 얼마 전까지 엄마 등에 타고 있었다. 개미핥기의 새끼는 엄마 등에 매달려 지낸다. 소년이 되어 엄

---

* 동물원에서는 많은 수의 개미를 지속적으로 먹이기 어려워 전용 사료를 묽게 해서 공급한다.

동묵의 철하저 하루

마 곁을 떠난 지금 뭐든지 마음대로 할 수 있다.

좋았어, 눈에 띄는 것을 닥치는 대로 먹어주마!

날름 군이 결심한 순간, 개미탑 아래에 생쥐가 나타났다. 생각보다 몸이 먼저 반응해 날름 군의 기다란 혀가 튀어나왔다. 생쥐는 완벽하게 혀에 달라붙어 날름 군의 입속으로! 들어갈 리 없다. 날름 군의 입은 삐쭉 오므린 모양처럼 작아서 크기가 작은 것밖에 빨아들이지 못한다. 이빨도 거의 없다. 주둥이 끝에 부딪혀 혀에서 떨어진 생쥐는 한 바퀴 돌아 날름 군의 머리 위에 착지했다.

"야, 개미핥기! 무슨 짓이야!"

생쥐는 끈적한 침으로 뒤범벅이 되어 화가 많이 난 것 같았다. 몸부림치며 투덜투덜 불평했다.

"미안해. 너를 먹으려고 했는데 내 입으로는 무리였어."

사과하는 날름 군의 머리 위에서 생쥐는 "꺅!" 소리치며 요란스럽게 몸을 뒤로 젖혔다.

"나를 먹는다고? 게다가 늙어서 공경받아야 할 생쥐인 나더러 너라고 했어?"

"잘못했어요. 다시는 무례하게 굴지 않을게요."

화가 가라앉지 않은 생쥐는 날름 군의 머리를 악기인 콩가* 처럼 양손으로 통통 때렸다.

---

*   conga, 봉고와 비슷한 남미의 전통 악기

"그렇게 화내지 마세요. 말 잘 들을게요."

날름 군의 목소리가 떨렸다.

'뭐야, 이 녀석 덩치는 커다란 주제에 의외로 소심한 걸지 몰라.'

그렇게 생각한 약삭빠른 생쥐는 위압적으로 명령했다.

"좋아, 그럼 시키는 대로 해. 나는 나무 열매가 먹고 싶어. 지금부터 숲속을 탐험하자. 앞으로 가!"

"네, 알았어요."

날름 군은 생쥐를 머리에 얹은 채 숲속으로 들어갔다. 하지만 걸음이 엉금엉금 느렸다. 개미탑을 무너뜨리기에 편리한 갈고리발톱이 방해가 되었다. 날름 군은 인간으로 치면 손바닥이 위로 향하도록 손등을 땅에 대고 걸었다.*

"정말이지, 너는 이상한 동물이야. 창조주가 졸기라도 한 걸까."

"그런 말 하지 마세요."

"아, 나무 열매다! 저걸 주워."

근처에 커다란 너도밤나무가 있었다. 땅에는 많은 열매가 나뒹굴고 있다. 날름 군은 생쥐의 명령대로 너도밤나무 열매를 혀로 휘감았다. 그리고 머리 위에서 으스대는 생쥐에게 혀로 건네주었다.

생쥐는 "너의 끈적한 침이 묻어 기분 나빠!" 하고 화를 내면서도 너도밤나무 열매를 차례로 먹어치운다. 생쥐에게 이것은 뜻밖의 운 좋은

---

* 고릴라처럼 손등으로 걷는 너클 보행을 한다.

 동물이 철학적 하루

전개였다. 생쥐처럼 작은 동물들은 먹이를 찾아 땅을 기어 돌아다닐 때가 가장 위험하다. 날름 군의 머리 위에 있으면 적어도 뱀의 공격은 받지 않는다.

"저기 버섯도 따."

날름 군이 순종적인 것을 다행스럽게 여기고 생쥐는 하고 싶은 대로 이걸 주워라, 저걸 따라 명령해서 드러누운 채 나무 열매와 버섯을 먹어 댔다. 그리고 배가 부른 나머지 그대로 잠들어버렸다. 날름 군은 생쥐의 숨소리를 들으며 자신도 혀를 날름해 나무 열매를 먹어봤다. 씹지 않고 삼킬 뿐이라 맛은 모르겠다. 흰개미가 더 맛있지 않나 생각했다.

얼마 후 생쥐가 깨어났다. 그는 다시 기절할 것처럼 "꺄악!" 소리쳤다. 온몸에 묻은 날름 군의 침이 굳어 접착제처럼 착 달라붙어버린 것이다. 생쥐는 "움직일 수 없어! 어떡해!" 화를 냈지만 달리 방법이 없었다. 비가 내려 몸을 씻을 수 있게 될 때까지 날름 군의 머리 위에 있는 수밖에.

"이봐, 개미핥기! 어떻게 책임질 거야!"

"죄송해요. 내 침이 끈적거려 이런 일을 겪게 해서."

날름 군은 생쥐에게 여러 번 사과했다.

생쥐는 "이 이상한 동물!"이라고 계속 욕했다. 하지만 역시 피곤했는지 그날 밤에는 말투가 부드러워졌다. 아니, 사실은 날름 군에게 약간의 동정심도 일었다. 남십자자리와 파리자리* 별빛 아래서 날름 군이 많이

---

* Musca, 남십자자리 바로 남쪽에 위치하는 별자리

우울해했기 때문이다.

"나는 정말 이상한 동물이에요. 걷기 불편한 거대한 갈고리발톱, 길고 오므라든 입, 지렁이도마뱀으로 착각할 혀…. 폐를 끼쳐서 죄송해요."

풀이 죽은 날름 군의 머리 위에서 생쥐가 속삭였다.

"생긴 모습은 어쩔 수 없어. 38억 년 전 원시 생명이 생겨난 이래 모두 각자의 길을 걸어왔어. 너의 선조들은 수십만 년에 걸쳐 개미탑에 얼굴을 쑤셔 넣었잖아. 그래서 주둥이가 뾰족하고 혀가 길어진 거야. 진화론적으로는 그래."

날름 군은 오므라진 입이 쩍 벌어질 만큼 놀랐다.

"진화론 같은 어려운 말을 알고 있군요."

"나도 38억 년에 걸쳐 계승된 생명의 모든 정보가 세포에 담긴 결과로 지금의 모습이 된 거니까. 다들 생각하는 것보다 생쥐는 박식하다고."

"하지만 나의 선조는 왜 개미를 먹는 생활을 선택했을까요? 나는 다른 것을 먹어도 살 수 있을 것 같아요. 그것도 진화론으로 설명할 수 있나요?"

"글쎄. 진화론의 모순은 유명한 곤충기를 쓴 프랑스의 학자도 공격했어. 나방의 유충을 잡아 신경에 독침을 찌르고 정확한 장소에 알을 낳는 벌들은 누구한테 배운 적도 없고, 한 번도 경험한 적 없는 그 행위를 처음인데도 완벽하게 해내지. 살아 있는 유충을 태어날 새끼들의 먹이로 삼기 위해서야. 즉, 배우는 것으로 진화한다는 진화론의 획득 습성은 이런 벌의 본능적 행위와는 일치하지 않아."

"정말 어려운 것을 아시네요."

아니, 하고 생쥐가 고개를 가로저었다.

"가령 아무리 어려운 것을 주장해도 생명을 완벽하게 설명할 수 있는 이론은 없을지 몰라. 개미만 먹었기 때문에 개미핥기의 모습이 됐다. 그것은 알겠어. 그런데 왜 개미가 있을까? 숲의 청소를 위해서일까? 그럼 개미와 이어진 최초의 생명은 어떻게 나타났는지, 그 근본에 관한 것은 말이나 기호로 나타낼 수 있는 것이 아닐 수도 있어."

날름 군은 생쥐가 올라타 있는 머리를 갸웃거리며 "진짜 그래요. 생명은 왜 생겨났을까." 하고 중얼거렸다.

"그런데 당신들 생쥐나 우리 개미핥기는 어디를 향해 진화하는 거죠?"

"어디라니?"

"마음은 진화하지 않나요?"

날름 군의 질문을 받은 생쥐는 잠시 아무 말 하지 않다가, "할 수도 있지." 하고 팔짱을 꼈다.

"네가 누군가에게 도움이 되는 일을 시작하고, 자손도 그런 일을 계속하면 1만 년쯤 후에는 개미핥기가 모두에게 존경받는 존재가 될지도 몰라."

"그렇다면 나, 내일부터 도움이 되는 개미핥기가 되어볼래요."

생쥐는 흥, 코웃음을 쳤다.

"발등으로 어설프게 걸으니 쓸 수 있는 것은 그 기다란 혀 정도잖아.

그래서 무얼 할 수 있겠어?"

다음 날 아침, 날름 군은 머리에 생쥐를 태운 채 숲속 산책을 시작했다. 누군가에게 도움이 되고 싶은 소년다운 생각으로 가슴이 벅찼다. 그러자 마침 그곳에 빨강, 노랑, 파랑의 화려한 의상을 입은 마코앵무새 엄마가 엄청난 속도로 날아왔다.

"누가 좀 도와주세요!"

앗, 큰일이다.

"무슨 일이에요?" 날름 군과 생쥐가 동시에 물었다.

"나의 소중한 아기가 구멍 안으로 떨어졌어요!"

달려가려는 날름 군보다 빠르게 "가자!"라고 생쥐가 머리 위에서 외쳤다. 마코앵무새 엄마의 안내로 현장에 도착하니 이미 카피바라 선생이 구출 작업을 시도하고 있었다. 마코앵무새 새끼가 떨어진 구멍에 짧은 앞다리를 넣어 어떻게든 구하려고 했다. 하지만 닿지 않았다. 카피바라 선생은 말없이 고개를 가로저었다.

"나에게 맡겨주세요."

안에 뱀이 있을까 무서웠지만, 날름 군은 어두운 구멍에 긴 주둥이를 찔러 넣고 최대한 혀를 빼서 날름해봤다. 그러자 삐— 삐— 어린 새의 울음소리가 들렸고 혀에 뭔가 달라붙은 감각이 느껴졌다. 날름 군이 에잇 하고 주둥이를 빼자 화려한 색깔의 털이 자라기 시작한 어린 새가 지상에 나타났다.

 동물의 철학적 하루

"어머나, 개미핥기 씨. 뭐라 감사해야 좋을지 모르겠어요." 마코앵무새 엄마는 눈물을 글썽였다.

"아니에요. 할 수 있는 일을 한 것뿐이에요."

날름 군과 생쥐는 여기서도 한목소리를 냈다. 그런데 다음 순간, 마코앵무새 엄마는 놀라서 뒤집힌 목소리로 외쳤다. 새끼의 알록달록한 깃털이 전부 빠져 날름 군의 혀에 붙어 있는 것이 아닌가. 새끼는 알몸이 되어 창피한 듯한 얼굴로 떨고 있다.

"당신들, 무슨 짓을 한 거야!"

"도망쳐!"

날름 군은 머리 위에 생쥐를 태운 채, 구르다시피 달리기 시작했다.

"도움이 된다는 건 어려운 일이에요."

숨을 헐떡거리며 날름 군이 말하자 "정말 그래" 하고 생쥐도 한숨을 내쉬었다.

실제로 누군가를 위해 무언가를 하는 것은 쌍방의 가치관이 일치해야 비로소 '도움이 되는 일'이 된다. 여기에 차이가 있으면 오히려 상대를 힘들게 하는 상황을 만들 수 있다.

이날 날름 군은 이어서, 갑옷을 벗을 수 없어 지쳤다는 왕아르마딜로 할아버지에게는 혀의 고속 공격으로 어깨의 혈자리를 눌러 풀어주었다. "기분 좋다."며 도중까지는 날름 군에게 고마워했는데, 갑옷이 날름 군의 침으로 끈적해진 것을 알자 불같이 화를 내기 시작했다. 여기서도 "도망쳐!" 하고 달려 도망치는 꼴이 됐다.

그다음에 도와주려 했던 것은 풀숲에 누워서 "내 몸을 핥아줘."라고 말하는 맥 아가씨였다. 딱히 문제는 일어나지 않았지만 날름 군이 혀로 이곳저곳 핥아주자 아가씨가 이상한 소리를 내기 시작하는 바람에 왠지 무서워 역시 "도망쳐!"를 외치게 되었다.

"진화하기 어렵네요."

숲 가장자리까지 달려온 날름 군이 속마음을 내비쳤을 때였다. 떨기나무 덤불에서 갑자기 커다란 그림자가 튀어나왔다. 퓨마였다. 송곳니를 드러내며 덮치려고 했다. 공포가 날름 군의 온몸을 꿰뚫었다. 그러나 동시에 날름 군은 뒷다리로 일어섰다. 개미탑에 매달려 무너뜨릴 때와 같은 자세였다. 퓨마는 으르렁거리며 덤벼들었다. "아악!" 머리 위에서 생쥐가 비명을 질렀다. 바로 그때 혼신의 일격을 가했다. 날름 군이 앞발의 거대한 갈고리발톱을 내리친 것이다. 퓨마는 땅에 굴러떨어졌다. 정면으로 날아온 칼날 같은 갈고리발톱의 공격에 목 언저리를 베인 것이다. 겁먹은 퓨마는 허겁지겁 덤불 속으로 도망쳤다.

날름 군은 엉덩방아를 찧으며 주저앉았다. 머리 위의 생쥐는 덜덜 떨고 있을 뿐이다. 생쥐는 알고 있었다. 만약 날름 군이 없었으면 자신은 지금쯤 퓨마 뱃속에 들어갔다는 것을.

"나, 너랑 계속 같이 있어도 괜찮을 것 같아."

갈고리발톱을 가진 의미를 새롭게 알아버린 날름 군은 너도밤나무 잎사귀처럼 마음이 혼란스러워 말이 나오지 않았다. 그러자 생쥐가 속삭였다.

동물의 철학적 하루

"앞으로의 진화는 생물의 종(種)을 초월해 친구를 만들어가는 것일지도 몰라. 1만 년쯤 후 이 땅에는 머리 위에 생쥐를 태운 개미핥기가 일반적일 수도 있어."

겨우 숨을 고른 날름 군은 자신의 생각을 말했다.

"그건 그렇고, 왜 생물은 습격하고 습격당하는 걸까요. 만일 우리 개미핥기와 당신들 생쥐가 친해져도 그것을 좋게 생각하지 않는 생물이 있는 한 싸움은 계속될 거예요. 누군가와 친해진다는 것은 누군가와 적이 되는 것이기도 해요. 그건 정말 싫어요. 정말 생물이 진화한다면 그 싫은 것을 피하는 이상적인 생명의 모습에 도달할 수 있을 텐데."

"그 말은, 우리는 진화하지 않았다는 거야?"

"머리가 좋아도 서로 죽이는 것을 멈출 수 없는 생물도 있어요. 우리 생물에게는 진화가 아니라 변화가 있는 것뿐일지 몰라요."

으음, 하고 생쥐가 고개를 끄덕였다. 태어나서 처음으로 어려운 것을 생각한 날름 군은 '아, 배고프다. 흰개미가 먹고 싶다'고 생각했다. 하지만 흰개미도 잡아먹히기 싫겠지, 라는 생각도 조금은 했다.

16화

아저씨가
할 수 있는
일

카피바라

남아메리카 아마존강 유역에 서식한다. 커다란 개체는 몸길이 130㎝, 체중 60㎏에 달한다. 설치류 가운데 몸집이 가장 큰 종(種)이다. 카피바라는 인디오 말로 '초원의 지배자'란 뜻이다. 주로 풀, 나뭇잎, 과일, 수초를 먹고 집단으로 생활하는데, 힘이 약한 수컷은 무리에서 배제되는 경향이 있다. 항문 주변의 냄새샘 외에 수컷은 코와 이마 사이에도 볼록 솟은 냄새샘이 있다. 일본의 동물원에서는 노천탕에서 온천을 즐기는 카피바라들이 인기인데, 사람들이 반려동물로 키우는 예도 있다.

카피바라 아저씨의 입에서 잔돌이 떨어지자 수면에 파문이 퍼졌다. 네온테트라[*] 떼가 선명한 파랑과 빨강 선을 쫙 흩뜨리며 도망친다. 아무도 없는 물속을 향해 아저씨는 "미안해요"라고 사과했다.

이곳은 아저씨가 마음에 들어 하는 웅덩이였다. 수초를 먹고 네온테트라들의 속삭임을 들으며 잔돌을 씹고 있었다. 덩치 큰 설치류인 카피바라는 다른 쥐 일족과 마찬가지로 방치하면 이빨이 너무 자라버려서 먹이를 씹을 수 없다. 이곳 아마존강 지류에서도, 동물원에서도 카피바라들이 입을 오물거리며 잔돌이나 나뭇조각을 씹는 것은 이빨을 갈기 위해서다.

"흙아…."

아저씨는 웅덩이에 몸을 담근 채 물가의 갈색 흙을 바라보았다. 그가 놀라서 돌멩이를 떨어뜨린 것은 난생처음 흙의 목소리를 들은 것 같았기 때문이다.

"뭐라고 했니?"

아저씨는 귀를 기울였다. 흙을 위협해선 안 된다고 생각해 가능한 한 부드러운 목소리로 물었다.

"나는 무서운 생물이 아니야. 혹시 뭔가 곤란한 일이 있으면 말해줘도 돼."

물론 흙은 아무 대답도 하지 않았다. 소리를 들은 것은 기분 탓이었

---

[*] 아마존강에 서식하는 열대어

을지 모른다고 생각한 아저씨는 이빨 손질을 위해 새 잔돌을 찾았다. 그런데 근처 덤불이 흔들리더니 젊은 카피바라 세 마리가 나타났다.

"어이, 아저씨! 진짜 웃기네!"

"흙에 대고 말을 하다니!"

"저리 꺼져, 아저씨!"

이 부근 일대를 장악하고 있는 카피바라 보스의 부하들이었다. 수세미처럼 뻣뻣한 체모 아래서 아저씨의 심장이 마구 뛰기 시작했다. 건달패 같은 부하들은 불량스럽게 건들거리며 아저씨에게 다가왔다.

"다들, 잘 지내지?"

아저씨는 그 자리를 얼버무리기 위해 최대한 웃는 얼굴을 고정한 채 강의 깊은 곳으로 뒷걸음쳤다. 상대는 젊은 카피바라 세 마리다. 몸싸움을 해봤자 이길 수 없다. 아니, 원래 아저씨는 싸움을 가장 싫어했다.

"어이, 아저씨!"

이때 세 마리가 동시에 말했다.

"코에 거슬려!"

맨 앞에 있는 젊은 카피바라가 갑자기 아저씨를 쳤다. 무슨 짓이냐고 말하려 했지만 수면의 물보라와 함께 그 말을 삼키고 잠수해 도망쳤다.

코에 거슬린다. 아저씨가 어렸을 때부터 반복적으로 들었던 말이다. 그 말을 들을 때마다 아저씨는 울고 싶어진다.

인간은 누군가를 괴롭힐 때, "너, 눈에 거슬려." 혹은 "네 목소리 귀에 거슬려."라고 심한 말을 한다. 그것은 인간이 눈과 귀로 상대를 식별

  동물의 철학적 하루

하기 때문이다. 그런데 카피바라는 사정이 다르다. 눈과 귀도 사용하지만, 개체의 식별은 후각에 의존하는 부분이 크다. 즉, 냄새야말로 카피바라의 개성이다.

카피바라가 냄새를 풍기는 곳은 우선 엉덩이에 있는 냄새샘이다. 수컷은 그 외에도 코와 이마 사이에 있는 '모리요'[*]라는 까맣게 돌출된 부위에서 냄새가 나는 액체를 분비한다. 사랑의 계절이 되면 수컷들은 주변 풀과 나무에 모리요를 비벼 "내 향기 어때?" 하고 자기를 선전하는 데 열심이다.

코에 거슬린다고 괴롭힘을 당한 것은 아저씨가 약간 색다른 냄새를 가졌기 때문일 수도 있다. 그러나 그것보다는 아저씨의 성격이 괴롭힘을 초래했을 가능성이 있다. 아저씨는 싸움을 좋아하지 않는다. 누구와 싸우거나 상대를 제압하는 것은 상상도 하고 싶지 않다.

아저씨는 이 세상에 태어날 때부터 그랬다. 엄마 젖을 먹기 위해 형제들이 다툴 때도 떨어져서 혼자 우두커니 앉아 있었다. 그래서 어릴 때는 영양이 부족해 깡말랐었다.

여러분도 알다시피 카피바라는 기본적으로 온순한 동물이다. 다 같이 햇볕을 쬐거나 사이좋게 수초를 먹는 등 패밀리의 친근감이 넘친다. 그런데 이 패밀리의 친근감이란 가족을 의미하는 단어와는 조금 다른, 영화 〈대부〉 스타일의 패밀리에 가깝다.

---

[*]   morrillo, 스페인어 morro + -illo로 '작은 언덕'이라는 뜻이다.

카피바라는 강한 수컷이 보스가 되어 패밀리를 만든다. 젊은 암컷과 어린 카피바라는 가까이서 시중을 들고, 수컷 부하들이 주위를 지킨다. 다른 무리와 섞이지 않는 것은 아니지만 혼자 생활하는 외톨이 카피바라가 가까이 가면 일단 틀림없이 힘으로 쫓겨난다. 이 부근에서는 아저씨, 그리고 언제나 나비와 노는 암컷 카피바라가 박해의 대상이었다. 포르투갈어로 '나비'를 뜻하는 '보르볼레타(borboleta)'로 불리는 그 암컷의 머리에는 언제나 나비가 앉아 있었다.

아저씨는 얼마 전에도 혼쭐이 났다. 물가에서 풀을 우적우적 먹고 있는데 "앗!" 소리를 지르고 싶을 만큼 정겨운 냄새가 풍겼다. 스콜*이 쏟아지고 난 후 주위에서 나는 카나우바 야자나무의 나뭇잎 향기를 닮은, 아저씨의 어릴 적 추억과 겹치는 냄새였다.

형이 있다!

아저씨는 기뻐하며 냄새가 나는 쪽으로 물가를 달려갔다. 햇빛을 가득 담은 늪은 그 자체가 발광체 같아서 무리 지어 있는 카피바라들의 실루엣밖에 보이지 않았다. 하지만 냄새를 더듬어 달려온 아저씨는 피가 섞인 카피바라를 바로 알 수 있었다.

"야, 형, 오랜만이야. 멋진 패밀리네!"

아저씨는 어떤 속셈을 가지고 다가간 것이 아니다. 그냥 그리워서 형

---

*　열대 지방에 내리는 세찬 소나기

　동물의 철학적 하루

을 한번 보고 싶었을 뿐이다. 하지만 형은 따뜻한 말 한마디 없었다. 갑자기 아저씨를 몸으로 들이받았다. 그러더니 "코에 거슬려, 이 떠돌이야!"라고 쓰러진 아저씨를 무시했다.

젊은 카피바라에게 얻어맞은 아저씨는 그때의 억울함도 떠올라 강물 속으로 숨었다. 울지 않으려 해도 눈물이 났다. 걱정했던 네온테트라들이 돌아왔다. 수면 밖으로 튀어나온 바위 위에서는 이목구비가 또렷한 아라우 거북[*]이 아저씨를 가만히 보고 있었다.

"여러분, 한심해서 미안해요."

한심한 자신이 모두의 시야를 더럽히는 것이 틀림없다. 아저씨는 네온테트라들과 거북에게 사과했다. 하지만 아저씨의 눈물은 멈추지 않았다. 형의 거절과 젊은 카피바라들의 괴롭힘 이상으로 어떤 감정이 계속 아저씨를 때리고 있었다. 그것은, 아무것도 하지 못한 채 나이를 먹어 아저씨가 되어버렸다는 후회였다.

"나는 아무 쓸모없는, 그냥 냄새나는 아저씨야."

패밀리는커녕 짝을 찾을 수도 없었다. 당연히 자식도 없다. 늘 당하기만 하고, 말대꾸도 하지 못한 채 나이만 먹어버렸다. 지난날은 되돌릴 수 없다. 싸움을 피한 것은 실패였다고 아저씨는 생각했다.

달이 뜨자 아저씨는 물가로 기어 올라갔다. 울다 지쳐 땅바닥에 털썩 쓰러졌다. 주변 덤불에서는 벌레들의 노랫소리가 들려왔다.

---

* 남아메리카에서 가장 큰 민물 거북

"다들 사랑의 계절이구나. 나는 한심하게도 이렇게 달이 아름다운 밤에도 혼자인데. 더는 살 의미조차 느낄 수 없어."

아저씨가 그렇게 한탄했을 때였다. 땅속에서 다시 소리가 난 것 같았다. 아저씨는 땅에 귀를 갖다 댔다. 하지만 환청이었는지 아무 소리도 들리지 않았다. 달빛에 강이 반짝반짝 빛났다. 수면 위로 튀어나온 바위 위에서 아라우 거북이 가만히 아저씨를 보고 있었다.

다음 날 아침, 아직 주위는 어두웠다. 달은 이미 졌지만 일출 전의 빛이 보이기에도 아직 먼 시간이었다. 파닥파닥 뭔가가 나는 소리에 잠이 깼는데, 어둠 속에서 나비 모양이 보였다. 나비는 아저씨 곁을 떠나지 않았다. 이상하네, 아저씨는 나비에게 말을 걸었다.

"안녕. 무슨 일이라도 있니?"

나비는 아저씨 주위를 한 바퀴 돌더니 풀숲 쪽으로 날아갔다. 아저씨는 일어나서 나비 뒤를 따라갔다. 그러자 울먹이며 고통스러워하는 소리가 들렸다. 아저씨는 허둥지둥 풀숲을 헤쳤다.

"어, 당신, 왜 그래요?"

그곳에 쓰러져 있었던 것은 나비와 노는 모습 때문에 모두에게 이상한 카피바라 취급을 당하며 아저씨와 마찬가지로 괴롭힘의 대상이 됐던 암컷 카피바라, 보르볼레타였다.

"다리를 삔 것 같아."

"그럼, 잡아요. 나라도 괜찮다면."

동물의 철학적 하루

아저씨는 보르볼레타에게 어깨를 빌려주었다. 그러나 태연하게 그렇게 했던 것은 아니다. 아저씨 역시 마음 어딘가에 보르볼레타를 피하려 했던 구석이 있었기 때문이다. 그녀를 기이하다고 생각했다기보다 자신은 누구와도 잘 지낼 수 없다는 체념이 강했다.

그런데 아저씨는 그녀를 부축하면서 깨달았다. 보르볼레타의 몸은 생각했던 것보다 가냘팠다. 또, 아저씨보다 나이가 많은 것 같았다. 그녀의 몸에서는 어떤 꽃향기가 났다. 이것이 보르볼레타의 냄새였나. 그래서 나비들이 모여들었구나, 하고 아저씨는 이해했다.

무리에서 떨어져 외톨이로 산 아저씨는 암컷 카피바라와 몸을 맞댄 적이 없었다. 보르볼레타와 말하는 것도 이번이 처음이다.

"피는 것을 보러 가려고 했는데."

"그럼, 피는 걸 보러 가죠."

뭐가 피는지 아저씨는 알 수 없었다. 하지만 보르볼레타가 피는 것을 보고 싶다니까 데려다주고 싶었다. 아저씨는 보르볼레타를 부축해 풀밭을 넘어, 그녀가 안내하는 대로 조금 떨어진 늪지대로 향했다.

이윽고 동쪽 하늘이 희미하게 밝아졌다. 어렴풋이 잠에서 깨기 시작한 세계의 밑바닥에서, 아저씨는 보았다.

늪의 수면은 천상의 컴퍼스가 그린 듯한 엄청난 수의 선명한 초록색 원으로 덮여 있었다. 이 별에서 가장 큰 부평초, 아마존빅토리아수련이다. 아저씨 몸의 두 배는 될 것 같은 거대한 수련 잎이 하늘에서 흘러내리는 빛을 받아 무수한 물방울과 함께 반짝거리기 시작했다.

팟! 파팟! 커다란 수련 꽃잎이 빛의 어루만짐을 기뻐하듯 경쾌한 소리를 내며 피기 시작했다. 새하얗게 빛나는 꽃들이다.

"고마워. 올해도 피는 것을 볼 수 있었어."

"다행이에요. 나도 피는 것을 처음 봤어요."

보르볼레타가 아저씨의 어깨에 뺨을 갖다 댔다. 아저씨의 가슴이 젊은 카피바라들에게 괴롭힘을 당했을 때처럼 빠르게 뛰기 시작했는데, 기분은 완전히 달랐다. 계속 이렇게 있고 싶었다. 아마존빅토리아수련의 새하얀 꽃들에서 풍기는 향기는 보르볼레타의 냄새와 비슷했다.

"어머, 다들 왔네."

보르볼레타가 가리키는 방향에서 요란한 날갯짓 소리가 들렸다. 딱정벌레들이다. 그들은 차례로 아마존빅토리아수련 꽃으로 돌진했다.

"꽃이 향기를 풍겨 이리 오라고 딱정벌레들에게 말을 걸어. 하지만 저녁때가 되면 꽃잎을 오므리지. 딱정벌레들은 도망칠 수 없어."

"왜 그런 거죠?"

바로 옆에 있는 꽃에 날아든 딱정벌레의 앞날을 걱정하며 아저씨가 물었다. 보르볼레타가 "저 꽃을 봐." 하고 물갈퀴가 있는 손가락으로 늪을 가리켰다. 아저씨는 그쪽을 보고 알았다. 똑같은 아마존빅토리아수련 꽃인데, 그것은 하얗지 않고 진한 분홍색이었다.

"저녁때가 되면 꽃잎이 닫혔다 다음 날 아침이 되면 다시 펴. 그런데 하룻밤 사이에 하얀색에서 분홍색으로 변하지. 게다가 꽃 안쪽에서 열을 내어 강한 향기를 뿜어. 그 안에 갇혀 하룻밤을 논 딱정벌레들은 꽃

 동물의 철학적 하루

의 수술에 닿아 꽃가루 범벅이 되는데, 아침이 되어 꽃에서 겨우 빠져나오면 이번에는 마치 빨려들 듯이 다른 분홍색 꽃을 찾아가 몸에 달라붙은 꽃가루를 그 꽃의 암술에 문지르지. 그렇게 해서 새로운 꽃의 생명이 생기는 거야."[*]

아마존빅토리아수련 꽃과 딱정벌레가 그런 관계인 줄 전혀 몰랐다. 아저씨는 놀란 나머지 코와 이마 사이의 모리요를 앞다리로 툭 쳤을 정도다.

"그런 약속을 끝까지 해내다니, 저 커다란 수련 꽃과 딱정벌레들이 마치 대화를 하는 것 같아요."

맞아, 보르볼레타는 고개를 끄덕였다.

"어떤 생물이나 언어를 갖고 있다고 생각해. 아무도 믿지 않지만 나는 나비와 말을 해. 가끔 나비의 속삭임이 들리거든."

"알아요. 나는 그걸 알아요. 다만…."

아저씨의 가슴속에서 팟, 하고 무언가가 터졌다. 꽃이 핀 것이 아니라 내뱉지 않고 참았던 말을 담아 둔 투명한 주머니가 터지는 소리였다.

"나는 네온테트라의 속삭임도 들릴 때가 있어요. 하지만 정작 중요한 같은 카피바라들과는 잘 지내지 못했어요. 아무것도 하지 못한 채 나이만 먹어버렸죠. 그런 내가 한심해요. 괴롭고 슬퍼요."

갑자기 보르볼레타가 앞다리를 뻗었다. 모두가 싫어하며 꺼렸던 아

---

[*] 아마존수련은 열을 이용해 특유의 진한 파인애플 향을 풍겨서 꽃가루받이인 딱정벌레를 유인한다.

저씨의 모리요를 앞다리로 살짝 쓰다듬었다.

"무슨 소리야? 나는 항상 당신을 보고 있어서 잘 알아."

"뭘요?"

"당신은 작은 생명의 속삭임에도 귀를 기울이고 말을 들어줬잖아. 이 별이 내는 온갖 소리를 당신은 온몸으로 받아들였어. 아주 작은 것 안에 모든 것이 있지. 당신이야말로 이 아마존강에서 가장 큰 존재야."

아저씨는 자신의 모리요를 만지는 보르볼레타의 앞다리를 꼭 잡았다. 그리고 이내 아아! 소리를 지르며 달리기 시작했다. 풍경이 흐려져서 어디를 어떻게 달리는지 모르겠다. 다시 보르볼레타에게 돌아가야 한다고 생각했지만 나비가 앉아 있는 그녀의 얼굴을 보면 울어버릴 것 같았다.

정신을 차려보니 아저씨는 늘 머무는 웅덩이에 와 있었다. 가슴에 핀 꽃이 너무 커서 어떻게 진정해야 할지 몰랐다. 그래서 물가 땅에 드러누웠다. 그러자 다시 들렸다. 땅속에서 또렷하게.

"이제 나가도 돼?"

영문도 모른 채 아저씨는 "응." 하고 대답했다. 얼마 지나지 않아, 흙을 가르고 새끼 거북들이 기어 나왔다. 아저씨가 자주 봤던 엄마 아라우 거북이 강에서 나와 새끼들을 맞았다. 아저씨는 가만히 있지 못하고 새끼 거북들 주위를 빙글빙글 돌았다. 그리고 자신도 모르게 이렇게 말했다.

"너희들, 멋진 세계에 온 걸 환영해!"

새끼 거북들이 카피바라 아저씨의 얼굴을 올려다봤다.

비쿠냐와
콘도르

비쿠냐

남아메리카 서부, 안데스산맥 고지대에 분포한다. 몸길이는 120~190㎝ 정도다. 라마, 알파카, 과나코 등의 낙타과(科) 중에는 몸집이 가장 작다. 2백만 년 전, 북아메리카 대륙에 서식했던 선조 가운데 땅이 이어져 있었던 유라시아 대륙으로 건너간 개체의 후예가 사막의 낙타가 되고, 남아메리카로 이동한 개체가 시간을 거쳐 이들 종이 되었다. 비쿠냐의 섬세한 털을 사용한 모직물은 고급품이다. 페루 국기에도 비쿠냐가 그려져 있다.

안데스 고원은 구름의 꼭대기가 내려다보이는 풀의 바다다. 바람이 지나가면 물결이 일며 수많은 초록색 너울이 달린다. 그 광대한 초원에 궤적을 남기며 생물들이 선단처럼 몰려온다. 긴 목을 내민 비쿠냐 떼다.

남아메리카 고지대의 낙타과 동물로는 라마, 알파카가 알려져 있는데, 비쿠냐도 근연종(近緣種)이다. 그들을 이 고원으로 끌어들인 것은 풍부한 풀들 사이에서 반짝이는 새빨간 열매였다. 야생 토마토 솔라눔 핌피넬리포리움* 이다.

비쿠냐들은 풀을 뜯으며 원조 토마토의 강렬한 신맛을 만끽했다. 옛 잉카인들을 사로잡아 그들 손으로 직접 재배하도록 바꿔버렸듯이 이 열매는 한 번 맛본 자들을 노예로 만들어버린다. 비쿠냐들은 풀밭에 긴 목을 박고 일심불란(一心不亂)하게 입을 움직인다. 자세히 보면 고원에서 내려오는 경사지에는 인간의 마을이 있었지만, 풀과 열매의 매력 앞에서 그들의 경계심은 약해졌다. 무리를 이끄는 수컷 비큐냐는 계절이 바뀔 때까지 이곳에 머물자고 판단했을 정도다.

하지만 한 마리의 비쿠냐 청년은 달랐다. 정체 모를 불안감에 가슴이 두근거려서 차분히 식사를 할 수 없었다. 물론 이곳이 축복받은 땅인 것은 알고 있다. 솔라눔 핌피넬리포리움은 먹을 수 있는 보석이다. 청년 역시 풀밭에 얼굴을 묻고 있었다. 그러나 빈번히 긴 목을 세워 주변을 주시했다. 풀의 바다를 흔드는 바람 속에서 찰싹찰싹 다가오는 위기

---

* Solanum pimpinellifolium, 안데스 토종으로 토마토의 조상

를 느꼈다.

퓨마가 어딘가 숨어 있는 걸까? 아니면 산 어딘가에 콘도르보다 거대하고, 아직 본 적 없는 맹금류가 우리를 노리고 있을까?

머리 위에서는 콘도르 몇 마리가 빙빙 돌고 있었다. 날개를 펼치면 3미터가 넘는 육식 거조(巨鳥)다. 단, 콘도르는 주로 죽은 동물의 사체를 파먹는다. 비쿠냐가 새끼를 낳았을 때는 덮치기도 하지만, 새끼들이 어느 정도 성장한 이 계절은 불안함이 없었다.

그거다. 청년의 머리에 번득 떠오른 것이 있었다. 자신들 무리를 따라오는 나이 든 콘도르가 있었다. 그는 기회를 봐서 비쿠냐가 낳은 새끼를 덮치기 위해, 때로는 부리로 누군가의 장례식을 돕기 위해 따라오는 것이다. 청년은 이 콘도르를 발견할 때마다 날카로운 발톱에 등줄기가 잡히는 것처럼 오싹한 기분이 들었다. 하지만 동시에 빨려 들어가는 힘도 느꼈다. 청년에게 그 콘도르의 어두운 눈이 보이지 않는 커다란 세계와 이어져 있는 것처럼 느껴졌기 때문이다. 정신이 아득해질 만큼 오래 살았을 콘도르. 그라면 자신이 지금 안고 있는 불안의 정체를 가르쳐줄지 모른다.

청년은 무리 주변을 천천히 걸으면서 콘도르를 찾았다. 예상했던 대로 나이 든 괴조는 툭 튀어나온 바위 그늘에서 비쿠냐 무리를 지켜보고 있었다.

"나는 당신에게 처음 말을 겁니다."

콘도르는 심연과 같은 어두운 눈으로 청년을 보았다.

"나는 너를 안다. 네가 갓 태어났을 때 잡아먹을까 생각했지. 그러나 네 부모가 막아섰어. 긴 목을 휘두르며 네 목숨을 지키려 했다. 그래서 포기하고 꾸이*를 먹었지. 하지만 그로부터 얼마 후 나는 이 부리로 네 부모의 장례식을 치렀어. 영혼은 하늘로 올려보냈다. 이 날개로."

콘도르가 커다란 날개를 펼쳤다. 오래 산 만큼 깃털이 빠진 날개는 낡은 천을 꿰매어 이은 듯처럼 너덜너덜했다.

"영혼을 하늘로?"

"마지막이며 시작이기도 하지."

갑작스런 부모 이야기에 청년은 말이 나오지 않았다. 콘도르는 청년의 눈을 들여다보았다.

"네 눈은 구슬처럼 아름답구나. 별들이 비치는 밤의 호수를 건져낸 것 같아. 그리고 네 귀는 바람의 친구처럼 섬세하지. 분명 그 눈동자와 귀로 너는 이 안데스 고원에 스며든 침묵과 노래, 모두를 얻게 될 거야."

"침묵?"

"그래. 침묵은 우리에게 새끼를 잡아먹힌 후의 너희 눈이지. 그럼 노래는 무얼까? 그것은 이 고원의 빛이다. 이 땅에는 침묵이 있기 때문에 노래가 그만큼 빛나는 거야."

"침묵 같은 거 받아들이고 싶지 않아요."

무엇을 물어보려 했는지도 알 수 없게 된 청년은 콘도르에게 등을 돌

렸다. 괴조의 말 탓에 청년의 불안은 더욱 소용돌이치며 혼란스러워졌다. 그러나 비쿠냐 떼는 여전히 식사에 열중하고 있었다. 만일 지금 퓨마가 나타나면⋯. 그런 생각을 하는 것만으로도 초원을 달려가 모두에게 경고하고 싶어졌다.

청년은 암컷 비쿠냐 한 마리를 쳐다봤다. 이전부터 관심이 있는 젊은 암컷이다. 청년은 생각했다.

어떤 일이 일어날지 알 수 없지만, 저 아이가 침묵을 받아들이게 되어선 안 된다. 저 아이가 힘들어지기 전에 우리 무리 전체가 이 고원을 떠나야 하지 않을까.

그러나 무리를 이끄는 것은 청년이 아니라 그보다 한층 몸집이 큰, 싸움에 강한 수컷이었다. 이마에는 초승달 모양의 흉터가 있다. 이 수컷이 있는 한 청년은 마음대로 행동할 수 없다. 무리를 이동시키는 것은 물론, 관심 있는 그녀에게 접근조차 할 수 없다. 언젠가는 초승달 수컷과 결투를 하게 될 거라고 청년은 각오했다. 상대도 그 운명을 미리 짐작했는지, 청년을 노려보거나 위협하는 몸짓을 보일 때가 있었다. 그러나 청년은 싸움에 이길 자신이 전혀 없었다. 아직 진짜 싸움을 한 적이 없었기 때문이다.

그날 밤, 청년은 꿈을 꾸었다.

솔라눔 핌피넬리포리움의 빨간 씨알은 한층 굵어져, 고원 일대가 온통 태양의 물방울이 맺힌 듯했다. 비쿠냐들은 먹는 데 정신이 팔려 무방비로 등을 드러내고 있다. 청년 역시 원조 토마토를 먹었다. 그런데 아무리 씹어도 맛이 느껴지지 않았다. 문득 기분 나쁜 예감이 들어 고개를 들었을 때 청년은 숨이 멎을 뻔했다. 수많은 인간이 고원을 둘러싼 것이다.

그들은 기하학 문양의 옷을 입은 잉카인들이었다. 모두 손을 잡고 조금씩 사람의 원을 좁혀왔다. 아무리 비쿠냐라도 함정에 빠진 것을 깨달았다. 도망치려고 주위를 둘러보지만 사람들 사이에 빈틈은 없고, 완전히 포위되었다.

초원에는 다른 동물들도 있었던 듯, 먼저 퓨마가 뛰어나왔다. 그러나 퓨마는 점프한 순간 화살을 맞았다. 사람들 사이를 뚫고 나가려던 사슴도 같은 일을 당했다. 사슴은 칼에 목이 베여 피를 뿜으며 풀밭에 나뒹굴었다.

잉카인들은 점점 다가온다. 모두 무기를 갖고 잔뜩 벼르며 거리를 좁힌다. 그리고 결국, 그 암컷 비쿠냐가 인간들에게 잡혔다. 그녀는 비명을 지른다. 참지 못하고 청년은 뛰어올랐다.

"너희 인간들!"

거기서 잠이 깼다. 하늘 꼭대기에는 별들이 있었지만, 동쪽 하늘에는 희미한 빛의 깃털이 날기 시작했다. 청년은 숨을 헐떡였다. 역시 모두에게 이 땅을 떠나 다른 곳으로 이동하자고 말해야 한다. 그러나 비쿠냐들은 안심한 채 자고 있다.

청년은 이날도 콘도르를 찾아 그 음울한 눈과 부리를 향해 물었다.

"이 고원에 스며 있는 것은 한둘의 침묵은 아닌 것 같아요. 이곳은 대체 어떤 곳인가요?"

콘도르는 너덜너덜한 천으로 된 돛을 좌우로 펼치며 대답했다.

"안온하고 위험한 곳이지."

"네? 어느 쪽이죠?"

"어느 쪽이란 없어. 어느 쪽이나 있는 것이지."

콘도르는 그 이상 아무 말도 해주지 않았다. 동굴 같은 눈으로 청년을 응시할 뿐이었다.

'어느 쪽이나 있다'라는 그의 표현을 청년은 이해하지 못했다. 다만 적어도 콘도르는 '위험'이라는 말을 했다. 역시 초승달 수컷에게 무리의 이동을 진언해야 한다고 강하게 생각했다. 그러나 한참을 고민한 끝에 그는 긴 목을 가로저었다. 상대해줄 리 없다. 오히려 결투의 구실만 만들어줄 뿐이다.

그날 밤도 청년은 꿈을 꾸었다.

원조 토마토를 먹고 있는 비쿠냐 떼는 골짜기 쪽에서 올라오는 이상한 소리를 듣고 모두 고개를 들었다. 그리고 고원 위쪽, 산으로 이어지는 비탈로 일제히 이동했다. 들려온 것은 인간들의 외침이었다. 기하학 문양의 옷을 입은 잉카인들이 고원으로 달려왔다. 갓난아기를 품에 안은 엄마도 있었다. 그 필사적인 모습에서 사람들이 사냥당하고 있다는 것을 알 수 있었다. 비쿠냐를 함정에 빠트리는 사람들이 이번에는 쫓기고 있다. 대체 무엇이 인간을 사냥하는 걸까?

청년이 잔뜩 긴장했을 때, 본 적 없는 커다란 동물들이 나타났다. 이 동물들은 잉카인들과는 다른 모습의 인간을 등에 태우고 있었다. 그들은 불을 뿜는 쇠막대기와 햇빛을 반사하는 칼을 들고 잉카인들을 차례로 사냥해갔다. 몽둥이를 들고 저항하는 잉카의 남자들은 쇠막대기가 불을 뿜자 어이없이 쓰러졌다.

왜 인간이 인간을 사냥할까? 청년은 알 수 없는 공포에 사로잡힌 채 그 참상을 바라보았다. 그러자 갓난아기를 품에 안은 엄마가 바로 눈앞까지 뛰어왔다. 목숨을 걸고 아기를 지키려는 엄마의 얼굴이 보였다. 그 뒤에서는 인간을 태운 커다란 동물이 쫓아왔다. 인간은 불을 뿜는 쇠막대기를 엄마에게로 향했다. 탕, 폭발음이 나고 엄마는 그 자리에 쓰러졌다.

앗! 무슨 짓이야!

거기서 청년은 잠이 깼다. 악몽에 시달리다 벌떡 일어난 청년의 뇌리에 아기를 안은 채 쓰러져가는 아이 엄마의 얼굴이 아직 남아 있었다. 거기에 '침묵'이라는 말이 겹쳐진다. 청년은 총기와 말 그리고 철제 무기로 무장한 스페인 병사들이 잉카인들을 무차별적으로 공격하는 과거의 광경을 본 것이다.

날이 채 밝기도 전에 청년은 콘도르를 찾았다. 노쇠한 괴조는 경사지 바위 위에 있었다. 청년은 어젯밤 자신이 꾼 꿈 이야기를 하며 인간에 대해 물었다.

"엄마는 언제나 목숨을 바쳐 자식을 지키려 하죠. 거기에는 선(善)이 있어요. 그런데 인간은 우리뿐만 아니라 같은 인간도 사냥하려고 해요. 인간은 원래 악(惡)인가요?"

"선이고 악이지."

"네? 어느 쪽이에요?"

"어느 쪽이란 없다. 어느 쪽이나 있는 것이지. 선과 악이 공존하는 것이 인간이다."

"우리도 그런가요?"

"그렇다. 굶주림과 포식 양쪽이 있기 때문에 너희는 이 대륙으로 온 거야. 서쪽 먼 사막으로 여행을 떠난 너희 친척도 마찬가지다. 풀을 먹어치웠고 동시에 풀씨를 날랐지."

"나는 지금 기분이 너무 이상해요. 당신의 이야기를 들으니 아직 꿈 속에 있는 것 같아요. 지금 여기 있는 것은 진짜 현실인가요?"

"꿈이면서 현실이지."

"네? 어느 쪽이죠?"

"어느 쪽이란 없어. 어느 쪽이나 있는 것이지. 꿈과 현실 양쪽이 공존하기 때문에 생명의 배는 앞으로 나아가는 거야."

"어디로 가는 거죠? 그것은 죽음인가요?"

"어느 쪽이란 없어. 어느 쪽이나 있는 거지. 삶과 죽음이 공존하기 때문에 비로소 너는… 너로 있을 수 있는 거다.”

새벽 번개가 번쩍이듯 청년의 머릿속에서 무언가가 번쩍였다. 꿈에서 잉카인들에게 목이 베인 사슴의 모습이 떠올랐다. 사방으로 튀는 피! 콘도르가 말한 대로 확실히 이 고원에는 침묵과 노래가 공존한다. 그것은 반복되는 선과 악, 삶과 죽음의 기하학 문양이었다. 뭔가 큰 재앙이 다가오고 있다.

청년은 결심을 굳히고 무리가 있는 곳으로 돌아갔다. 초승달 수컷 앞에 미끄러지듯이 달려들어 생각을 말했다. 불온한 낌새가 있다. 한시라도 빨리 무리 전체가 이 고원을 떠나야 한다, 라고.

그러나 초승달 수컷은 청년의 말을 끝까지 들어주지 않았다. 갑자기 박치기로 공격했다. 두개골이 울리는 강렬한 타격이었다. 청년은 고꾸라지며 고개를 떨궜다. 초승달 수컷은 연이어 청년을 향해 두꺼운 목을 크게 휘둘렀고, 청년은 그대로 폭 쓰러졌다. 그러자 초승달 수컷은 청년의 얼굴에 침을 뱉었다. 비쿠냐의 필살기, 고약한 냄새가 나는 침 뱉기 공격이다.

쓰러진 청년의 눈에 조소하는 동료들이 보였다. 신경 쓰이는 그녀는 멀리 외따로 서 있었다. 초승달에게 심하게 당했기 때문에 청년은 무리를 떠날 수밖에 없다. 그러나 목이 어떻게 됐는지 일어설 수가 없었다. 아름다웠던 눈에서 눈물이 흘러 고원이 번져 보였다. 그때, 커다란 그림자가 바로 옆에 내려앉았다. 너덜너덜한 돛이 좌우로 펼쳐져 있다.

“걱정하지 마. 패배와 승리가 공존하기 때문에 너는 어엿한 비쿠냐가 되는 거야."

"이제 내게 승리는 없어요."

"어느 쪽이란 없어. 어느 쪽이나 있는 것이지."

청년은 정신을 잃었다. 한동안 꿈을 꾼 것 같았다. 쓰러진 자신을 내려다보는 시선을 느꼈다. 뭔가 말을 해야 할 것 같은데 정신이 몽롱해 말이 나오지 않았다. 그런 상태로 청년은 깨어났다. 동료들의 비명을 들었기 때문이다.

아픈 목을 간신히 들어 올린 청년은 자신이 보는 광경을 의심했다. 바로 전 꿈처럼 무수한 인간들이 고원을 둘러싸고 있었다. 기하학 문양의 옷이 아니라 현대 의복을 입은 인간들이었다. 그들은 일정한 간격으로 늘어서 원을 좁혀가며 고원의 동물들을 사냥하기 시작했다.

이것은 지금도 정기적으로 이루어지는 페루 산악지역의 전통 사냥법 '차쿠(Chaccu)'다. 제사의 의미도 갖는 사냥인데, 퓨마 같은 맹수는 총에 맞고, 사슴은 식용육으로 도살된다. 그리고 비쿠냐들은⋯.

청년은 현실의 광경에서 사슴의 피를 보았다. 동료들은 점점 궁지에 몰렸다. 배의 무리처럼 초원을 움직이던 비쿠냐들은 이미 뒤죽박죽이 되었다. 초승달 수컷이 침을 뱉으며 인간에게 돌진했지만 인간들은 몽둥이로 초승달을 때려 풀밭에 쓰러뜨렸다. 그래도 초승달이 고개를 들려고 하자 한 인간이 바로 옆에서 몽둥이로 목을 내리쳤다. 뼈가 부러지는 기분 나쁜 소리가 나고, 초승달은 고개를 떨어뜨렸다.

   동물의 철학적 하루

청년도 몇몇 인간 남자들에게 짓눌려 움직일 수 없게 되었다. 그들은 기분 나쁜 소리가 나는 기계를 청년의 몸통에 갖다 댔다. 눈 깜짝할 사이에 청년의 털이 깎여나갔다. 지금까지 한 번도 겪어본 적 없는 굴욕이었다. 꼼짝하지 못한 채 온몸의 털이 깎여 알몸이 되어서야 겨우 해방되었다.

이것이 차쿠 본래의 목적이었다. 인간은 잉카제국 시대부터 비쿠냐의 털로 옷을 만들어 입었다. 비쿠냐의 털은 가볍고 부드러우며 보온성이 뛰어나 잉카제국의 귀족과 황제의 전유물이었다. 비쿠냐 떼를 한 곳에 몰아서 털만 얻은 후에 다시 자연에 풀어준다. 단, 부상당한 비쿠냐는 사슴과 마찬가지로 식용육으로 도살되었다. 초승달 수컷은 치명적인 부상을 입었기 때문에 인간들이 먹을 스튜 고기가 될 것이다.

그날 밤, 청년은 참담한 기분으로 풀밭에 누워 있었다. 이러니저러니 해도 자신은 알몸이다. 고원에 내려앉은 밤안개가 차가워서 청년은 허전한 나머지 불안하기까지 했다. 얼마 후 안개 속에서 비쿠냐 한 마리가 나타났다. 관심 있는 그 젊은 암컷이었다. 그녀 역시 털이 깎인 채 알몸으로 그곳에 서 있었다.

청년과 그녀는 아무 말 하지 않은 채, 누가 먼저랄 것도 없이 몸을 맞댔다. 털을 잃은 지 얼마 안 돼 둘 다 너무 추웠기 때문이다. 그렇게 살을 맞댄 채 태양이 밤안개를 흩뜨려 없앨 때까지 버텼다. 그런데 빛의 깃털이 난무하기도 전에 청년의 마음은 밝아졌다. 콘도르가 말한 '패배와 승리가 공존한다'는 말의 의미를 온몸으로 이해했기 때문이다. 그리고 그녀와 살을 맞대면서 이런 생각도 했다. 순간과 영원이 공존하기 때문에 나는 지금 그녀의 온기를 느낀다.

18화

이구아나 회의

육지 이구아나와 바다 이구아나

갈라파고스제도에는 두 종류의 이구아나가 서식한다. 바다 이구아나의 경우 덩치 큰 개체는 몸길이가 150㎝ 정도다. 해초가 주식이라 잠수 능력이 뛰어나고 해안 바위에서 생활한다. 위험을 느낄 때는 콧구멍에 있는 외분비샘을 통해 체내에 쌓인 염분을 뿜어 위협하는데, 겉모습에 비해 성격은 온순하다. 갈라파고스 육지 이구아나는 육지에서 생활하며, 주로 선인장을 먹는다. 몸길이 100㎝ 전후로, 표피는 어두운 갈색인데 목과 얼굴은 노랑과 흰색이 섞여 있다. 난획과 환경 파괴로 개체수가 크게 감소했다.

무한대 기호 '∞'로 표현할 수 있을 만큼 드넓은 동태평양 바다에, 크고 작은 열아홉 개의 화산섬으로 이루어진 갈라파고스제도가 있다.

적도 바로 아래라 쏟아지는 햇빛은 강렬하다. 단, 이곳 해역은 남극해에서 훔볼트 해류˚가 올라오기 때문에 햇볕의 세기에 비해 바닷물은 차갑고 기후도 온화하다. 은반처럼 반짝이는 바다도 때로 진한 쪽빛을 보이며 한가롭고 느긋하게 흔들린다.

다윈이 진화론을 확립하는 데 큰 힌트를 준 것이 갈라파고스제도의 생물인데, 그중에서도 잘 알려진 것이 코끼리거북과 이구아나가 아닐까.

이번 이야기의 주인공은 이구아나다. 지금부터 망원경으로 갈라파고스제도에서 가장 큰 이사벨라섬의 해안선을 들여다보자.

오, 있다. 파도의 물보라가 튈 듯한 바위에서 바다 이구아나들이 햇볕을 쬐고 있다. 헤엄을 잘 치는 그들은 차가운 바다에서 올라오면 몸을 따뜻하게 하려고 모두 일광욕을 한다.

와, 자세히 보니 이건 매우 드문 광경이다. 바위 위에는 회갈색 비늘이 온몸을 뒤덮은 바다 이구아나들만 있다고 생각했다. 그런데 목이 노랗고 허연 얼굴을 한 갈라파고스 육지 이구아나들도 섞여 있는 것 같다.

육지 이구아나는 말 그대로 육지에서 생활하며 주로 부채선인장을 먹는다. 바다에 가까이 가는 일은 없다. 반면에 바다 이구아나는 해초가 주식이라서 매일 바다에 들어간다. 똑같이 이구아나라는 이름을 갖

˚ 태평양 남동부의 한류. 칠레와 페루 해안을 북상해 적도 부근에 이르는 한류다.

고 있어도 두 동물은 생활하는 장소나 생존 방식이 다르다. 그런데 오늘은 같은 바위에 모여 있다. 대체 무슨 일일까. 이구아나들은 진지하게 뭔가를 말하는 것 같다. 요컨대 '이구아나 회의'랄까. 자, 그들의 말을 들어보자.

목 뒤 가시[*]가 몇 개 부러진 바다 이구아나 선생이 "아무튼 외모에 가치를 두는 루키즘(lookism)은 허용할 수 없어요."라고 잘라 말했다. 타이르는 상대는 눈앞에 있는 육지 이구아나다.

"외모 지상주의의 어리석음을 깨달으세요. 외모로만 이구아나를 판단하면 거기서 뭐가 생깁니까?"

선생은 감정을 억누른 목소리로 말했다. 육지 이구아나 청년은 일단 고개를 끄덕였으나 "그렇지만." 하고 입을 비쭉거렸다.

"그렇게 말씀하시는 선생님은 외모를 무시할 수 있습니까? 역시 외모가 중요하지 않아요?"

육지 이구아나가 혀 꼬부라진 소리로 말했다. 옆에 있던 다른 육지 이구아나가 가세했다.

"상대를 잘 알면 외모가 다는 아니죠. 예를 들어, 엄청 못생긴 수컷 바다 이구아나가 있다 쳐요. 그래도 그는 일광욕을 할 때 갈색얼가니새[**]에게도 인심 좋게 자리를 양보해요. 그때 비로소 못생겼지만 좋은 이구아

---

[*]　　머리에서 꼬리에 이르는 등줄기에 날카로운 가시 모양의 돌기가 있다.

[**]　　머리, 가슴, 몸 윗면이 검은 갈색이다. 높은 곳에서 날개를 접고 물속으로 다이빙해 먹이를 잡는다.

　　동물의 철학적 하루

나라는 걸 알 수 있는 거죠. 처음 볼 때는 외모 외에는 판단 자료가 없다고요. 못생긴 건 역시 못생긴 거 아니에요? 못생겼다고 느낀 마음을 없던 일로 하는 것은 위선이에요.”

이 육지 이구아나는 못생겼다는 말에만 힘을 주었다. 몇 마리의 바다 이구아나들이 “어이, 해보자는 거야!” 하고 콧구멍의 분비샘으로 안개를 뿜었다. 바다 이구아나 특유의 위협 행위다. 맹금류나 갈매기 등이 덮칠 때 마치 코에 작은 간헐천이 있는 것처럼 체내에 쌓인 소금물을 뿜는다.

“그래, 확실히 우리 못생겼다!”

동료들이 발사한 분노의 소금물을 맞으면서 바다 이구아나 청년 한 마리가 앞다리로 바위를 쳤다.

“알아. 우리 얼굴은 찌부러진 성게 같아. 너희 육지 이구아나님들과 달리 몸 어디에도 밝은 색깔이 없지. 게다가 목에서 꼬리까지 등을 따라 가시가 돋아 있고, 네 발의 발톱은 길고 날카로워서 마치 괴수 같아. 저 다윈 씨도 우리 바다 이구아나를 못생겼다고 적었어. 하지만 우리는 자기 힘으로 먹이를 찾아. 폐호흡을 하는데도 바다에 잠수해 해초를 먹지. 아무리 바다가 거칠어도 우리는 이 발톱으로 바위에 매달려서 목숨을 걸고 밥을 먹는다고. 그런 점에서 말하면 너희는 우아해서 좋겠다. 일광욕하면서 떨어지는 선인장 열매나 잎을 먹으면 되니까.”

“무슨 소리야!”

혀 꼬부라진 육지 이구아나가 바다 이구아나에게 달려들려 했다. 그러나 어른 육지 이구아나가 그의 어깨를 잡았다.

"기다려. 애당초 너희 싸움을 멈추려고 이 모임이 성사된 거야. 오늘 은 바다 이구아나와 육지 이구아나가 솔직하게 말할 수 있는 귀한 기회 다. 그런 자리에서 서로 도발하는 것은 좋지 않아."

"이 녀석들이 먼저 했단 말이에요. 너희 육지 이구아나들은 편해서 좋겠다고. 소금물 흘리며 일한 적 있냐고. 그래서 화가 나서 특수 촬영 영화* 에 나오는 몬스터 같은 모습으로 잘도 산다, 못생긴 것들끼리 어떻 게 사랑을 하냐고 되받아준 거예요. 그랬더니 이 녀석들이 꼬리로 때렸 다고요. 물론 나도 말이 심했지만 먼저 싸움을 걸어온 건 바다 이구아 나예요."

"그만해!"

어른 육지 이구아나의 허연 얼굴이 굳어졌다. 이마에는 파란 핏대까 지 섰다.

"싸움은 늘 그렇게 시작돼. 너희가 나쁘다, 우리는 잘못 없다. 그 일변 도야. 많은 생물들이 차이를 찾아서 적대의식을 갖지. 아니, 차이 같은 거 없어도 그렇게 돼. 강이 있으면, 강 이쪽과 강 저쪽이 있지. 줄 하나 그 으면, 가령 그것이 눈에 보이지 않아도 우리와 녀석들의 구분이 되는 거 야. 슬프지만 건너편에 있는 자도 그래."

"우리는 이 녀석들과는 달라요!"

---

* 특수 촬영 기술을 중심으로 한 괴수 영화, SF영화 등을 말한다.

어른 육지 이구아나의 질책을 되받아치듯 혀 꼬부라진 육지 이구아나가 입을 벌리고 소리쳤다.

"겉모습도 먹는 것도 다른 별개의 동물이라고요. 게다가 우리더러 일하는 걸 모른다고 하니, 시험 삼아 이 햇볕 속에서 떨어지는 선인장을 먹어보면 될 거예요."

혀 꼬부라진 육지 이구아나가 노려보자 바다 이구아나들은 다시 콧구멍의 분비샘에서 소금물을 뿜었다. 한 마리가 앞으로 나왔다.

"좋아, 선인장 먹어줄게. 대신 너희 육지 이구아나도 해초 한번 먹어 봐. 너희 목은 노랗고 그야말로 화려한데 파도치는 바닷속에 들어갈 용기가 그 경박한 몸속에 있을까?"

"어! 거친 바다라도 웃으면서 들어가줄게!"

양쪽 젊은 이구아나들은 당장이라도 몸싸움을 벌일 기세였다. 바다 이구아나 선생과 어른 육지 이구아나가 맙소사 하는 표정으로 서로 마주 보았다. 그러자 수적으로 많은 바다 이구아나들 속에서 장로(長老)가 걸어 나왔다. 마모되어버린 건지 그의 목에는 가시조차 없었다. 오랜 세월 잠수한 탓일 텐데, 울툭불툭 혹이 난 머리에는 소금이 굳어서 하얗다. 장로는 쉰 목소리로 말했다.

"좋잖아, 양쪽 모두 해보렴. 이쪽이 저쪽에 서보는 거야. 저쪽도 이쪽을 체험해보고. 서로 이해하기 위해서 바다 이구아나는 선인장을 먹어보렴. 육지 이구아나는 물속에 들어가 봐."

장로의 출현으로 젊은 이구아나들의 기세가 조금 꺾인 듯했다. 막상

해보라고 하니 딱히 해보지 않아도 되는데, 하는 마음이 드는 듯했다. 그러나 여기까지 온 이상 물러설 수 없다. 젊은 이구아나들의 자존심이 충돌한 것이다. 게다가 그들은 근처 바위에 있는 아름다운 암컷 육지 이구아나를 의식하고 있었다. 그녀는 보석 스핀*처럼 황록색 빛을 띤 눈동자로 이쪽을 보고 있었다. 루키즘 문제는 제쳐두고, 이 암컷은 모두가 인정하는 이사벨라섬의 마돈나였다. 수컷 육지 이구아나는 물론, 생활권이 다른 바다 이구아나들도 그녀 앞에서는 얼굴을 붉혔다.

그건 그렇고, 이구아나 회의의 사정을 안 갈라파고스제도 알바트로스가 검푸른 하늘에 커다란 원을 그려 신호를 보냈다. 서로 증오하는 젊은이들이 상대의 입장을 체험할 시간이다. 혀 꼬부라진 이구아나를 선두로 한 육지 이구아나들은 "에잇!" 기합을 넣으며 물보라 치는 바위에서 바다로 뛰어들었다. 난생처음 해보는 다이빙이다. 물에 들어가자마자 모두 "꺄악!" 소리를 지른 것은 상상했던 것보다 바닷물이 차가웠기 때문이다. 하지만 마돈나가 보고 있다. 그들은 억지로 태연한 척하며 눈을 부릅뜨고 해초를 찾았다.

그런데 여기서 또 "꺄악!" 소리를 질렀다. 가장 먼저 물속으로 들어간 육지 이구아나가 몸을 뒤로 젖혔다. 파악하기 어려운 생물이 바로 아래에서 헤엄쳤기 때문이다. 만타가오리였다. 바다 밑바닥이 그대로 솟

---

*   sphene, 티타나이트

   동물의 철학적 하루

아오른 듯한 크기, 그 위에서 다과회도 열 수 있을 것 같은 거대한 해양 생물이었다. 만타가오리 역시 낯선 이구아나들에게 흥미를 느꼈는지 칸막이 같은 머리지느러미*를 벌려 "전부 빨아들여버릴 거야!" 하는 표정으로 다가왔다. 육지 이구아나들은 더는 참을 수 없었다. 앞다투어 도망치려고 사지를 움직였다. 그러나 헤엄을 칠 수 없었다. 바다 이구아나와 달리 그들에게는 물갈퀴가 없었기 때문이다. 꼬리를 잠수용 오리발처럼 조종할 수도 없다. 그들은 거품을 토하며 일제히 물속으로 가라앉기 시작했다.

"살려줘! 헤엄 못 쳐!"

혀 꼬부라진 육지 이구아나가 간신히 수면에 얼굴을 내밀자 바위에서 지켜보고 있던 바다 이구아나들이 차례로 뛰어들었다. 그야말로 물 만난 이구아나다. "구조대 출동!" 하고 씩씩하게 외치며 화려한 몸놀림으로 육지 이구아나들을 구조했다. 바위에 있던 어른 육지 이구아나는 그 광경을 보고 크게 한숨을 내쉬었다.

한편, 커다란 부채선인장 아래에 모인 젊은 바다 이구아나들은 이미 일사병에 걸렸다. 머리 바로 위에 떠 있는 태양은 1초도 쉬지 않고 진심으로 불타올랐다. 바다에서 올라온 후 일광욕하기에는 적합한 회갈색 몸이 이곳에서는 오히려 재앙이 되었다. 어두운 색깔이라 직사광선 아

---

* 입 양쪽 끝에 기다란 머리지느러미가 달려 있다. 이것을 이용해 플랑크톤이 풍부한 물을 입안으로 밀어 넣는다.

래서는 체온이 너무 올라가버리기 때문이다. 그들을 불쌍하게 생각했는지 새빨간 목주머니가 작은 태양처럼 부푼 아메리카 군함조가 부채선인장 줄기에 앉았다. 선인장 잎을 부리로 쪼아 떨어뜨려주기 위해서다.

의식이 몽롱한 바다 이구아나들은 떨어진 선인장 잎에 아무 생각 없이 달려들었다. 그러고는 덥석 물어 허겁지겁 먹기 시작했다. 그러나 이내 그들 역시 "꺄악!" 비명을 질렀다. 선인장 가시가 혓바닥과 잇몸을 마구 찔렀기 때문이다. 비명을 듣고 바다 이구아나와 육지 이구아나 어른들이 달려왔다. 젊은이들은 입에 가시가 박힌 채 녹초가 되어 있다. 어른들은 그들을 질질 끌어 바닷물이 고인 바닷가 웅덩이까지 옮겼다. 서늘한 곳에서 가시를 뽑아주지 않으면 안 된다.

"가시투성이 선인장을 먹어도 끄떡없는 것은 육지 이구아나뿐이야. 너희들에겐 무리란 걸 몰랐어?"

바다 이구아나 선생의 타이름에 가시에 찔린 젊은이들은 풀이 죽고 말았다.

"까마득히 오랜 옛날, 육지에서 홍수를 만나 바다까지 밀려난 우리 선조가 유목을 타고 이 섬까지 왔지. 그것은 행운이었어. 표류를 하면 대개는 넓은 바다 한가운데서 죽어버리기 때문이야."

우울해하는 양쪽 젊은이들을 향해 바다 이구아나 장로가 쉰 목소리로 말했다.

"기적적으로 목숨을 건진 선조들은 이 갈라파고스섬에서 온 힘을 다해 다시 살아보려고 했어. 그것은 무적이 되겠다는 결심이지."

 동물의 철학적 하루

"가장 강해진다는 의미인가요?"

방금 입에서 가시를 뽑아낸 바다 이구아나 청년이 아직 통증이 남아 있는 표정으로 물었다.

"아니. 무적은 적이 없는 것이 아니야. 무적은 싸우지 않는 것이다. 증오를 만들어내지 않는 것이지. 그래서 우리 선조는 초식을 하게 된 걸지도 몰라. 어떤 자는 바다에 들어가 해초를 먹었고, 또 어떤 자는 새가 쪼아 떨어뜨리는 선인장 잎과 열매를 먹게 됐지. 이렇게 해서 싸우지 않는 생활권이 생긴 거야. 서로 생존하는 방법을 존중하면 우리는 사이좋게 살아갈 수 있다."

"그렇다고 해도 너무 가혹하지 않아요? 바다 이구아나의 생활을 체험해보고 의문이 생겼어요. 왜 바위에서 사는 이구아나의 먹이가 바다 밑바닥에 있는 거죠? 왜 우리 먹이에는 가시가 돋아 있어요? 둘로 갈라진 이구아나가 사이좋게 사는 것은 좋아요. 하지만 선조들은 우리 자손을 위해 좀 더 편한 생존 방법을 찾을 수 없었나요?"

숨을 돌린 혀 꼬부라진 육지 이구아나는 반쯤 납득할 수 없다는 얼굴이다.

"네 말대로 우리는 손해 보는 역할인 거야. 단 하루라 해도 산다는 것은 쉽지 않아. 우리는 우리를 뛰어넘는 것으로 진짜 우리가 되는 거다. 진정한 실존(實存)＊은 현존재(現存在)＊＊보다 한 단계 앞에 있다, 하는

＊　실존주의에서 독특한 존재자로서 자기의 존재에 관심을 가지면서 존재하는 인간의 주체적인 상태.

＊＊　하이데거 철학에서 자기를 인간으로서 이해하는 주체자로서의 존재.

것이지.”

이해가 안 되는지 혀 꼬부라진 이구아나는 입을 삐죽 내밀었다. 바다 이구아나 선생은 “음” 하고 끄덕이면서 “장로께선 가브리엘 마르셀*이라도 읽었나.”라고 속삭였다. 여하튼 바다 이구아나와 육지 이구아나 청년들은 화해할 것 같았다. 상대의 입장을 이해한 것으로 이쪽과 저쪽의 대립 개념이 누그러졌다. 이제는 날카로운 발톱을 조심하면서 양쪽이 손을 잡으면 된다.

그런데 여기서 아무도 예상하지 못한 전개가 펼쳐졌다. 짝사랑하는 마돈나가 바위를 타고 다가왔다. 그녀는 미소 지으며 황록색으로 빛나는 눈으로 모두를 바라보았다. 육지 이구아나 청년들은 쑥스러웠는지 서로 발톱으로 쿡쿡 찔렀다. 바다 이구아나 청년들도 말문이 막혀 멍하니 쳐다봤다. 그때 입을 연 것은 마돈나였다.

“화해했군요.”

전원이 입을 모아 “네” 하고 대답했다.

“잘됐어요. 우리는 싸우려고 태어난 건 아니니까. 모든 이구아나는 조화 속에서 살아갈 권리가 있어요.”

“맞습니다.”라고 다시 입을 모아 대답했다.

“그렇다면 다행이에요. 여러분에게 소개할 친구가 있어요. 달링, 이리 와!”

---

*　Gabriel Marcel, 1889~1973, 프랑스의 철학자로 유신론적 실존주의 사상가

어? 뭐라고? 모두 눈을 희번덕거리는데 바위 뒤쪽에서 이구아나 한 마리가 나타났다. 그 순간 모두 얼마나 놀랐는지 바다 이구아나 선생은 엉덩방아를 찧고, 어른 육지 이구아나도 "우왓!" 뒷걸음쳤다. 혀 꼬부라진 이구아나는 당장 싸움이라도 할 자세를 취했다. 하지만 마돈나의 우아한 표정은 변하지 않았다. 그녀는 달링을 모두에게 소개했다.

"바다 이구아나와 육지 이구아나 사이에서 태어난 하이브리드(잡종) 이구아나가 우리 달링이에요. 모두에게 괴롭힘당할 것 같아서 지금까지 숨어 지냈어요. 하지만 앞으로는 여러분의 친구입니다. 사이좋게 지내요."

다들 소문으로는 들었다. 엘리뇨 현상 으로 해조류의 양이 줄어 생활권을 육지로 옮기는 바다 이구아나 청년이 육지 이구아나 아가씨와 사랑에 빠지는 경우가 늘고 있다는 것을. 그리고 금단의 사랑으로 태어난 자식이 양쪽 능력을 가진 하이브리드 이구아나라는 것을.

모두를 향해 꾸벅 고개를 숙인 달링은 양쪽 이구아나의 외모가 섞인 모습이었다. 그러나 네 발의 발톱은 길고 날카로운 바다 이구아나와 똑같았다.

"여러분, 잘 부탁드립니다. 나는 이 발톱으로 키 높은 부채선인장에 오를 수도 있고, 바다에 들어가 해초도 딸 수 있어요. 여러분을 위해 일하고 싶습니다."

<hr>

※　태평양 적도 지역에서 일어나는 해수 온난화 현상

모두 침묵하는 가운데 장로가 입을 열었다.

"그런데 하이브리드 이구아나는 번식력이 없다고 들었는데."

마돈나의 양쪽 눈이 갑자기 더욱 반짝였다.

"그건 해보지 않으면 모르죠. 우리는 우리를 뛰어넘는 것으로 진짜 우리가 되는 거잖아요. 상식에 대한 도전이야말로 우리 이구아나의 진정한 실존이죠. 그러니까 달링, 오늘 밤도 아이를 갖도록 노력해요."

마돈나가 다가오자 하이브리드 달링이 헤헤, 웃으며 몸을 비틀었다. 혀 꼬부라진 이구아나가 "쳇!" 하고 혀를 찼다.

19화

코끼리거북의
시간

갈라파고스 코끼리거북

남아메리카 대륙이 기원인 갈라파고스땅거북속(屬) 가운데 갈라파고스 각 섬에 서식하는 여러 종(種)의 땅거북 총칭이다. 각각이 독립 종으로, 등딱지의 모양과 크기가 다르다. 대형 종의 경우는 등딱지 길이 130cm, 몸무게는 270kg에 이른다. 장수 동물로, 평균수명은 100세가 넘는다. '갈라파고스(Galápagos)'는 스페인어로 '거북들'이란 뜻이다. 예전에는 각 섬에 다수의 코끼리거북이 서식했는데, 식용으로 이용하려는 뱃사람들의 난획으로 개체수가 크게 줄었다. 멸종한 종도 있다.

갈라파고스 코끼리거북 '티엠포'는 알을 깨고 걷기 시작한 날을 기억하지 못한다. 그가 기억할 수 있는 가장 오래된 어렴풋한 풍경은 바위 구덩이에 자란 풀과 새파란 하늘이었다. 누가 가르쳐주지도 않았는데도 티엠포는 풀을 물어뜯고, 씹고, 다시 옆에 있는 풀을 먹으며 적도 바로 아래 눈부신 햇빛 속에서 그냥 '이곳에 있다'라는 것을 느꼈다.

티엠포가 태어난 곳은 갈라파고스 화산섬 중 하나다. 그가 잠에서 깨자 태양은 감람석 가루 같은 수만 개의 반짝임을 바다에 뿌리면서 떠올랐다. 머리 위로 알바트로스와 푸른발부비새* 떼가 어지럽게 날고 있어 하늘은 새들의 노랫소리로 들끓었다. 티엠포는 사지에 힘을 주어 바위 밭을 걷고, 풀과 과일을 갉아먹고, 고개를 길게 빼 광대한 하늘을 올려다보았다. 그리고 선인장 잎을 먹고, 지루해지면 낮잠을 자고, 해거름에는 바위와 나무와 하늘을 와인색으로 물들이며 지는 태양을 바라보았다.

어느새 티엠포의 몸은 커졌고, 등에 진 등딱지도 용암돔** 처럼 번듯해졌다. 우연히 암컷 코끼리거북을 만났을 때는 무작정 가까이하고 싶어져서 몸을 밀착한 적도 있다. 그때 등딱지 아래를 번개처럼 질주한 환희를 티엠포는 기억한다.

하지만 그 후로는 매일 똑같은 일상의 반복이다. 티엠포는 오늘도 풀과 열매, 선인장 잎을 찾아 걷는다. 파란 하늘과 새들을 올려다보고, 다

---

*   밝은 파란색 발을 가진 바닷새
**   화구에서 분출된 용암류가 화구 위에 만들어낸 화산암의 언덕

음 황무지로 걸음을 내딛는다. 변하지 않는 풍경 너머로 태양은 뜨고, 태양은 지고, 다시 뜨고, 다시 진다. 가장 오래된 기억도, 오늘 일도 티엠포에게는 눈앞의 풍경과 겹쳐지는 투명한 하나의 기억에 불과했다.

이렇게 인간의 달력으로는 30년이 조금 넘는 세월이 흘렀다. 단, 티엠포에게는 시간 감각이 없다. 매일이 철저하게 똑같아서 어디에도 변화가 없기 때문이다.

매일 똑같았던 티엠포의 생활이 크게 달라진 것은 등딱지에 햇빛을 받으며 바위 밭을 한창 걷고 있을 때였다. 전날부터 먹을 것을 찾지 못해서 티엠포는 굶주림에 시달렸다. 그런데 바위 뒤에서 갑자기 인간들이 나타났다. 그들은 티엠포를 에워싸더니 등딱지 가장자리를 잡고 들어 올려 나무 받침대 위에 놓았다. 그리고 밧줄로 티엠포를 받침대에 붙들어 맸다. 티엠포는 사지에 힘을 주어 버티며 자신을 칭칭 얽어맨 밧줄에서 벗어나려 했다. 분노를 담아 소의 트림 같은 소리로 외쳤지만 아무 소용없었다.

"걱정하지 마. 우리는 너를 도와주러 온 거야."

젊은 남자 인간이 티엠포의 머리를 손으로 쓰다듬었다.

"이주민이 데려온 염소가 너무 많이 늘어서 섬의 풀과 열매를 거의 먹어치우고 있어. 이 상태로는 너는 살 수 없어. 이미 이 섬에는 네 친구도 거의 없다고."

티엠포는 인간이 하는 말의 의미를 알 수 없었다. 하지만 자신을 에

동물의 철학적 하루

워싼 인간들이 보여주는 미소의 부드러움은 직감으로 느낄 수 있었다.

"호세, 이 거북에게도 이름을 붙여줘야지."

"아, 그래. 티엠포, 어떨까?"

"시간이라는 뜻인가? 왜지?"

"그냥 예감이야. 이 거북은 한 이백 년, 엄청 오래 살 것 같아. 시간을 먹고사는 거지. 나랑도 평생 친구가 되지 않을까 싶어."

티엠포는 말 많은 그 남자가 호세로 불린다는 것을 알았다. 그러나 자신에게도 이름이 주어진 것을 전혀 이해하지 못했다.

이날, 티엠포는 작은 배에 태워졌다. 태어나서 처음으로 섬을 떠나게 된 것이다. 파도에 흔들리며 찰스 다윈 연구소가 있는 산타크루즈섬으로 옮겨졌다. 이주민들이 사는 '푸에르토 아요라(Puerto Ayora)'라는 도시가 있는 섬이다. 이곳에는 갈라파고스 코끼리거북 보호시설도 있다. 티엠포는 다른 섬에서 온 코끼리거북들과 앞으로의 오랜 날들을 보내게 되었다.

보호시설 스태프인 호세는 열 마리 정도의 코끼리거북을 돌보았다. 돌담으로 둘러친 사육장에서 코끼리거북들에게 과일과 채소를 주고, 배설물을 처리해 사육 환경을 청결하게 유지한다. 또, 연구자를 위해 관찰 데이터를 작성하고, 관광객이 오면 코끼리거북들을 소개하기도 한다. 꽤 바쁜 일이다. 그런데 어쩐 일인지, 호세는 짬이 나면 늘 티엠포를 찾아왔다.

"내 비밀을 하나 들어줘."

티엠포는 목을 길게 빼서 호세의 얼굴을 들여다보았다.

"어떤 아가씨에게 편지를 썼어. 에콰도르 본토에서 이주해온 아가씨야. 처음 본 날부터 나는 그녀 생각만 했어. 하루에 만 번쯤, 아니 그보다 더."

호세는 매일 몇 번씩 그녀에 대해 이야기했다. 그리고 며칠 후, 그는 사육장에 오자마자 티엠포에게 달려왔다.

"그녀가 만나줄 거야. 저녁 식사 약속을 했어. 계속 같이 있고 싶다고 처음부터 말할 작정이야."

티엠포는 호세가 하는 말을 이해하지 못했지만, 그의 표정 안쪽의 흥분감은 알 수 있었다. 지금까지 보지 못했던 반짝이는 호세의 눈을 보자 티엠포도 등딱지 아래에 해거름 주황빛의 반짝임이 깃든 기분이 들었다.

열띤 호세의 말은 그 후에도 계속되었다.

"그녀 이름은 낸시야. 그녀가 나를 볼 때의 눈은 밤의 작은 만(灣)에 비치는 달빛 같아."

"낸시랑 키스했어. 푸에르토 아요라의 제방에서 포옹했지. 놀랐어, 낸시도 처음 만난 날부터 나를 의식했다지 뭐야."

"낸시의 어머니를 만났어. 손수 만든 훌륭한 음식으로 맞아주셨어. 낸시에겐 아버지가 안 계셔. 하지만 그만큼 내가 낸시를 행복하게 해주고 싶어."

어느 날, 호세는 긴 머리의 여성과 함께 티엠포 앞에 나타났다. 호세와 경쟁할 만큼 만면에 웃음을 띤 그녀는 티엠포의 얼굴에 뺨을 갖다 댔다.

"네 이야기는 호세한테 자주 듣고 있어. 앞으로 잘 지내자."

"나랑 낸시는 결혼하기로 했어. 여기서만 하는 얘기인데, 낸시의 뱃속에는 아기가 있어. 축복해줘, 아미고(친구)!"

티엠포는 있는 힘껏 목을 빼서 자신을 포옹하는 호세와 낸시의 몸에 머리를 비볐다. 티엠포는 호세가 빈번하게 찾아와 말을 걸어서 인간의 말을 조금은 이해할 수 있었다.

'호세 얼굴이 파란 하늘처럼 밝은 것은 이 여성이 있기 때문이야. 그리고 두 사람은 지금 서로를 믿고 뭔가 새로운 일을 시작하려고 한다.'

티엠포는 소가 트림하는 소리를 냈다. 인간 커플은 웃었지만, 티엠포 안에 솟아난 두 사람에 대한 마음이 말이 되지 않는 말로써 새어 나온 것이었다.

호세는 그 후로도 티엠포에게 계속 말을 걸었다. 푸에르토 아요라 외곽에 빌린 작은 신혼집 이야기, 낸시가 사내아이를 낳았다는 이야기, 그 아이에게 '레옹'이라는 이름을 지어줬다는 이야기.

어느 날, 호세와 낸시는 눈을 동그랗게 뜬 아기를 데리고 왔다. 레옹이었다. 엄마 팔에서 땅에 내려진 레옹은 좌우로 비틀거리면서도 작은 손을 뻗은 채 티엠포에게 아장아장 걸어왔다. 티엠포는 평소와 같은 얼굴로, 그러나 마음속으로는 녹아버릴 듯한 웃음을 지으며 아기를 맞이했다. 레옹의 작은 손이 티엠포의 머리를 톡톡 쳤다.

'아! 마치 등딱지 아래 전체에 꽃이 활짝 핀 것 같아!'

티엠포는 그 기분을 전하려고 소의 트림 소리를 연발했다.

호세는 레옹을 티엠포의 등딱지에 태웠다. 얼마나 자랑스러운지, 티엠포는 레옹을 태운 채 걸었다. 다른 코끼리거북들이 돌아보았다. 그는 친구들도 이 벅차오르는 기분을 알았으면 좋겠다고 생각했다. 인간의 말로 표현하면 그것은 '행복'이었다.

그러나 이것이 분기점이었다.

행복을 아는 것은 정말 행복일까.

낮이 있으면 밤이 있듯 행복에도 상반되는 개념이 있다. 티엠포는 그날 이후 갑자기 솟아오르는 감정에 겁을 먹게 되었다.

행복은 이야기에서 생겨난다. 산타크루즈섬으로 옮겨지기 전의 티엠포는 매일 반복 속에 있었다. 거기에 시간 감각은 없고, 이야기는 존재하지 않았다. 딱 한 번 암컷 코끼리거북에게 몸을 밀착했을 때 외에는 감정의 기복조차 없었다.

그런데 이 섬에 온 이후로 호세가 매일 말을 걸었다. 티엠포는 조금씩 인간의 말을 이해하게 되었고, 매일 달라지는 호세의 생활이 신경 쓰였다. 바로 그 흥미가 티엠포에게 이야기를 만들어준 것이다. 동시에 그것은 우리 인간이 인식하는 것과 똑같은 시간 감각이 티엠포 안에 생겨난 것을 의미했다. 왜냐면 이야기의 본질은 변화이기 때문이다. 그리고 그 변화는 지나가는 시간 속에서 일어난다.

호세의 아내, 낸시가 떠난 것은 아들 레옹이 에콰도르 본토의 고등학교에 다닐 때였다. 아직 젊은 나이에 치료하기 어려운 병으로 세상을 떠났다. 낸시의 장례식을 치른 후 호세는 티엠포를 부둥켜안고 쓰러져 울었다. 울고, 울고, 눈물이 말라버린 후에도 울었다. 티엠포는 호세의 눈물의 이유를 마음이 쓰릴 만큼 이해했다. 그래서 티엠포도 같이 울었다. 얼굴 표정은 변하지 않았지만 등딱지 아래서 흘리는 눈물은 억수같이 쏟아지는 비처럼 거세졌다. 티엠포는 마음의 눈물에 빠질 정도로 슬퍼하면서 생각했다. 겁을 먹고 두려워했던 것이 변화의 끝에 있는 이 이야기였구나, 라고.

그 후 호세는 낸시와의 추억을 말할 때마다 티엠포의 등딱지에 눈물을 떨궜다. 처음 만났을 때 보았던 낸시의 반짝이는 눈동자. 낸시가 만든 바나나 요리 토스토네(tostones)[*]의 깔끔한 맛. 낸시가 아들 레옹에게 얼마나 자상한 엄마였는지. 그런 낸시를 빼앗은 하늘에게 퍼붓는 욕. 그리고 평생 한 아내를 만난 것에 대한 감사.

그렇게 호세는 나이를 먹었다. 긴 세월도 지나고 나면 한순간이다. 낸시가 죽은 지 30년. 티엠포를 만난 지 45년이 흘렀다. 머리가 하얗게 세

---

* 바나나 중에서 조리용인 플라타노 바나나를 얇게 썰어 기름에 두 번 튀겨낸 요리

고, 얼굴과 손등도 주름투성이가 된 호세가 어느 날 티엠포의 등딱지를
꼭 껴안았다.

"아미고, 사실은 본토 병원에 입원하게 됐어. 아니, 심각한 병은 아냐.
조금 잘라내고 쉬면 나을 거야. 잠깐 자리를 비우지만, 작별 인사는 안
할게. 나를 잊지 마, 약속해."

'잊을 리 없잖아. 얼른 돌아와.'

지금은 완전히 인간의 말을 이해할 수 있게 된 티엠포는 호세의 허벅
지에 머리를 대고 자신의 생각을 소의 트림 소리로 말했다. 호세는 티
엠포의 뺨에 입을 맞추더니 웃는 얼굴로 손을 흔들면서 사육장을 떠
났다.

하지만 호세의 약속은 지켜지지 않았다. 호세는 돌아오지 않았다.
1년이 지나고 2년이 지나도 돌아오지 않았다. 티엠포는 말 그대로 목을
길게 빼고 호세를 기다리면서 완성되지 않은 이야기 속에 남겨졌다고
느꼈다.

그로부터 다시 몇 년이 지난 어느 날이다. 뚱뚱한 중년 남성이 사육
장에 나타나 코끼리거북처럼 느릿느릿 걸어서 티엠포에게 다가왔다.

"나 기억해? 아버지 유품을 정리하려고 오랜만에 이 섬에 돌아왔어.
레옹이야."

'아아! 레옹! 완전히 달라졌잖아!'

티엠포는 무심코 힘껏 레옹에게 몸을 부딪쳤다. 앗, 소리를 내며 레

옹이 뒤로 벌렁 넘어졌다.

"티엠포! 정말 큰 코끼리거북이구나! 아버지가 돌봐준 보람이 있는 멋진 거북이야!"

레옹은 예전의 호세와 똑같이 티엠포의 등딱지를 꼭 껴안았다. 그리고 말했다. 호세가 이 세상을 떠난 날, 레옹의 손을 잡고 낸시의 이름을 불렀다는 것을. 그리고 이어서 티엠포의 이름도 부른 것을.

"나는 키토*에서 일하며 동화 같은 것을 썼어. 한 권만 출간되었는데 전혀 팔리지 않았지. 결혼도 했어. 하지만 그것도 실패해서 지금은 혼자야. 일도 그만뒀어. 한동안 이 섬에 머물까 해."

티엠포는 레옹의 얼굴을 가만히 들여다보았다. 그는 호세가 이 세상에 없다는 것을 비로소 실감했다. 등딱지 아래에 깊고 어두운 호수가 생긴 듯했다. 단, 그 호수에는 희미하게 별빛이 비쳤다. 그것은 이야기가 계속되기 시작했다는 티엠포의 예감이었다.

레옹은 바나나를 안고 자주 티엠포를 만나러 왔다. 한 사람과 한 마리가 같이 바나나를 먹었다.

"나도 이제 나이가 들었어. 그런데 무엇 하나 완성한 것이 없어. 한심해. 앞으로 기회를 잡을 것 같지도 않아. 괴로워하고 고민하는 것만 제 몫을 한다니까."

---

* 에콰도르의 수도

바나나를 먹으며 레옹은 마음 약한 말을 내뱉었다. 티엠포는 가능한 한 그의 고뇌를 받아주려고 했다. 그러자 어느새 레옹이 한 말의 의미에 대해 티엠포도 골똘히 생각하게 되었다. 가령 '완성'이다. 대체 무엇이 어떻게 되어야 그 말이 나타내는 상태가 되는 걸까.

'낸시는 아직 젊을 때 먼 곳으로 여행을 떠났어. 호세는 작별 인사를 하지 않고 가버렸지. 아미고들은 마침표를 찍지 않고 시간 속으로 사라져버렸지. 아무도 완성하지 못했어. 아니, 그게 아닐 수도 있어. 아무리 미완성이라지만 낸시와 호세의 이야기는 거기서 끝났기 때문에 시간도 멈춘 거야. 그렇다면 누구의 인생이든 미완성으로 완성되는 것이 아닐까? 그리고 이야기와 시간은 타인에게 계승되는 거지. 자신과 레옹이 재회한 것처럼.'

티엠포에게 이것은 대발견이었다. 시간이 개인의 존재에 뿌리를 두고 있다는 것을 알게 되었기 때문이다. 사람마다 고유의 시간이 있고, 코끼리거북에게는 코끼리거북의 시간이 있다. 레옹은 지금 기분을 전환해서 자신의 시간을 새롭게 창조해야 한다고 생각했다. 하지만 그 생각을 전달할 방법이 없었다. 말을 하려고 해도 여느 때처럼 트림만 나올 뿐이다.

다시 1년이 지났다. 레옹은 코끼리거북 보호시설의 일을 돕게 되었고, 밤에는 마음이 내키면 동화를 쓰는 것 같았다. 하지만 늘 시무룩한 얼굴을 하고 있다.

어느 날 밤, 그는 술을 마시고 비틀대며 코끼리거북 사육장에 들어왔다. 그리고 처음 만났을 때처럼 티엠포의 머리를 톡톡 쳤다.

"오랜만에 동화를 한 편 써서 부에노스아이레스에 있는 출판사에 보내봤는데, 안 됐어. 거절당했어. 역시 나는 재능이 없나 봐. 젠장, 다시 쓰나 봐라."

티엠포의 뇌리에 어린 아기였던 레옹을 데려왔을 때의 호세와 낸시의 웃는 얼굴이 떠올랐다. 티엠포의 등딱지 아래서 불꽃 같은 생각이 솟구쳤다.

'그 두 사람의 인생은 미완성의 완성이었을지도 몰라. 하지만 이어져야 할 시간과 이야기는 아직 여기에 있어!'

티엠포는 거대한 몸에 넘치는 힘을 한 곳에 모아 레옹을 향해 외쳤다.

"에스크리베(쓰다)!"*

티엠포가 평생 딱 한 번 내뱉은 인간의 말이었다. 레옹은 한동안 멍하니 있다가, 이윽고 코를 훌쩍이며 "쓸게." 하고 떨리는 목소리로 몇 번을 중얼거렸다.

다음날부터 레옹은 완전히 달라졌다. 맹렬히 글을 쓰기 시작했다. 생각할 수 있는 모든 코끼리거북의 이야기를 써서 남아메리카 각지의 출판사에 보냈다. 좋은 소식이 도착한 것은 1년 후였다. 레옹은 잘 웃는 긴 머리의 여성을 데리고 티엠포를 만나러 왔다.

---

* 스페인어 escribe는 escribir(쓰다)의 3인칭 단수

"책이 나오게 됐어. 그리고 나는 이 사람과 재혼해. 아미고, 결혼식은 여기서 해도 될까?"

티엠포는 두 사람을 향해 목을 길게 빼며 기도했다.

'아, 미완성의 완성에 축복이 있으라!'

"책이 나오게 됐어. 그리고 나는 이 사람과 재혼해. 아미고, 결혼식은 여기서 해도 될까?"

동물의 철학적 하루

20화

날지
못하는
이유

황제펭귄

펭귄 가운데 가장 몸집이 크다. 몸길이는 $100 \sim 130\,cm$, 몸무게는 $20 \sim 45\,kg$이다. 남극대륙 해안부에 서식하는데, 겨울에는 번식지를 만들기 위해 해안에서 $100\,km$ 이상 떨어진 내륙으로 이동한다. 극한의 추위로부터 몸을 지키기 위해 무리가 바람을 등진 채 서로 몸을 맞댄다. 번식기마다 다른 짝을 만난다. 계속되는 여행으로 둥지를 만들지 않기 때문에 영역 싸움은 하지 않는다. 새끼를 주로 노리는 포식자는 남방큰풀마갈매기다. 성장한 펭귄은 바다에서 범고래와 얼룩무늬물범의 사냥 대상이 된다.

하늘이여, 대체 우리에게 왜 이런 고통을 주십니까?

황제펭귄 베베는 캄캄한 하늘을 올려다보았다. 바람만 세차게 불 뿐 하늘에서는 아무 말이 없다. 베베는 다리에 힘을 꽉 주었다. 아내 피피가 얼음 눈을 맞지 않도록 몸으로 바람을 막고 있다.

영하 60도까지 떨어진 남극의 한겨울이다. 펭귄 외에는 모든 것이 얼어붙은 세계다. 태양은 완전히 사라지고 온종일 밤이 계속되었다. 게다가 이 블리자드˚ 의 격렬함이라니!

베베를 비롯한 수백 마리의 황제펭귄들은 콜로니(번식지)를 만들어 서로 몸을 맞대고 서 있었다. 모두 힘을 합쳐 폭풍에 날아가지 않도록 하는 것이다.

이곳은 해안에서 100킬로미터 넘게 떨어진 내륙이다. 황제펭귄들을 때리는 것은 이미 눈이 아니라 얼음 알갱이다. 등과 날개에 구멍을 낼 기세로 슝슝 날아왔다. 바람이 윙윙거리는 소리는 무시무시해서 어두운 빙원이 당장이라도 깨지지 않을까 싶을 정도였다. 마치 이 땅에 생명이 존재하는 것을 허락하지 않겠다는 듯 바람과 얼음이 한꺼번에 때리기 시작한다. 하지만 베베와 동료들은 여기서 도망칠 수 없다.

"나올 것 같아."

"걱정 마, 바로 내가 교대할 테니."

무리가 해안을 떠나 한 달 넘게 여행한 끝에 다다른 곳이 있다. 모두

˚   극지방의 폭풍설. 세찬 바람이 불면서 내리는 눈

아무것도 먹지 않는다. 다들 말라서 홀쭉해졌다. 부축해주지 않으면 서 있을 수 없는 동료도 있다.

"아! 나왔어!"

아내 피피가 부리를 벌리며 허리를 떨었다. 알이 빙원에 떨어진 것 같다. 베베는 바람에 농락당하면서도 발끝으로 알을 찾았다. 내버려두면 알이 바로 얼어버리기 때문이다. 대체 알은 어디에?

있다! 피피의 체온이 어렴풋이 느껴지는 알이었다. 베베는 두 다리를 모으고 발등에 알을 올렸다. 그리고 아랫배를 쑥 내렸다. 포란 자세에 들어간 것이다.

"피피, 지금부터는 내가 알을 품을게."

오랜 절식 끝의 산란이었다. 피피는 말없이 몸을 기댔다. 베베는 아랫배로 알을 품으면서 몸통으로 피피를 부축했다. 물론 베베도 한 달 동안 아무것도 먹지 못했다. 배가 고파 앞으로 고꾸라질 것 같았다. 이것이 황제펭귄의 육아다. 세상 가장 가혹한 환경에서 혹독한 시련에 맞서는 것이다.

"폭풍우가 멈추면 당신은 갔다 와. 내가 여기서 부화시켜 보일 테니까."

알을 낳은 암컷 황제펭귄은 한 달을 걸려 해안으로 이동한다. 체력이 회복될 때까지 물고기를 먹고, 위 속에 저장한 채 다시 한 달을 걸려 이 번식지로 돌아온다. 태어난 새끼에게 자신의 소화물을 주기 위해서다. 그 사이에 수컷 황제펭귄은 아무것도 먹지 않고 알을 품는다. 만일 아

  동물의 철학적 하루

내가 돌아오지 않으면 태어난 새끼는 목숨을 잃게 된다. 산란 후 약해진 상태에서 바다로 이동하는 암컷도 고생이지만, 아무것도 먹지 못하고 알을 품으며 오로지 아내가 돌아오기만을 기다리는 수컷의 고통도 크다.

블리자드의 마왕은 한차례 날뛴 후, 난폭한 바람의 옷자락을 질질 끌며 어디론가 사라졌다. 캄캄했던 하늘은 별들의 반짝임으로 바뀌고 빙원이 어렴풋이 푸르스름하게 드러났다. 그러자 하늘에는 황록색으로 빛나는 다리가 나타났다. 천사들이 그곳을 건너는 듯 다리가 흔들리기 시작한다. 오로라다. 황제펭귄들의 눈동자에도 그 아련한 빛이 비쳤다.

피피는 베베에게 "꼭 살아서 돌아올게." 약속하고 길을 떠났다. 산란을 마친 다른 암컷들도 피피의 뒤를 이어 움직였다. 오로라는 모습을 바꿔간다. 다리는 그리스 신전의 기둥으로 변해 별들에 닿을 만큼 높이 솟았다.

"드디어, 이제부터 인내심의 실전이야, 베베."

어릴 때부터 친한 수컷 기기가 말했다. 그도 바로 옆에서 알을 품기 시작했다.

"정말 너무 힘들다. 왜 이렇게 추위와 허기를 견뎌야 하는 걸까?"

기기가 날개 끝으로 살짝 건드렸다.

"맞아, 베베, 힘들어. 우리는 이유를 모르지만."

남극대륙에 사는 야생 황제펭귄에게 이름은 없다. 단, 그들은 각각의 울음소리를 정확히 기억한다. 겉모습은 똑같은 펭귄이어도 긴 여행에서 돌아온 아내들이 남편을 헷갈리지 않는 것은 각자의 목소리를 알아듣기 때문이다. 요컨대 울음소리의 특징이 곧 이름이었다. 베베 하고 울면 베베, 기기 하고 울면 기기다.

거기에 베베에게는 한 가지 버릇이 있었다. 그는 황제펭귄으로 태어난 것을 가끔 한탄했다. 운명을 받아들이지 않는 것은 아니지만 하늘을 향해 불만을 늘어놓곤 했다. 가령, 날개가 있는데 날 수 없는 것에 대한 불만이었다. 베베는 어릴 때 바다까지 이동하는 긴 여행 중에 자신들이 얼마나 자유롭지 못한지 알게 되었다.

암흑세계에 태양이 뜨고 새끼들이 어느 정도의 거리를 걸을 수 있게 되면 황제펭귄 무리는 해안을 향해 이동을 시작한다. 엄마와 아빠가 육아를 위해 번갈아 여행하는 거리도 짧아진다. 여행 후반이 되면 새끼들은 그룹을 지어 멋대로 행진하기 시작한다.

사건이 일어난 것은 베베를 비롯한 어린 황제펭귄들이 의기양양하게 걷고 있을 때였다. 갑자기 남방큰풀마갈매기가 그들을 덮쳤다. 날개를 펼치면 폭이 2미터나 되는 커다란 새다. 베베가 처음 보는 하늘을 나는 새이기도 했다. 검은 그림자가 하늘에서 내려온다고 생각한 순간, 어린 황제펭귄 한 마리가 사냥을 당했다. 그 아이는 작은 날개를 파닥거리며 남방큰풀마갈매기의 부리에서 도망치려 했지만 아무 소용없었다. 어린 황제펭귄들은 덩치만 컸지 아직 새끼인지라 무리에서 떨어지면 위험해진다. 친구를 문 포식자는 힘차게 날개를 퍼덕이며 멀어져갔다.

"왜 우리는 날지 못해?"

베베는 친구들에게도, 어른들에게도 슬픈 목소리로 묻고 다녔다. 아무도 대답해주지 않았다. 그러나 기기만은 "날지 못하는 날개에도 분명 쓰임새가 있을 거야. 우리는 모르지만." 하고 속삭여주었다.

아델리펭귄[*] 무리를 만났을 때도 베베는 하늘에 불평했다. 황제펭귄보다 몸집이 작은 아델리펭귄은 긴 여행을 하지 않고 해안가에 번식지를 만든다. 자갈로 둥지를 짓고 그곳에서 알을 부화시킨다. 베베는 치사하다고 생각했다. 내륙에서 바다로 긴 여행을 해야 하는 자신들이 너무 멍청하고 초라한 존재로 느껴졌기 때문이다.

"왜 아델리들은 바다 가까이에 살 수 있는 거야? 하늘이여, 왜 우리 일족에게만 혹독한 여행을 시키는 건가요!"

"베베, 아델리의 둥지에도, 우리의 여행에도 분명 이유가 있을 거야. 우리는 모르지만."

이렇게 기기는 베베가 불평할 때마다 위로하고 보듬어주었다. 그러나 베베는 지금 그 입장이 역전하는 때가 왔다고 느꼈다. 알을 품기 시작하고부터 기기가 약해졌기 때문이다.

극한의 어둠에 남겨진 수컷들은 알을 품기 위해 꼼짝 않고 서 있다.

---

[*]　중소형 펭귄으로, 남극대륙 연안 전체에 걸쳐 서식한다.

잠을 잘 때도 선 채 자야 한다. 도저히 배고픔을 참을 수 없으면 눈이나 얼음을 쪼아 먹는다. 그런데 기기는 눈을 먹기 위해 쪼그려 앉으면 그대로 쓰러져버렸다. 베베는 부리로 찔러 기기를 일으켰다. 그리고 바짝 몸을 붙여 날개로 부축했다.

"기기, 네 아이가 곧 태어날 거야. 아내들도 곧 돌아올 거야. 그때까지 힘내."

"베베, 고마워. 가끔 눈앞이 깜깜해져. 이유는 모르겠지만."

"그건 지금 이 세상이 어둡기 때문이야. 하지만 곧 태양이 얼굴을 내밀 거야. 파란 하늘이 돌아온다고. 힘내."

좌우로 휘청거리는 기기를 부축하며 베베는 이렇게 다독였다. 새끼가 알을 깨고 나올 때까지 기기가 견딜 수 있을까. 그 후의 긴 여행을 버틸 수 있을까. 뭔가 기기에게 먹여줄 수 있는 것이 없을까. 그런 생각을 하며 주위를 둘러보았지만 역시 눈과 얼음뿐이었다. 베베도 이미 두 달 가까이 먹지 못했다. 몸에서 빠져나온 마음이 오로라의 춤에 빨려 들어갈 것 같은 때가 있다.

힘들다, 고통스럽다고 베베는 생각했다. 이런 삶이니 그렇게 살 수밖에 없다. 그걸 알면서도 견디는 것 외에 아무것도 할 수 없는 자신이 한심해졌다.

그러나 베베가 예측한 대로였다.

어느 날, 빙원의 어두운 지평선에 갑자기 주황빛이 나타났다. 그것은 아주 짧은 순간이었지만 연한 초록빛과 뒤엉켜 좌우로 소리 없이 퍼지

 동물의 철학적 하루

며 달려갔다.

"기기, 저기 봐! 세계가 새로워지려고 해."

"정말이네, 베베."

그 후로는 여러 번 빛의 이삭 끝이 나타났다. 아직 압도적으로 밤의 시간만 계속되고 있지만, 하루에 한 번은 어두운 하늘의 가장자리가 하얗게 되었다.

이윽고, 빙원 끝에서부터 펼쳐진 빛의 고리가 전에 없을 정도로 하늘을 밝게 했다. 뻗어 나온 푸른빛에 베베는 넋을 잃었다. 그때 알았다. 아랫배에서 뭔가가 꿈틀꿈틀 움직였다. 베베는 허둥거리며 발아래를 들여다보았다.

알껍데기가 깨져 있었다. 작은, 젖은 헝겊 인형 같은 새끼가 부들부들 떨며 얼음 위로 굴러 나왔다.

"오오!"

베베는 말이 나오지 않았다. 허리를 숙여 갓 태어난 새끼를 아랫배와 날개로 꼭 껴안았다. 옆에서 기기도 "아아!" 하고 외쳤다. 기기의 발아래에도 새끼가 있었다. 혹독한 추위 속에서 60여 일을 버틴 끝에 베베와 기기는 동시에 아빠가 된 것이다.

하늘은 마침내 밝아졌고, 태양이 처음으로 얼굴을 내밀었다. 빙원은 금빛 반짝임의 세계가 되었고, 베베와 기기의 새끼들의 눈동자에도 그 빛을 비춰주었다.

"기기, 우리 아이들은 어쩜!"

"정말 아름다워, 베베."

태양은 구르듯이 지고 곧 밤이 찾아왔지만 베베와 기기는 잠을 잘 수 없었다. 자신들의 발아래를 벗어나면 새끼들은 얼어 죽는다. 한시도 눈을 뗄 수 없었다. 계속 품고 있어야 한다. 단, 아내들이 아직 돌아오지 않아 줄 수 있는 먹이가 없었다. 태어나서 아무것도 먹지 못한 새끼들은 아빠의 얼굴을 올려다보며 삐삐, 울어댔다.

오, 하늘이여! 이 아이에게 먹을 것을 주소서!

베베는 새끼를 위해서라면 죽어도 좋다고 생각했다. 마음속으로 먹을 것이 나타나기를 기도했다. 그러자 갑자기 가슴이 답답해져 베베는 입에서 정체를 알 수 없는 분비물을 토해냈다. 뱃속에는 아무것도 없을 텐데 베베의 부리에서 늘어져 빙원으로 떨어졌다.

이것이 아빠 황제펭귄이 새끼에게 주는 '펭귄 밀크'다. 자신의 위벽이나 식도의 점막을 녹여 토해내 새끼에게 주는 것이다. 옆에서 기기도 똑같이 했다. 새끼들은 정신없이 펭귄 밀크를 빨아들인다. 베베와 기기는 눈을 마주쳤다. 아내들이 돌아올 때까지 이것으로 어떻게든 새끼들을 지킬 수 있다. 그런 안도감에서 서로 얼굴을 마주 보았다. 하지만 그들은 남극 바다에서 마지막으로 먹이를 먹은 지 석 달이 넘었기에 얼마나 더 버틸 수 있을지 알 수 없었다.

다행히도 아내들은 통통하게 살이 쪄서 돌아왔다. 베베의 아내 피피는 이전 모습을 떠올릴 수 없을 정도로 몸통도 얼굴로 빵빵하게 부풀어 있었다. 그것으로 됐다. 위 속에 저장한 물고기의 소화물을 새끼에게

동물의 철학적 하루

줄 수 있으니까. 이제는 수컷과 암컷의 역할을 교대할 차례다. 아빠 황제펭귄은 새끼를 아내에게 인계하고 새끼의 울음소리를 기억하며 헤어진다.

지금부터는 수컷들이 자신의 영양을 섭취하기 위해 100킬로미터 이상 떨어진 해안을 향해 여행을 떠난다. 그리고 배부르게 물고기를 먹어 체력을 회복하고 위에 소화물을 다량으로 비축하면 돌아온다. 모두 새끼들을 키우기 위해서다.

아내가 아직 돌아오지 않은 수컷들을 뒤로 하고 베베와 기기는 여행을 시작했다. 빙원을 걷다 지치면 배를 깔고 엎드려 발로 차면서 앞으로 나아갔다. 그러나 둘 다 석 달 가까이 아무것도 먹지 못해 체력이 없었다. 체중도 해안에 머물 때의 절반으로 줄었다. 베베가 걱정했던 대로 기기는 얼마 못 버티고 걸을 수 없게 되었다. 엎드려서 앞으로 나가지 못했다. 펭귄 밀크를 토해낸 단계에서 기기의 생명의 등불은 불안했다. 하지만 아내가 올 때까지 버틴 것이다.

"베베, 안 될 것 같아…. 나는 신경 쓰지 말고 여행을 계속해…."

"기기, 그럴 수 없어. 같이 바다로 가자. 배불리 물고기를 먹자."

그러나 기기는 고개를 숙이며 얼굴을 빙원에 떨어뜨렸다. 이래서는 체온을 빼앗길 뿐이다. 베베는 부리로 기기를 찔러 어떻게든 일으켜 세우려고 했다.

캄캄한 하늘에서 오로라가 춤을 춘다. 커튼 모양으로 흔들리던 황록

빛은 한순간에 흩어져 새처럼 날아다녔다.

"마치 남방큰풀마갈매기 떼 같아…."

숨을 헐떡이며 기기가 중얼거렸다. 베베는 기기가 무얼 말하는지 알았다.

어릴 적, 처음으로 긴 여행 끝에 해안에 도착했을 때 베베는 아델리펭귄들의 둥지를 보고 왜 자신들만 목숨을 걸고 여행을 해야 하냐며 분개했다. 그런데 이후에 남방큰풀마갈매기 떼가 아델리펭귄의 어린 새끼들을 덮치는 장면을 목격했다. 그리고 새끼를 잃은 엄마 펭귄의 한탄을 들었다.

"당신들처럼 긴 여행을 할 체력이 있으면 우리도 적이 덮치지 않는 장소에서 새끼를 키웠을 텐데…."

그랬구나, 베베와 기기는 그때도 얼굴을 마주 보았다. 황제펭귄이 세상 가장 가혹한 장소에서 새끼를 키우는 것은 어떤 포식자도 접근하지 못하게 하기 위해서였다. 반면에 해안에서 자라는 아델리펭귄의 새끼들은 언제나 위험과 이웃해 있다. 그래서 알도 한 번에 두 개를 낳는다.

또한 황제펭귄이 혹독한 겨울에 짝을 짓고 알을 낳는 이유는 새끼들이 알을 깨고 나와 어느 정도 자라 스스로 먹이를 먹을 수 있을 때를 봄에 맞추기 위해서다.

"베베, 모든 것에는 이유가 있어. 우리가 힘든 것은 분명…."

기기가 떨리는 목소리로 말했다.

"그 시련을 통해 우리가 살아남았다는 것을 실감하기 위해서야. 시련에도 의미가 있어. 그러니 베베, 내가 없어도 슬퍼하면 안 돼. 아, 하지 만나는 우리 아기가 보고 싶어. 만나고 싶어…."

그것이 기기의 마지막 말이었다. 기기의 생명의 등불이 꺼진 것을 베베는 알았다. 눈동자에 비친 오로라의 빛이 사라졌기 때문이다. 베베는 한동안 기기 옆에 우두커니 서 있었다. 오로라는 다시 한 장의 거대한 커튼이 되어 흔들흔들 흔들렸다. 기기는 오로라의 세계로 돌아갔다고 베베는 생각했다.

베베는 홀로 여행을 계속해 드디어 해안에 도착했다. 떠들썩한 아델리펭귄의 번식지 옆에서 몸을 쉬고, 바다에 들어가 작은 물고기와 크릴을 잔뜩 먹었다. 베베는 헤엄을 잘 친다. 하늘은 날지 못하는 날개지만 물속에서는 활약해준다. 배의 키를 대신하는 날개를 움직여 바닷속을 날아다닌다.

다시 통통하게 살찐 베베는 양 날개로 생선을 안고 내륙의 번식지로 걷기 시작했다. 태양은 꽤 오래 하늘을 비추고 있었지만, 다시 가혹한 여행을 시작해야 한다. 눈폭풍은 계속 불어오고, 빙원도 여전히 얼어붙어 있다. 하지만 아내 피피와 새끼가 배를 주린 채 기다리고 있어 잠시도 쉴 수 없었다. 왔던 길을 곧장 돌아간다. 그곳에서 베베는 기기와 다시 만났다.

얼음으로 변해버린 기기는 눈을 뒤집어쓴 채 그대로 서 있었다. 베베는 기기에게 다가가 날개로 가만히 어루만졌다.

"기기, 언젠가 너는 날지 못하는 날개에도 분명 쓰임새가 있을 거라고 말해줬지. 나는 이제 알았어. 우리는 바닷속에서 날기 위해 이 날개를 하늘로부터 받은 거야. 그리고 또 하나, 네가 내 곁에서 없어진 후에야 알았어. 우리는 어릴 적부터 이 날개로 서로를 도왔어. 우리 날개는 사랑하는 존재와 맞닿기 위해서 있었던 거야. 기기, 고마워."

베베는 기기를 잠시 바라본 후 다시 혼자 빙원을 걷기 시작했다. 위 속의 소화물을 새끼에게 주기 위해서. 그리고 날개로 안은 물고기를 기기의 새끼에게 전해주기 위해서.

21화

대화하는
새

(후기를 대신하여)

흰눈썹웃음지빠귀

중국 남부, 동남아시아에 서식한다. 중국에서는 '화미조(畵眉鳥)'라고 한다. 일본에서도 에도시대부터 반려조로 귀히 여겼는데, 1970년대 대량으로 수입된 결과 큰 울음소리 때문에 미움을 받아 방조(放鳥)가 이어졌다. 야생화한 흰눈썹웃음지빠귀는 일본의 침략적 외래종 워스트 100에 인정되어, 예전에는 야생조류도감에도 실리지 못했다. 몸길이는 25cm 정도, 눈 주변의 흰색 테두리가 인상적이다. 땅을 걸어 나무 열매나 벌레를 찾아 먹는다.

젊은 수컷 흰눈썹웃음지빠귀가 숲의 모든 생물에게 말할 듯한 기세로 지저귄다. 소리는 조금 크지만 맑고 밝은 노랫소리는 숲의 어두운 곳까지 빛을 비추는 것 같다.

흰눈썹웃음지빠귀의 노랫소리에 낙엽 아래 축축한 땅속에서는 장수풍뎅이 애벌레가 좌우로 몸을 비틀었다. 나무 구멍에서 잠자던 청대장* 소년 역시 고개를 들어 리듬을 맞추려 했다. 아직 태양이 하늘에 있는데 습지 반딧불이들도 엉덩이의 불빛으로 흰눈썹웃음지빠귀의 노래에 응답하려고 한다. 노래에 자신 있는 작은 새들은 당연히 가만있을 수 없다.

"지빠귀야, 오늘도 기분 좋아 보이네."

덤불 속에서 섬휘파람새 청년이 나타나 자신보다 한층 커다란 흰눈썹웃음지빠귀에게 도전하듯이 노래를 부르기 시작했다. 섬휘파람새는 원래 암컷을 의식해 "호―오이익" 하고 우는데, 흰눈썹웃음지빠귀가 기분 좋게 지저귀니 저절로 공연이 하고 싶어졌다.

흰눈썹웃음지빠귀는 기다란 꽁지를 위아래로 움직이며 가지에서 가지로 뛰어올라 섬휘파람새 옆에 앉았다. 그리고 노래에 실어 말했다.

"오늘, 그 사람이 왔어."

"그 사람?"

"그래, 그 사람. 그루터기에 앉는 사람. 내게 말을 거는 그 사람."

---

* 일본 고유종인 쥐잡이뱀

흰눈썹웃음지빠귀는 작은 새들의 소리를 흉내 내는 습성이 있다고
한다. 하지만 그것은 인간의 귀가 멋대로 판단한 것이다. 흰눈썹웃음지
빠귀는 흉내 낸 것이 아니라 다양한 작은 새들과 수다를 떠는 것이다.

상대는 작은 새들만이 아니다. 흰눈썹웃음지빠귀는 인간의 말도 들
어준다.

"그 사람이 쓴 이야기가 드디어 책으로 만들어진대. 그걸 알리러 와
준 거야."

"그 사람은 늘 네게 손을 모으더라?"

"고맙다고 말해주는 거야. 조금 부끄러운데, 처음 만난 그 사람에게
좋은 걸 가르쳐준 게 나였거든."

"좋은 거라니, 그게 뭐야? 커다란 도토리를 떨어뜨리는 방법이야?"

섬휘파람새 청년은 눈 주변에 푸르스름한 테두리가 있는 흰눈썹웃
음지빠귀의 얼굴을 들여다보았다.

"도토리는 어디에나 있잖아. 내가 처음 가르쳐준 것은 그 사람만의
숲에서 주울 수 있는 나무 열매야."

"그게 무슨 말이야?"

"누구나 숲을 갖고 있지. 그곳에는 형체 없는 나무 열매가 떨어져 있
어. 그 나무 열매에서 싹이 나면 이야기 속에서 꿈꾸는 사슴이 되기도
하고, 끝까지 노력하는 박쥐가 되기도 하고, 때로는 날카로운 눈빛의 검
독수리가 되기도 해."

검독수리라는 말에 섬휘파람새 청년의 얼굴에 긴장감이 돌았다. 부

 동물의 철학적 하루

리를 벌리고 갑자기 "호르륵호르륵" 울어댔다. 유리구슬이 굴러가는 듯한 이 노랫소리는 휘파람새의 '타니와타리(谷渡り)'라 불리며 듣는 사람의 넋을 잃게 만들지만, 사실은 아내나 동료에게 포식자의 등장을 알리는 경계음이다.

"괜찮아. 검독수리는 이 숲에는 없으니까."

겁쟁이 애벌레도 안심할 만한 부드러운 목소리로 흰눈썹웃음지빠귀가 노래하자 섬휘파람새는 "호르륵호르륵(듣기만 해도 무서워)" 울었다.

"이야기 속에는 이 숲에는 없는 동물들도 나와. 하지만 처음 만났을 때 그 사람은 이야기를 쓰기 시작할 실마리도 잡지 못해 막막해했어."

"정말 검독수리는 안 오겠지?"

"응. 검독수리는 없지만, 이야기 속에는 콘도르도 날아와."

섬휘파람새 청년이 "휘잇, 무서운 새 이름은 말하지 마!"라고 비명을 질렀다.

"미안해. 그 사람은 전혀 무섭지 않거든."

"인간을 너무 믿어선 안 돼. 끈끈이 나 덫을 들고 우리를 잡으려 하잖아. 다람쥐들은 더 끔찍한 일을 겪지."

"처음 봤을 때 그 사람은 그루터기에 가만히 앉아 있었어. 고민하는 얼굴로 나무들을 바라봤지. 대체 무얼까 나도 조심했어. 그래서 졸참나무 잎사귀 뒤에 숨어 내려다보았는데, 그 사람이 갑자기 손을 모으

---

*   휘파람새가 골짜기 여기저기를 날아다니며 내는 울음소리
* *   기다란 장대 끝에 점착성의 물질을 발라 사용한다.

는 거야. 그리고 이런 말을 했어."

섬휘파람새 청년이 거기서 한 번 "호르륵?" 울었다. 흰눈썹웃음지빠귀는 기억하고 있는 그 사람의 말을 멜로디에 실었다.

"아, 당신의 시선을 느낍니다. 숲의 신이여, 당신은 그곳에 계시나요? 계시면 소원을 들어주세요. 나는 어릴 적부터 동물을 좋아했습니다. 어른이 되면 동물 이야기를 쓰고 싶다 늘 생각했죠. 하지만 동물 이야기는 세상에 셀 수 없을 만큼 많아요. 나는 어른이 되었어도 두더지 선생과 바다 이구아나 청년이 좋아할 만한 이야기를 쓸 자신이 없었습니다. 그대로 나이를 먹어 망토개코원숭이처럼 머리가 희끗희끗한 어른이 되어버렸어요."

"그건 안 좋은 거야?"

섬휘파람새의 질문에 흰눈썹웃음지빠귀는 고개를 갸우뚱했지만 마음을 가다듬고 그 사람의 말을 노래로 바꿨다.

"그다음 그 사람은 이렇게 말했어. 지금 나는 기분이 이상해요. 어릴 적에도 숲에서 지금과 같은 감각을 느낀 적이 있죠. 아, 숲이 나를 보고 있다. 숲의 신이 나를 보고 계신다. 정말 당신이 계시면 내게 말을 해주세요. 뭔가 실마리를 주시면 나는 이야기를 쓰는 사람이 될 것 같습니다."

여기까지 단숨에 불렀기 때문에 흰눈썹웃음지빠귀는 후우, 숨을 내쉬었다. 섬휘파람새가 "호록(그래서)?" 하고 부리를 벌렸다. 흰눈썹웃음지빠귀가 대답했다.

"숲의 신이란 게 무엇일까, 그때 생각했어. 그런 건 본 적이 없어. 왜냐면 숲 자체가 신이니까. 숲을 내려다보는 하늘도 신이지.”

“전체가 신이라면 하늘에서 떨어지는 비도 신이야.”

“그래. 그 비를 흡수해 싹을 틔우는 도토리도 신의 조각이지. 나도 신의 조각의 조각이고, 그 사람도 조각의 조각의 조각이야. 그래서 이렇게 노래했어. 신의 조각인 나는 당신을 보고 있고, 당신의 말을 듣고 있어요. 당신은 나와 말할 수 있어요. 또, 당신 마음속에 분명 숲이 있어요. 그곳에는 무수한 투명한 나무 열매가 떨어져 있어요, 라고.”

“나왔다. 그게 이야기가 되는 거지?”

흰눈썹웃음지빠귀는 그 사람의 얼굴을 떠올리며 다시 낭랑한 목소리로 노래했다.

“그 사람은 놀란 듯 일어섰어. 잎사귀 뒤에 숨어 있는 내 모습이 보이지 않는 것 같았지만 이렇게 말했지. 네 노랫소리는 너무 아름다워. 네가 알려주려는 것의 의미를 알았어. 혹시 숲의 신의 화신이니?”

섬휘파람새 청년이 “휘잇!” 환성을 질렀다.

“그 사람은 그루터기에 다시 앉았어. 약간 흥분한 것 같았지. 그리고 이렇게 말했어. 아, 이 느낌 너무 좋아. 나는 어렸을 때, 새끼 멧돼지처럼 사고방식에 관한 책을 닥치는 대로 읽었어. 그래, 내 마음의 숲에는 온갖 사고방식의 씨앗이 잠자고 있지 않을까? 왜 지금까지 깨닫지 못했을까. 우리는 보는 동시에 보이는 존재야. 그것은 마음속 숲에서도 똑같아. 낙엽이 된 책의 말들이 마음속 숲의 바닥에서 나를 올려다보고 있어. 이 별에서 동등하게 살아가는 생명을 철학으로 지켜라, 라고!”

"지빠귀야, 철학이 뭐야?"

섬휘파람새의 질문에 흰눈썹웃음지빠귀는 이렇게 노래했다.

"그러니까 그건 형태 없는 나무 열매야. 소중히 하면 여러 형태로 나타나지. 아마 철학도 신의 조각의 조각, 또 그 조각의 조각 같은 것이라고 생각해."

"우리가 봄의 첫 노래를 부를 때처럼 그 사람 안에서 무언가가 터져 새로운 세계가 시작됐구나. 그 후로 가끔 그 사람이 찾아오게 됐지?"

"맞아, 쓸 수 있게 됐다며 그루터기에 앉아 이야기를 읽어줬어. 반달가슴곰이 나오기도 하고, 남동생을 위해 목숨을 거는 누나 여우가 나오기도 해."

섬휘파람새가 애절한 목소리로 "그 이야기, 기억해." 하고 눈물을 글썽였다.

"여우는 우리 적이지만 그 이야기는 마음 아팠어. 남동생을 배려하지 않았으면 누나는 살 수 있었는데."

"누나는 혼자 살아갈 수 없어. 그걸 '와쓰지 데쓰로'라는 사람은 '관계(間柄)'라는 말로 표현했지. 나무 그루터기에 앉은 그 사람이 그렇게 말했어. 내가 모두와 대화를 나누지 않으면 살아갈 수 없는 것도 '관계'야. 즉, 우리에게도 철학이 있는 거지. 나는 그가 그렇게 말해주는 것이 고마워서 나무 꼭대기에서 뛰어나와 노래를 불렀어. 그랬더니 '너였

---

* 和辻哲郎, 1889~1960, 일본의 철학자

독뭄의 철하저 차루

어?' 하고 한동안 놀란 얼굴로 나를 봤어. 분명 노랫소리와 내 모습이 일치되지 않았던 거지. 하지만 그 후에 내게 손을 모았어. 고맙다고 몇 번이나 말해줬지."

"그렇게 너랑 그 사람의 '관계'가 시작된 거구나."

"맞아. 나도 어느새 그 사람의 새로운 이야기가 듣고 싶어졌어."

흰눈썹웃음지빠귀가 한층 높은 소리로 지저귀자 근처 졸참나무 가지에 갑자기 또 하나의 생명이 나타났다. 흰눈썹웃음지빠귀와 섬휘파람새는 깜짝 놀라 날아오르려고 했는데, 자세히 보니 친구인 팔라스 다람쥐였다. 탐스러운 꼬리를 세우고 "안녕." 인사해서 두 마리 새는 안심했다.

"너희 뭐해?"

"오늘, 그 사람이 왔어. 지금까지 쓴 이야기가 모여 책이 된대."

"그 사람이라면 우리 다람쥐에 대해서도 이야기로 만들어준 그 사람?"

섬휘파람새 청년이 "휘이잇!" 하고 울었다. 흰눈썹웃음지빠귀가 노래를 이어갔다.

"그 사람은 다람쥐 군과도 이야기를 하고 싶어 했어. 그 사람은 숲속을 걷다 도토리가 흩어져 있는 모양을 보고 흥미롭다고 생각했어. '도토리 하나하나는 어떻게 떨어져서 굴러가는지 모른다. 그런데 위에서 보면 마치 누가 디자인한 것처럼 동그란 원을 그리며 흩어져 있다. 하나하나의 도토리는 매우 불확실하지만, 전체로 보면 어떤 힘이 작용해 확실한 모양이 되는 것이다.' 거기서 그 사람은 확률의 오묘함에 대해 생각하게 된 거야."

"확률이 뭐야?"

다람쥐의 질문에 흰눈썹웃음지빠귀는 "큭" 하고 숨이 막혔다.

"나도 잘 몰라. '라플라스*'라는 사람이 불확실성과 확실성 사이에 있는 것에 대해 철학적으로 생각했나 봐. 하지만 그 사람은 눈앞에 나타난 다람쥐 군을 보고 확률의 오묘함보다 더 멋진 것을 쓰자고 생각한 모양이야. 그게 무얼 것 같아, 다람쥐 군?"

으음, 팔라스 다람쥐가 생각에 잠긴 표정을 지었다. 비즈 같은 눈으로 햇빛이 흔들리는 나무 꼭대기의 한 점을 응시한다. 흰눈썹웃음지빠귀가 이때라는 듯이 노래를 부르기 시작했다.

"그건, 지금 네가 살아 있다는 거야. 이 숲을 표현하는 엄청 커다란 힘이 다람쥐 군을 만들어냈지. 그것은 확실한 사실이야. '스피노자**'라는 사람이 '확실한 의지'라고 불렀던 힘이야. 그런데도 인간들은 다람쥐 군을 이 숲에 오면 안 될 생물이라 정하고 덫으로 잡으려 하지."

앗, 흰눈썹웃음지빠귀는 순간 당황하며 노래를 멈췄다.

팔라스 다람쥐는 친구다. 자신을 만나러 와주었는데 이런 불길한 이야기를 노래하면 안 된다.

---

*   Pierre Simon Marquis de Laplace, 1749~1827, 프랑스의 수학자이자 천문학자

** Baruch Spinoza, 1632~1677, 네덜란드의 철학자. '신 즉 자연(Deus sive Natura)'이라며 신과 자연을 동일한 존재로 간주했다.

게다가 '이곳에 오면 안 된다'는 의미에서는 흰눈썹웃음지빠귀도 그와 다를 것이 없다. 중국에서 애완조로 수입되었지만 큰 울음소리 때문에 키우기 어렵다고 사람들에게 버려져 야생에서 살게 되었으니까.

"너도 똑같잖아."

역시 섬휘파람새 청년에게 지적당했다.

"아무리 아름다운 노래를 들려줘도 밖에서 왔다는 것만으로 지빠귀를 이 숲의 동료로 받아주지 않고, 어쩌면 인간들이 너를 잡으려 할 때가 올지도 몰라. 나는 그걸 생각하면 무서워."

"지빠귀도 힘들겠구나. 나는 아무렇지 않으니까 신경 쓰지 않아도 돼."

팔라스 다람쥐가 꼬리를 살랑살랑 흔들었다. 흰눈썹웃음지빠귀는 그 씩씩함에 날개 뿌리가 꽉 짓눌리는 기분이 들었다. 그래서 다시 애써 밝게 노래했다.

"이야기가 책으로 만들어지는 것을 그 사람은 진심으로 기뻐하는 것 같았어. 그래서 오늘은 그 어느 때보다 많은 이야기를 해줬어. 그 사람은 아마존의 깊은 숲과 갈라파고스섬들을 여행한 적이 있다고 해. 바다 이구아나가 콧구멍에서 염분을 뿜어내는 모습이며, 보이지 않는 커다란 세계와 이어진 것처럼 느껴진 콘도르의 눈동자는 그 사람이 직접 본 광경을 그대로 쓴 거래."

섬휘파람새가 "호르륵호르륵(무서운 새 이름, 말하지 마)!" 화를 냈다.

"아, 미안. 그럼 지금부터 비밀의 장막을 열게. 그 사람은 남아메리카의 동물들 이야기를 동양의 오래된 철학으로 표현했대."

팔라스 다람쥐가 몸을 쑥 내밀었다.

"동양이라고 했어? 내 고향이 대만이야."

"응, 그래. 대만이든 어디든 평화로운 시대가 이어지면 좋지. 그 사람은 바다 이구아나 장로에게 이런 말을 시켰어."

흰눈썹웃음지빠귀는 목소리를 바꿔 노래를 불렀다.

"무적이란 적이 없는 것이 아니야. 싸우지 않는 것, 미움을 만들어내지 않는 것이지."

"어려울 것 같아, 인간에게는. 호르륵."

섬휘파람새 청년이 그렇게 중얼거렸지만 흰눈썹웃음지빠귀는 노래를 계속했다.

"그 사람이 말했어. 바다 이구아나 장로의 이 말은 2,400년 전 은자(隱者)로 살았던 '노자'*라는 사람의 '세상과 다투지 아니하니 그러므로 허물을 남기지도 않는다(남과 다투지 아니하므로 세상에 그와 다툴 자가 없다).'는 말에 대한 오마주래. 비쿠냐에게 말하는 콘도르의 대사, '어느 쪽이란 없다. 어느 쪽이나 있는 것이다.'도 아주 오랜 철학에서 온 말이라고 해."

섬휘파람새가 "호르륵호르륵(콘도르라고 말하지 말라니까)!" 하고 날개를 퍼덕이며 화를 냈다.

---

* 老子, 기원전 571 추정~기원전 471 추정, 중국 춘추시대의 사상가

"그 사람은 이렇게 말했어. 이것은 '삼장법사'라는 스님이 인도에서 들여온 『반야심경』으로부터 만들어낸 말이라고. 이 세상의 진리를 모르기 때문에 생긴 고통은 커다란 지혜를 얻으면 사라진다. 그러나 그렇다고 해서 고통의 끝이 있는 것도 아니다."

팔라스 다람쥐가 고개를 갸웃거리며 물음표처럼 꼬리를 말았다.

"다람쥐 군, 어려웠어?"

흰눈썹웃음지빠귀가 물은 순간 팔라스 다람쥐는 "다음에 봐." 하고 가지에서 튀어 올라 나무 위로 뛰어갔다.

"아—." 흰눈썹지빠귀가 한숨을 쉬었다.

"미안해. 말을 전하는 것은 어려운 일이구나. 그래도 모처럼 시작했으니 그 사람이 오늘 말해준 것을 계속 노래할게. 그 사람은 황제펭귄의 힘겨운 육아에 대한 이야기를 쓰면서 마음이 힘들었대. 기기가 이런 말을 했지. '그 시련을 통해 우리가 살아남은 것을 실감하기 위해서다. 시련에도 의미가 있다.'라는 부분은 인간이 인간을 파괴하기 위해서 만든 특별한 장소에 갇혔던 프랭클 이라는 사람이 쓴 책에서 주장한 말이래. 고통을 감내했기 때문에 누구도 흉내 낼 수 없는 하나의 인생을 얻는 것이라고. 영하 60도 환경에서 눈폭풍을 견디며 아무것도 먹지 못

---

*   현장(玄奘), 602~664, 당나라 초기 고승이자 번역가. 그를 부르는 또 다른 명칭은 삼장법사인데, 삼장(三藏)이란 명칭은 경장(經藏), 율장(律藏), 논장(論藏)에 능해서 생긴 별칭이다.

**   대승불교의 진리를 함축한 경전. 본 이름은 '반야바라밀다심경(般若波羅蜜多心經)'이다.

***   Viktor Emil Frankl, 1905~1997, 오스트리아 출신의 정신과 의사이자 심리학자. 『죽음의 수용소에서』의 저자다.

한 채 알을 품는 황제펭귄 수컷들은, 그러니까 황제가 될 수 있는 거래."

흰눈썹웃음지빠귀는 여기서 숨을 쉬었다. 이렇게 노래해도 섬휘파람새 청년에게는 전달되지 않을지도 모른다고 생각했다. 하지만 여기서 멈춰선 안 된다. 남은 하나, 그 사람의 노래를 부르자고 생각했다.

"그 사람은 이렇게 말했어. 우주가 나를 만든 것은 내가 필요했기 때문이다. 내가 우주를 보길 원했기 때문이다. 봐주는 사람이 하나도 없으면 우주는 외롭다. 카피바라 이야기에서 보르볼레타가 이렇게 말하지. '너는 작은 생명의 속삭임에도 귀를 기울이고 말을 들어줬잖아. 이별이 내는 온갖 소리를 너는 온몸으로 받아들였어. 아주 작은 것 안에 모든 것이 있지. 너야말로 이 아마존강에서 가장 큰 존재야.'라고. 그 주장이 바로 그 사람이 믿는 우주와 생물의 관계(間柄)래. 여기에 모든 연결고리가 있는 거야."

섬휘파람새가 하품을 하며 "호—호르륵" 하고 울었다.

"지빠귀야, 이쯤 해둘까?"

"미안. 그 사람이 너무 기뻐하는 것 같아서 나도 모르게 노래가 길어졌어."

"그 사람, 왜 동물과 철학에 빠지게 됐을까?"

"아, 그거라면 들은 적 있어."

흰눈썹웃음지빠귀가 부드럽게 노래했다.

"그 사람, 어렸을 때부터 사람들과 어울리는 것이 힘들었대. 그래서 동물들에게 말을 걸게 되었대. 철학에 매료된 것도 눈앞의 일만으로 바

동물의 철학적 하루

쁘게 지내는 인간사회에 대한 반발이었대.”

　그렇게 노래하고 나니 흰눈썹웃음지빠귀는 어딘가 자신과 닮았다고 생각했다. 항상 누군가와 수다를 떠는 것은 마음속에 채워지지 않는 무언가가 있기 때문이라는 것을 알고 있었다. 외로운 만큼 목청을 높여 노래했다. 감정이 북받치면 노래를 불러서 참기도 했다. 그래서 흰눈썹웃음지빠귀의 눈가 테두리는 마치 눈물 같다.

지난 몇 달 동안 곰, 다람쥐, 코끼리거북 등 많은 동물을 만났다. 커다란 나무와 다양한 식물도 보았다.

바쁘기만 한 밋밋한 일상에서 오랜만에 경험한 색다름이었다. 저자 두리안 스케가와가 긴 시간 동안 마음속 숲을 풍요롭게 한 덕분이다. 저자는 사회생활의 요령이 부족해 혼자 있는 시간이 많았다고 하는데, 그것이 깊고 울창한 마음속 숲을 만들어냈다.

마음속 숲이 빈약하면 강한 햇빛과 요란한 바람을 그대로 맞는다. 열매도 없으니 타인과 나눌 수도 없다. 그럴 때는 열매니 타인이니 생각하지 말고, 조용히 마음속 숲의 나무를 돌본다. 땅속 깊이 뿌리내릴 수 있게 양분도 챙기고, 곁가지도 쳐준다. 시간이 걸리지만 그렇게 돌보면 마음속 숲은 울창해지고, 열매도 생겨 타인과 나눌 수 있다.

그렇게 저자는 많은 책을 읽고, 수많은 동물들을 친구로 삼은 덕분에 그 경험을 통해 자신과 세계의 원리를 깨달은 것이 아닐까 싶다. 그리고 그 결과물이 바로 이 책이지 않을까.

그의 마음속 숲은 울창한 만큼 다양한 생명을 품고 있어 거기서 들리는 소리며 보이는 풍경도 평범하지 않다. 이야기 속 동물들의 생태, 생각, 자연의 섭리까지, 점점 시선과 사고의 폭을 넓힌다.

'곳간에서 인심 난다.'는 옛말처럼 곳간을 저자의 마음속 숲이라고 치면, 저리 울창하니 숲의 냄새, 바람 소리, 새소리, 밤하늘의 은하수, 오로라… 가만히 있어도 인심 좋게 마구 들려주고 보여준다. 후하게 숲 밖, 바닷속 광경까지 알려준다.

그런데 이렇게 저자의 울창한 숲에 매료되는 것은 혹시 상대적으로 내 마음속 숲이 허전하기 때문은 아닐까.

좋은 양분이 아니라 나이 들면서 생기는 조바심과 쓸데없는 걱정, 주위 시선에 대한 지나친 의식이 내 숲의 나무들을 웃자라게 하는 건 아닐까.

단순히 재미있는 우화일 거라 생각하고 가볍게 책장을 넘겼는데, 나야말로 이마에 손을 대고 고민하는 자세를 취해야 할 판이다.

여러분도 이 책을 읽으면 동물들의 이야기를 통해 짧은 순간이지만 마음속 숲을 돌아보는 자신을 만나게 될 것이다.

개인적으로, 동물 가운데 고래는 왠지 신비롭게 느껴진다. 몇 년 전, 자폐스펙트럼을 가진 천재 변호사가 나오는 드라마가 인기였는데, 그 주인공이 좋아하는 동물이 고래였다. 그녀의 머릿속에서 무언가 생각이 번득일 때, 푸른 바다의 고래 영상이 나오는 장면을 보고 깊은 생각은 깊은 바다와 이어져 있다는 느낌이 들었다. 넓고 깊은 바닷속을 자유롭게 헤엄치는 고래처럼 그녀도 넓고 깊은 사고(思考)의 바다를 자유롭게 헤엄치곤 했다.

그래서인지 책의 혹등고래 이야기는 더 가슴에 와닿았다. 바다로 돌아간 엄마 고래가 다시 뭉을 만나기를 바라면서, 두 마리 고래가 나란히 푸른 바다를 헤엄치는 모습을 상상한다.

홍성민

동물의 철학적 하루

마음을 뒤흔드는 동물 우화 21편

초판 1쇄 발행 2026년 1월 10일

지은이 두리안 스케가와
옮긴이 홍성민

펴낸이 김현숙 김현정
펴낸곳 공명
책임편집 정지현
디자인 김형균
출판등록 2011년 10월 4일 제25100-2012-000039호
주소 02057 서울시 중랑구 용마산로636. 베네스트로프트 102동 601호
전화 02-432-5333 | **팩스** 02-6007-9858
이메일 gongmyoung@hanmail.net
블로그 http://blog.naver.com/gongmyoung1
ISBN 978-89-97870-98-1 (03830)

- 책값은 뒤표지에 있습니다.
- 이 책의 내용을 재사용하려면 반드시 저작권자와 공명 양측의 서면에 의한 동의를 받아야 합니다.
- 잘못 만들어진 책은 바꾸어 드립니다.